阿　北◎著

释梦者

作家出版社

在这个找不到北的鸟时代，我们仍在寻找着，直到找到找不到为止。

——题 记

目 录

第一章　梦

　　路晓北又做梦了，那种满目凄凉之梦：冷风肆虐地横扫秋季的大草原，太阳低垂于天际，树木躁动不安，到处一片昏暗，一片混乱。他与潘雅洁行在这一片广阔的天地间，看不到别的人影。天边炸雷轰动，他和潘雅洁争先恐后地跑着，寻找藏身之处。雨落下来时，他陷入一片巨大的沼泽里。气温开始下降，他吭吭哧哧地往上爬，雨点犀利地从头上砸下，在他身旁泛起巨大的水花。潘雅洁笑着向后跑开了。他大声地呼喊救命，可迎接他的，只有怒吼的风声。慢慢地，他失去力气，四周的泥沼开始漫过他的脖子、嘴巴、脑袋……

　　他双手努力地去抓些什么，可是却落到了潘雅洁温热的胳膊上。他一下子从睡梦中惊醒过来，口鼻里还残留着泥沼散发出来的恶臭气味。他全身湿漉漉的，就像刚刚经过拼命的挣扎。梦境清晰地在脑海中浮现，炸雷还在耳畔回响，这令路晓北心生恐惧。

　　潘雅洁还在熟睡，他不忍心叫醒她，睁着眼睛直盯着天花板。第一缕曙光已经涌进卧室，可以蒙眬地看清房间内物体的轮廓。他把目光转到闹钟，凌晨五点，还有两个小时，才到他起床的时间。

　　这是第三次做同样的梦了。从上周六也就是进入九月份开始，这个噩梦就像鬼魂那样，紧紧地缠绕着他，总是在这个时间，把他惊醒。他有一种极为不好的预感，可他却弄不清楚，它预示着什么，这让他常陷于一种莫名的虚无之中。

梦境对别人而言，或许是大脑意识不清时，对客观事物所产生的错觉，但对于他，却非如此。它就像是一种预示，征兆，或者称之为超感官知觉的第六感。以前，他还在读中学时，有一次曾梦到祖母，祖母最疼爱他了，在所有的孙子当中，只把他当宝贝一样，天天宠着，但在梦境中，祖母却背对着他，无论他怎样叫喊，怎样努力，都不能与祖母照面。第二天，他就接到消息，说祖母去世了。祖母可是一点病都没有呵，身体健康得很，农忙时还下田收割麦子呢。还有一次，是他读大二那年，他梦到了小时候的玩伴路虎，路虎全身湿漉漉的，无论他怎样询问发生了什么事情，路虎都一语不发。那个周末，他像往常一样，打电话回家时，母亲告诉他，路虎在救一个落水的孩子时，不幸遇难……

他之所以将那两个梦境记得如此清晰，是因为他平时很少做梦，更确切地说，他做梦的次数平均下来，一年还不到一个。他曾经对此产生过疑惑，怀疑自己出了问题，他查阅过很多资料，都毫无结果。每次别人向他谈起，自己在梦里如何如何了，他只能微微一笑，说不上什么话。但如今，这个梦又预示着什么，他不知道。他睁着眼看洁白的天花板，似乎希望能够从那白中寻找出另一种颜色来，好像另一种颜色出现了，就能给他带来启示。

阳光渐渐涌进来，在卧室内折射出令人舒心的温暖。他在床上坐了起来，小心翼翼地取出烟、火机，点燃。或许是听到了响声，潘雅洁翻了个身，缓缓地睁开眼睛，含糊不清地问："嗯?"

"继续睡吧，时间还早，该起床时我叫你。"

"怎么醒那么早? 睡不着?"

"没事，你睡吧。"

"嗯。"依旧是含混不清的声音，仿佛是从喉咙里直接翻滚出来的。她又慵懒地翻了个身，背向着他，很快便发出轻微的鼾声。

他缓缓地抽着烟，眉头紧锁。他像一只受到惊扰的小动物，愤怒、迷茫进而困惑。他打量着房间，依如往常一样，干净、整洁，亲切，安适。他和潘雅洁在这里度过了两年幸福的时光，眼下，这种幸福还在继续着。那么，是不是因为这种幸福，让他对婚姻产生了一种恐慌？上周五晚上，他和潘雅洁商定，今天去民政局办理结婚手续。可他在网上查了婚姻恐慌的各种症状，没有像他这样，连续几日，重复着同一个梦境的。他扭过头去，看着潘雅洁。他不止一次观察过她的睡姿，像个孩子那样，四仰八叉的，毛巾被踢到了地上，枕头歪到了一边，浑身赤裸。但她睡得很甜，像从来都不会做噩梦似的。

不知不觉中，烟蒂烧到了手指，钻心地疼。他把它在烟灰缸里摁灭，再一次躺下，期冀在最后一个小时内再补一觉。他太缺觉了，每天晚上要么是加班到深夜，要么就是无休止地应酬，从没有在十二点之前上过床。但他无法入睡。刚开始，他没有注意，认为这只是因为劳累或别的什么而一时的噩梦罢了，他想像别人那样，把这种陆离奇怪的梦，当作是人生必经的历程。日子一天天过去，这个梦重复出现，每次醒来时，他都是浑身湿漉漉的，像刚刚干了一仗似的。自从住进这里，他房间里的空调从来没有开过，大自然给予了他最惬意的休息环境。就是在炎热的夏夜，与潘雅洁惊天动地地做一次爱，他也没有像现在这般，全身湿漉漉的。昨天，潘雅洁问他，是不是身体出了状况，还亲自陪伴他到医院做了一次全身检查，一切指标都显示，他比任何人都要健康。

七点钟是他的起床时间，具体来说，是他一天开始忙碌的时间。他走到窗前，暗黄色厚厚的窗帘已被海风顽皮地掀开，阳光从那条缝隙里挤了进来。他将整条窗帘拉开，卧室内瞬间被阳光塞得满满的，一屋子的金黄。他站在窗前，向对面的大海望去。海风迎面扑来。太阳早已跃出了海面，预示着又一个好天气。

他走到衣柜前，取出潘雅洁星期一穿的衣服。潘雅洁喜欢按自己固有的模式做事，穿衣服也是如此。在衣柜的架子上，路晓北为她的衣服贴了标签：星期一、星期二……她也乐于享受。路晓北把衣服放到床头柜上，然后开始准备早餐。

伴随着鸡蛋火腿在滚烫的油锅内"哧哧啦啦"的声音，榨果汁机也不甘平静，好像加足马力的发动机，载着整瓶切块的苹果，"嗡嗡嗡"地响着。不一会儿，路晓北就把鲜美的苹果汁及火腿煎蛋，端上了餐桌。

潘雅洁在市中心区的一家建筑公司工作，她的职务是主任助理，上班时间比较规律，而他则常常加班，有时忙于应酬，深夜才归。但这个女人喜欢睡懒觉，每天不到最后一分钟，绝对不想离开床铺。这段时间，每当他全身湿漉漉地从梦中惊醒，看着她熟睡的裸体，总是忍不住在想：如果他能够有这样的睡眠，哪怕一次，那就好了。可现实是，他躺在床上，身体非常困倦，脑袋却异乎寻常地清醒，工作与生活中的各种琐事，像放电影似的在他脑海里来回播映。他的脑袋和身体像是分裂了，无法用统一指令来指挥。直到七点钟，他全身慵懒地从床上爬起，大脑与身体这才统一起来。

路晓北走到床前，伏下身体，把嘴凑到她的耳边，轻柔地说："宝贝，该起床了。"

"老公，你真好。"她迷迷瞪瞪地说，伸出双手，搂住他的脖子。

她穿衣服的速度，快得惊人。不一会儿，她就冲进了洗手间，"我妈昨晚又打电话来了。"她的声音从洗手间里传来，伴着水流的哗哗声，清脆而生动。

"嗯，"路晓北坐在餐桌前，开始慢慢吞咽他的早餐。他不着急离开，公司的车还要半个小时才能抵达小区门口。他有足够的时间，享用他的早餐。

"我告诉了妈妈，今天我们要去订婚的事情，"在洗手间里，潘雅洁正在把各种护肤品往脸上涂抹，映在镜中的粉脸微微露出无奈的表情，"你也知道，老人为我们的婚事操了多少心。"

"是的，我知道。"

从洗手间里出来，她坐在餐桌前，脸上容光焕发。"她比昨天多用了五分钟。"他想。

她端起果汁，一口气喝了半杯，她的目光没有离开她的早餐，把一筷子火腿煎蛋送进嘴里，"妈妈在电话里什么也没说，只是叹息，我想我们已快要令她失望了。"

"这次不会了，"他已经享用完了他的早餐，望着眼前这张年轻而生动的脸庞，清晰地看到了一丝担忧。他极力使自己的声调显得很轻松，"相信我，你为我付出的一切，我都牢记在心。"

"我相信，我相信你爱我，也相信我们的爱情，"她叹了一口气，说道，"只是，每次想到，别的女人结婚都会害怕、兴奋得发抖，而我们只是一次又一次地向后拖延，没有了一丁点兴奋的感觉，就好像我要逼着你娶我一样。"

话虽如此，她依旧没有抬起头，快速地消灭盘中的食物。她坐在他的对面，阳光从背面打在她的身躯上，但没有反照，她光滑的肌肤立即将它们吸收进去，发出更加耀眼的光泽。她身上穿着一套职业短裤，那让很多女人感觉难看的职业装，丝毫没有影响她的美感。真是一位可人儿呢！他一动不动，只是不时地把香烟送到唇间，吸上一口。待那呛人的烟雾在肺里环绕一周，从他的鼻腔内出来，他说："你想得太多了，宝贝儿。我怎么可能会有那种感觉呢？"

"你确定今天不会再有意外了？不会像前几次那样，有突发事件？"

"不会的，放心好了。"路晓北许诺道。看她的脸上仍旧布满忧郁，他再三保证说："就是有天大的事情，我也会抽出时间来的。地球离开谁都能照常运转，工作上的事情，也不是说非得我做不行。"

潘雅洁笑了："老公，你真好。不过，你要是早这样做就好了。其实，也不是我着急，关键是老人想抱孙子，都想疯了。"

"我能理解。"他从餐桌前站起身，"我也该换衣服了。"说完，他转身走进卧室，在穿衣镜前把衫衣的下摆扎进裤子里，仔细地打好领带，又整了整西裤的裤脚。他对着镜子审视那张英气逼人的脸，突然间又想到了那个梦，它就像一只暗藏杀机的狮子，在张着血盆大口，准备随时将他吞噬。他全身的肉跳了一下，逃也似的离开了镜子，又一次走进餐厅。

潘雅洁已经吃完早餐，正把餐具放进洗碗盆里清洗。看看时间，已经是八点十五分了。"我公司的车就要到了，我先下去了，你也不要太迟了。"他说，"下午三点，我忙完公司的事情就直接去民政局，到时候，你乘出租车过去，我们四点钟在那里碰头。"他把鞋子换好，把手机装进公文包，没等潘雅洁回应他的话，就打开房门，走了出去。

第二章　顶头上司

路晓北是位建筑工程师，家住豫东平原的一个小镇上，几代人都是农民，所以，他的血液里流淌着农民的质朴。虽然从大学时代他就已经离开故乡，到现在很多年过去了，可家乡的方言以及浓重的乡音，仍不时从他口中蹦出来。他凭借自己的不屈不挠，用了比别人都要短的时间，从助理工程师做到了高级工程师。但项目经理赵长盛仍然常常取笑他是位"乡村级的大师"，他对此并不介意，因为他觉得，有些东西是需要人用一辈子来坚守的，譬如爱情，譬如血性。

刚才，他用寥寥数语安抚了潘雅洁的担心，"不管发生什么事，"在电梯里，他反复想道，"我都要向赵经理请假，他一定会理解我的。我可不能让一个女人，无休止地等待下去。"

可走出电梯，在铺着鹅卵石的花园小道上，他却突然停下了脚步。在他左边，一人多高的灌木丛掩映下，是一个露天游泳池。游泳池有一百多平方米那么大小，池中的水清澈透明，站在池边，透过明亮的水，能够看得清楚每一块瓷砖的姿态。还是在它刚建成投入使用时，他曾与潘雅洁在这里游过几次。那时，他的工作没有这么忙，也不用每个晚上都要应酬，或者是加班，早晨，他能够早早地起床，在里面游上几圈，然后，一身轻松地去上班。

后来，随着职务的提升，他变得更加忙碌起来，游泳，对他来说，成为了一件可遇而不可求的事情。只是，不久他就发现，每天早晨，在他上班的时候，游泳池里总有一个有着优美曲线的女子，在那里享受惬意的休闲时刻。此时，他正贪婪地朝着那优美的曲线望去。池边的一张躺椅上，搭着一条洁白的浴巾，同那女子的肌肤一样，洁白得让人不忍触摸。

年轻女子似乎没有想到会有人偷窥，或者，她压根儿就不在乎，她把整个身体都埋在水里，全神贯注地游着，平静的水面随着她嫩芽般白净的手臂的挥舞，溅起灿烂的水花。那专注的神情，仿佛周围的一切都因她而存在，那天，那地，那水，那空气，那花草，那在灌木丛中偷窥的男子。她时而翻身，滚动，动作并不明显，可却很优美，脖颈伸得长长的，身体柔软地扭曲着。

路晓北喜欢一切美的事物，他甚至想到了瑶池这个美妙的词语。眼前的画卷绝对是鬼斧神工：那匀称的胴体，滚圆后翘的臀部，丰满前挺的乳房，蜂子般的细腰，洁白的肌肤配上粉红色比基尼泳衣，组合成如此完美的曲线，他相信，就是再高明的画家，也无法用手中的神笔，描画出如此使人陶醉的意境。

他去过许多海滩，这座城市的，外地的，以及国外有名的旅游胜地，他曾见过许许多多各种肤色，穿着五颜六色泳衣的女子，那些女子也曾如眼前的女子一样，柔软的身体在浪花中穿梭。有的女子还像她一样，富有立体感，曲线柔和，像是多情的花草，偶有微风吹来，就会摇曳美丽的身姿。但他总感到，她们太吵了，颜色过于缤纷了，嗡嗡的话声不绝于耳。她们的笑有些夸张，不真实，不像是发自肺腑的，反倒像为了吸引别人的注意，而故意发出的。尤其是他看到她们把垃圾随手乱丢，她们走过之后，海滩就变成了垃圾场，各种果皮、塑料袋、烟头等，遍布满地，他就像是在刚啃过的苹果里，发现了半只虫子一样，要恶心上很长一段时间。

他忘情地欣赏着眼前的美景，仿佛他与她之间，存在着某种潜在的关联。他的身体受到了刺激，感觉到某个部位在渐渐增大。眼前的女子与自己的女友不同，她的美是开放的，是由内而外，发自她原始的本性的。而潘雅洁则是内敛的，典雅的，小家碧玉的。这两种美他都欣赏，他都喜欢，但同时，他也明白，鱼与熊掌不可得兼，他不像别的男人那样，会想方设法把好的东西，都尽量地归为己有。他已经拥有了潘雅洁，他不会再对别的女子动心思。

但他仍可以欣赏，远远的，如目前一样，尽管这不怎么光彩，被人撞见还可能引起不必要的误会，只是，生活本身就是一种冒险，再说了，谁又能够阻止别人，去追求美呢？

几分钟以后，他的手机响起，清脆的声音打破了这美好的寂静时刻。他的神经先是紧绷了一下，接着，脸如往常一样，红了起来。他看到游泳池里的女子转过头来，她没有大呼小叫，她停止了正在进行的游水动作，冲他笑了笑。这笑无疑让他的脸更加红了。他来不及弄明白这笑其中的含义。他已经无暇思考这些了，每到这个时候，他总是像做贼似的，快速地逃离了作案现场。

他住的这个千基豪苑花园小区属于高档住宅区。整个小区临海而建，小区内拥有二百米的原始生态海岸线，在整个城市里，可以说是首屈一指。两年前，小区刚开盘时，赵长盛告诉他，这里的房子将来会有很大的升值空间。在赵长盛的说服下，他动了念头，用全部的积蓄付了首付，又从银行按揭了二十年，终于购买了他现在的这套房子。两年来，这里的房价已从原来的每平方米一万六千元，上涨到了三万八千元，即使现在转手卖掉，他也能从中获益不少。所以，每次想到这些，路晓北就充满了兴奋，人也变得轻盈多了。

在小区门口，保安员冲他来了个标准的敬礼，用遥控开关帮他把门打开。他知道，这都是赵长盛的原因。两年前，赵长盛带他来看房的时候，找的是这个小区的一位负责人，赵长盛介绍他是公司里最有实力的年轻人，将来很快就会取代他的经理位置，要那位负责人好好地关照他。自从住进这个小区以来，路晓北还真的从来没有自己开过这道大门，尽管他的口袋里时刻装着这道门的IC感应卡。

路晓北向保安员说了声谢谢。他刚从那道电子自动感应门里走出来，公司的中巴车正不偏不倚地停在大门口的正中央，车门开着，正等着他这位最后的乘客。他步履轻快地走上车，在第三排的位子上坐下。车上的座位几乎是固定的，几乎完全按照会场上的排序。他走过赵长盛身边时，赵长盛底气十足地说："还是路大师架子大，每天都要让我们这些人来接他。"

赵长盛是个浓眉大眼的中年男人，坐在第二排的位子上。虽是天风建筑公司第三项目部的经理，项目部配有小汽车以及司机供他使用，但为了与下属拉拢关系，他上下班还是选择乘坐中巴，当然了，必要的应酬除外。"怎么敢劳您与各位的大驾呢。"路晓北与他的关系是情同手足，从容地回应道："我与司机师傅都说过好多次了，说最先过来接我，然后再去接你们各位，谁知道他总说这是规定的路线，不能随便更改，还说这条路线最能节省时间。这让我也没有办法呢！"路晓北知道，赵长盛根本就不会为这么一件小事介意的，他这样说，只是在开玩笑。

果然，赵长盛没有再说些什么。中巴车安静地向前行驶着。其他同事也是有一搭没一搭地说着些无关紧要的事情。记不起是谁说过的了，同事是上辈子的冤家，这辈子讨债来了。因为你永远不知道，他们什么时间会在你背后来上那么一刀，你不得不提防着，时刻将心底的那根弦绷紧。这话似乎有些道理。赵长盛就曾说过，两年前，合水镇的党委书记因贪污罪被判了刑，到判刑时他也没弄明白到底是谁揭发的，他认为自己的行为算得上是神不知鬼不觉了。后来，他还是从媒体那里知道了，揭发他的竟然就是他的司机。路晓北的公司就在合水镇，他还与赵长盛一起，同那位书记吃过饭，书记的事情让他感受很深。不过，他还是不认为那句话就是正确的。

八年前，他刚从大学念完硕士，所面试的第一份工作，面试官就是赵长盛。路晓北学的是土木工程，应聘的职位是助理工程师。天风建筑公司，在沿海这座城市的建筑行业里，是数一数二的，而这座城市又被称为改革开放的前沿阵地，在这里排列前位，意味着在全国的排名也是前列。所以，在面试时，路晓北的心情极为紧张。倒是赵长盛，看了他的简历之后，象征性地问了几个专业性的问题，就告诉他通过了初试。接着又经过几轮"厮杀"，他终于"杀出重围"，脱颖而出。入职后，他发现赵长盛就是自己的顶头上司。赵长盛看到他，亲切地说："我一早就确定是你了！"那一刻，路晓北的心里充满了温暖，对这个精明干练、性格直爽的领导，充满了好感。

工作没多久，路晓北发现，每到下午四点左右，他就饿得难受，或许这是脑力劳动者的通病，他询问了几位同事，都是如此。他向赵长盛建议，买些吃的东西放在办公室里。赵长盛二话没说，立即掏出五百元钱，安排一名司机，同他一起去买。在临出发之前，还特别交代他："你可以买两件罐装啤酒，放在你的柜子里。"他喜欢喝啤酒，他不知道赵长盛是如何知道这一点的，但那一刻，他的心里充满了感激，认为自己跟对了领导。从那个月起，赵长盛每个月都会拿出固定的金额给他，让他负责采购办公室食品。几年过去了，他的身份从助理工程师到工程师，再到如今的高级工程师，四点钟"下午茶"的习惯从来没有被打破过。这一点让同事们都对他十分羡慕，而每到这个时候，他总是很谦虚地说："我只是负责给大家跑腿。"

现在，大家依次用眼神与他打过招呼之后，便躲在各自的小天地里，用手机玩游戏，上网看新闻，或者是看视频听音乐。想到早上的梦境，路晓北自问道："如果梦里面的事情真的发生了，不知道赵经理会不会伸手拉我一把呢？"当然，他也不知道答案。发了一小会儿呆，他从公文包内掏出手机以及耳机，把耳机塞进自己的耳朵里，很快就沉浸在手机的音乐中。

下车时，路晓北看了一下手表：八点五十分。其实，他不用看表，也知道时间。从千基豪苑花园小区出来，要经过三个路口，其中会在一个路口等红绿灯，过了红绿灯之后，中巴车驶上高速公路，在高速公路上行驶八分钟，出了高速，再穿过两条街就抵达公司门口了，这其中每一步需要多长时间，几乎已成为固定的模式。但今天，时间对于他来说，格外重要，因为下午四点钟，他要抵达民政局，与潘雅洁办理结婚手续，他不能忘记。

他站在人群中，身材修长，头发自然卷曲，恰到好处地与衬衣的领子，亲密地接触。他今年三十四岁，英气勃勃，聪慧异常。他的鼻子直挺而高耸，两道眉毛如剑一般，直抵额头。他的鼻梁上架着一副近视镜，度数并不高。"架上一副眼镜，能让你逼人的气质有所隐藏。你太优秀了，这不一定是好事，你要学会保留。"高三那年，十分喜爱他的班主任雷鸣老师这样告诉他。

现在，他站在赵长盛的身后，在等待进入公司的人群中，努力控制着自己的兴奋。他不时地抬头望天，蔚蓝的天空能让他心情宁静，也只有这样，他才能使自己不致放声歌唱。他的脸上洋溢着幸福的神情，他快乐地想：这次，我决定了，无论如何，都不能阻止我与雅洁的结婚登记。一个男人，能够拥有像潘雅洁这样温柔漂亮又懂得持家的女子，夫复何求呢！

天风建筑公司的大门在九点以前是决不会向员工们开放的，就是每天的清洁工作也都是在晚上下班之后进行。此时，保安主管已经关闭了门外的报警装置，两名手握警棍的保安员，神情肃穆地站在大门的两侧，以预防有人不遵守规则。

路晓北站在人群中，听着同事们嘻嘻哈哈地谈论着工作之外的话题——似乎每天只有在这个时间，他们才可以开怀大笑。他们边开着玩笑，边在保安员的监控下，经过一道安全门之后，鱼贯进入集团公司那华丽的大厅，然后走进电梯，在各自的楼层走出去。路晓北与赵长盛同在一个楼层，走出楼梯时，赵长盛问："你与雅洁准备什么时间办喜事？"

赵长盛认识潘雅洁，或者更确切地说，他还是他们的"媒人"。

因此，路晓北微笑着回答："不瞒你说，今天下午三点，我要提前离开一会儿。我与雅洁约定了四点钟在民政局见面，我们会在那里先行登记。至于婚礼，再挑选合适的时间。"

"先登记，这是必须的，不管怎么说，也算是有证驾驶了，"赵长盛大笑道，接着他的话语一转，语气中露出嗔怪，"你这家伙，我要是不问你，你还不准备告诉我？"

"啊……没有的事情，我等一下就准备告诉你的。"

"修行这几年，也该成正果了！"赵长盛透过他的办公室，看向窗外，笑道："今天阳光明媚，的确是个好日子。讨到我这个小师妹做老婆，也不算委屈了你，不管在什么场合下，雅洁都算得上是才貌出众的。"

"我又怎么敢说委屈呢，"路晓北说，"我农民一个，能娶到这样的女人，也算是祖上积德了。当然，我更要感谢你这位大媒人，如果不是你，恐怕我现在还是孤家寡人一个。"

"你用不着谢我，你们那是乌龟看王八，自己对上眼的，同我没什么关系。"赵长盛说，"不过，像雅洁这样漂亮而又专情的女人，现在真是打着灯笼也找不到了。她那身段，她那脸蛋，她那温顺随和的好性子，让人想想就甭提有多么美啦！实话告诉你，如果我不是早就结婚生子，我一定会追求她呢！"

路晓北想起了当时就是他极力撮合他们二人的，更是连连道谢不止。

"下午，你就放心地过去吧，"赵长盛说，"今天是星期一，估计事情也不多。即便有事情，也不用担心，我暂时帮你顶着。"

"那可要麻烦您了。"

"客气什么！等到晚上，如果没有别的事情，我就叫上我太太，一起给你们庆祝。"

路晓北认识赵长盛的爱人，他们彼此算得上熟悉。在他没有与潘雅洁确定恋情之前，每到周末，他常去他家里蹭饭。赵太太烧得一手好饭菜，她能够把最普通的食物，煮得非常美味可口。

"谢谢！真的很感谢！"说完这句话，他与赵长盛各自走进办公室。

第三章　暴雨袭来

　　打开电脑，路晓北开始一天的工作。在等待电脑启动的时间，他习惯性地拿过桌面上的文件夹，那里面是上周五下班前文员李莉送过来要他签署的文件。文件里没有特别重要的事项。重要的事项李莉会将其放在文件夹的最顶部，并附上便条纸。而现在这些文件，有两份是工程图纸样稿，两份是工程变更申请书，还有三份工程预算，路晓北花了一点时间，看了每份文件的关键部分，然后在上面签下他的名字。等到十点半，李莉会过来收文件，再将它们分发给相应的部门，他需要做的，只是把它们放进已签署文件的柜子里。李莉收文件时，会再次送来新的文件。如此，周而复始。

　　在这家公司里，一切都显得正规而有条理，每一项工作都由专人负责，哪怕是分发文件这样的事情。每个人都有自己的职责，权限也不相同。对于路晓北来说，他的职责就是负责审批与工程有关的各项文件，包括从前期的报批计划编制、前期策划方案、招投标方案、施工图、工程验收等，权限之大，在整个项目部里，除了赵长盛以外，就要数他了。

　　当然，权限大也就意味着责任大。以前，公司里每位中层以上领导都会有一枚原子印章，用于签署文件，但不久就发现了一个弊端：原子印章容易被盗用，这样就给了一些别有用心的人以可乘之机。在他被提升为工程师那年，项目部里曾发生过助理工程师盗用领导印章之事，虽然及时发现并解聘了那名员工，但还是给项目部正在负责实施的工程，带来了不小损害。这件事让领导们提高了警惕：所有的文件都必须本人亲笔签署方为有效。这样一来，每天都有几十份文件需要他签署。这是一项乏味的工作，文字在一切都被格式的框架中死气沉沉。因此，当一些外面的公司来递交文件，尤其是这些文件经过美女的纤纤玉手递过来，那便是十分有意思的事情了。

潘雅洁就是在这种情况下，与他认识的。

那时，路晓北刚从助理工程师被任命为工程师，负责一个工程项目的前期策划编制，潘雅洁是合作公司的主任助理，与主任一起被邀参与会议。那是他第一次主持工作，在他不是很流利地介绍完他关于项目的构想之后，潘雅洁立刻接着发言。她清楚地介绍了作为合作公司，需要承担的部分，还从合作公司的角度，对他的构想提出了修改建议。

路晓北最初感到有点好笑，合作公司不过只是他们公司的一个发包商，确切地说需要依附他们公司才能生存，有什么资格提意见？但很快，他就被面前这位漂亮姑娘充满激情的发言吸引住了。在那间空调开得很低的会议室里，他感到全身的热血开始沸腾。

他是第一次见这位漂亮的姑娘，不知道该如何向她表示好感。他并非不善于表达自己的情感，只是由于内心某种潜在的恐惧，使他无法像处理工作那样，发挥他的口才。当然，他可以说："那个谁，会后你来我办公室一下，对你的建议我们具体地讨论一下。"但这样，会给人以利用工作之便达成自己目的的感觉，他不是这样的人，不愿意这样做。俘虏女子的心，需要的不是趾高气扬与高高在上。

潘雅洁仿佛看出了他的心思，在会议快结束时，悄悄地起身离开了，这令路晓北十分恼火，觉得这个女子太没有礼貌了。

会议结束，赵长盛把他叫了过去，他还以为是自己第一次主持工作，出现了纰漏，正在忐忑间，却发现那个没礼貌的女子正在赵长盛的办公室内。

他皱了皱眉头，难道这个没礼貌的女子，向上司告状来了？可是，还没等他开口，赵长盛已经很热情地向他介绍："路工，还不认识雅洁吧？我来给你介绍一下。"

这个女子是何许人物？路晓北不由得产生了好奇。他尴尬地笑笑，说："在会上领教过，只是还没来得及请教。"

"请教个啥！我这个师妹呀，就是嘴巴厉害。"

在赵长盛的介绍下，路晓北这才知道，潘雅洁是赵长盛的学妹，也是老乡，她现在这份主任助理的工作，也是他给介绍的。他们之间的关系，自然非同一般。

"在会上，你见过雅洁了，感觉如何？"

路晓北没有想到赵长盛会这样问他，忙回答道："很优秀，口齿伶俐，头脑清晰，人长得漂亮，很难得。"

赵长盛呵呵地笑了起来："看来你们还真是惺惺相惜啊，那个话是怎么说的，"他故意装作思考的样子，然后拍着脑袋继续道，"乌龟看王八，对上眼了！"

"师兄——"潘雅洁娇嗔一声，那脸蛋红扑扑的模样，令路晓北心里又是一漾。

"好了，不开玩笑了。"赵长盛一本正经地说，"现在，你们认识了，以后的事情就看你们两个了，工作中要加强交流，生活中嘛，也可以互相关心。"说完后，他又哈哈地笑了，仿佛取笑这两个人，是十分有趣的事情。

路晓北听了之后，却感到很惊讶，他没有想到赵长盛会将师妹介绍给自己。

这时，赵长盛又若有所思地说："其实人这一辈子，婚姻可是大事情。俗语说，成家立业，说的就是这个'家'的重要性。还有一句话说，'男怕入错行，女怕嫁错郎，'说的是选择伴侣的重要性。你们两人的年龄都不小了，我相信在选伴侣这件事上，也有了十足的经验了，只是，我仍然希望你们能够走到一起，因为，毕竟你们两个都算是我的亲人，我希望你们过得好。"

赵长盛一直像兄弟一样照顾自己，可路晓北仍然没有想到，连婚姻这事情，他也在为自己操心，他难免有些感动了。可是，自己这么久没有结婚，或者确切地说，没有与任何女人确定恋爱关系，除了没有遇到合适的女人之外，还有一个重要的原因，而这个原因，他又不便向任何人说明。

就在这时，潘雅洁说："中午，您能否赏面，和我一起出去吃午饭？路工。"

路晓北还没有答话，赵长盛就在一旁开口说："吃了饭之后，还可以去看场电影嘛！下午晚来一会儿，没事的。"

再推辞就是有点不识抬举了。路晓北向赵长盛道过谢，又转向潘向洁说："反正是吃饭嘛，谁都是要吃的。只是有美女相伴，既饱眼福，又饱口福，何乐而不为呢！"

"想不到路工还这么会说话呀！"潘雅洁呵呵地笑了。

爱情有时候来得就是这么猛烈。从那天起，每个不加班的夜里，路晓北都要往市里跑，和潘雅洁一起，去公园里散步，或者凭免费的门票，去大剧院听音乐剧。偶尔，潘雅洁也会来合水镇找他，他们会去看晚八点场的电影，但每次从影院出来，他们都会信誓旦旦地说，再也不看这些电影了，真垃圾！然后，他们会相视而笑，没有任何目的。饿了，他们会在路边露天的食品摊前坐下，叫上几种形形色色的小吃，一边嗅着弥漫的油烟味，一边吃着辣乎乎油腻腻的食物。

为了让潘雅洁彻底地把心放下，路晓北忙完手里的事情，拨通了她的电话，告诉她下午去民政局的时候，千万不要忘记了带身份证，还有他们上周拍的红底结婚证照片。

差五分钟十一点时，路晓北感到外面的天气开始变化。他不同于大多数办公室工作人员，无论外面的天气如何，总喜欢把室内的灯全部打开，把空调开得大大的。他喜欢自然光。他的办公室位于这栋建筑的高层，周围的视野十分开阔，在办公时不需要开灯，光线就已经很充足。打开窗户，外面的风会一阵阵地吹来，十分凉爽，根本用不着开空调。当然，如果天气特别不好，室内的光线特别暗时，他也会开灯。

此时，路晓北感到室内的光线开始变暗。他抬起头看向窗外，明媚的阳光已经躲藏得看不见踪迹，天空好似被顽皮的孩子，突然用一块幕布遮盖着了。路晓北的心里突然有种不安的感觉，看来要下大雨了。这可恶的天气预报，什么时间能够准确一次！他记得很清楚，今天早晨，他用手机查看的天气预报，上面显示的是一个大大的太阳，但这一会，却像要下大雨了。

路晓北走到窗前，看到天边的云朵好像一只巨大的漏斗，空气带着股潮味，闷闷的，不见一丝风。他刚想掏出手机，提醒潘雅洁要注意天气的变化，却感觉有一丝冰凉沉闷地打在他的脸上。

开始下雨了。他望望墙上的时钟：时针指向了十一点过三分。

转瞬间，雨就如瓢泼一般，织起了浓密的水帘。他把窗户关上，走回办公桌前，开始忙碌起来。这是一件奇怪的事情，只要他一停下，不安就会占据他心里的整个空间，他会想到早晨的梦境，如果与此刻的不安联系起来，或许真的会有不好的事情发生。路晓北不愿意有什么不好的事情发生，他只有不停地忙碌。

李莉半个小时前已经来过，把他上班时已签署的文件收走，又送来了几份需要审核的文件。他仔细地看着每一份文件，对每一项工程预算、每一张施工图纸都反复审核，以便确保在施工过程中，不会出现任何差错。作为建筑工程领域排在前列的公司，他们的每一项工程都会涉及到成千上万人。如果有一个细节出现了纰漏，就极有可能危害到这些人的生命及财产安全。路晓北不愿看到这样的事情发生，他承担不起这样的罪责。

路晓北很清楚，在建筑工程行业存在一种较为普遍的现象：转包。建筑工程公司将中标下来的工程项目转包给其他施工或监理单位，这样对建筑工程公司能够减少许多不必要的人力、物力、财力上的投入，但这样做，难免会存在着管理脱节、层层转包、层层扒皮、克扣、拖欠农民工血汗钱等现象，会严重影响到工程质量，甚至楼倒桥塌。路晓北对与自己合作的公司一个个精挑细选，对每一份文件严格把关，为的就是尽量避免这些事情的发生。

　　他还记得，前不久就有媒体以《造价一百六十万转包跌至二十五万天桥翻新未获验收就返修》为题，报道了市里一条路上的六座人行天桥，三月份左右完成了翻新，半年后仍未通过最后的验收，被市民斥为"豆腐渣"工程一事。报道的那天中午午餐，他与赵长盛讨论过这个事情，赵长盛也感慨了非法商人弄虚作假、层层压价转包的可恶行为。从赵长盛表现出来的慷慨激昂的愤慨来看，路晓北感到他会像自己一样，十分痛恶这种违法的行径。

　　一个上午转眼之间就在忙碌中过去了。他打算利用午休的时间去理头发，顺便做一下脸部美容。这栋大厦的一至六楼，被用来做商业区，进驻了一家大型的商场，还有各具特色的店铺。公司与这些店铺都保持着良好的关系，向员工发了各种福利卡，凭卡可以到任一店铺，免费享受服务，公司则按月与这些店铺结算。理发与美容，也是其中的一项。原本，他年轻充满朝气，成熟男人的魅力也开始在他身上体现，可是，他还是觉得有必要去修整一下胡子、头发、面部之类的，他想让潘雅洁看到，他对登记结婚这件事的重视。

　　雨丝毫没有减小，好像要一下子把这个世界淹没。快两点的时候，路晓北还躺在美容店里，享受着美容师灵巧的双手在他脸上游走所带来的快感，赵长盛打来了电话，要他立即到他的办公室。赵长盛是项目部的最高负责人，除非是比较重大的项目他才会亲自指挥协调，平常的业务大多由路晓北负责。他很少在休息的时间打电话给路晓北，自然，相约外出喝茶或者别的休闲活动除外。路晓北从躺椅上起身，用一条热毛巾对着镜子仔细地擦了擦脸。走出美容店，他抬头看了看仍在继续的豆大的雨滴，已经持续三个小时了。早晨的那种不安愈发强烈了。

赵长盛一脸严肃地坐在他的办公桌后面，路晓北想，如果公司的CEO要换人的话，赵长盛绝对是再合适不过的人选了。他的穿戴得体大方，显得稳重、老成而威严，给人一种可以统帅各路将领的感觉。此时工程师谢云和策划部主管黑明已坐在赵长盛对面，表情也很严肃，好像发生了重大的事情一样。见到路晓北走进来，黑明赶紧站起来，让他坐下，自己则另搬一张椅子，也坐下了。

赵长盛直奔主题："十分钟前，合水镇行政服务大厦管理处打来电话，说了两件比较严重的事情：一是地下停车场内的水无法排出，现在已淹没了大部分停放在那里的车辆；二是大厦前面的广场，突然有五平方米左右的塌陷，幸运的是当时没有人与车辆经过，没有造成伤亡事故。"

路晓北下意识地握紧了双手，他感到身上的血液一下子凝固了。"真的？"他语气硬邦邦地说，连自己都听不出这是他的声音，"真是太可怕了！"他的话太呆板了，刚一出口就觉得后悔不迭，恨不得一口吞回肚子里。

赵长盛并没有理会这些，他望了他一眼，接着，下达了指令："现在，我要求你们立即赶往现场，对事情进行全面的调查，最新情况要及时汇报，黑明你要做好汇报材料，以便我们应对媒体。"

路晓北苦笑自己的处境，因为这栋大厦是他全权负责的一个项目。他突然意识到，早上的梦境并非毫无意义，此刻，他就像陷入了巨大的沼泽地一样……

近段时间，合水镇一直就不大太平。镇政府启动紧急预案，领导也多次走进社区，安抚民众，成效却不怎么明显。常有人聚集，或是开来一辆大巴，堵在镇政府门口，让前来办事或工作的车辆，进入不得。都是城市更新惹的祸，它触痛了不少人的神经。作为合水镇最大，在这座城市里排名前列的天风建筑公司，也因此受到牵连，近日里连连召开董事会议，商议公司搬迁的事项。可整座城市都是如此，又能搬往哪里呢？

相对来说，合水镇是目前保留固有风格的唯一的城镇。它披着一层神秘的面纱，让每一个来到这里的人，都为之流连忘返。它拥有一百平方公里的土地，却没有受到工业的浸淫，果园、耕地、山林，至今仍静静地耸立道路两旁，像一幅久违了的田园风光画。主街道不足两公里长，两旁不知什么年代种下的榕树，早已是根深叶茂，簇簇根须从枝干上垂下，下雨天躲在下面，一点也不会被雨淋到。树冠几乎遮严了整个路面。绿荫下的青石板街道，永远那么幽静。一座座二层青砖骑楼，隐隐呈现着一个逝去的时代的繁荣，更增加了几分令人敬畏的庄重。在沿海这座发达的城市，尤其是经过改革开放三十年，合水镇风貌依旧，一副永恒不变的模样，让它有别于其他任何一个街道。

可是，风格不能当饭吃，也不能带来一个城镇的经济发展。在每个街道GDP每年上升的大环境下，合水镇每年领回来的，只是市领导的点名批评。新上任的镇党委书记陈林峰，更是接到了死命令：要他在任期间，脱掉"全市落后镇"的帽子。

这是一个难题。合水镇土地虽多，但大部分都在生态控制线内，被划为了耕地，不能发展工商业，怎么办？陈书记辗转反侧半个月，头上仅有的三分之一的头发，又减少了一半，这才带着黑眼圈，在班子会上拍板决定：像其他街道一样，走城市更新的路子，争取在五到十年内，把合水镇打造成现代化的城镇。

行政服务大厦就是合水镇城市更新的第一个项目。它的前身是合水镇商会大楼，两栋三层的骑楼式建筑。而作为天风建筑公司第三项目部的高级工程师，路晓北负责了这个项目。项目报告、施工图、预算等都是他签名确认的。而现在项目出了问题，他自然负有不可推卸的责任。路晓北清楚记得，这个项目是合水镇企业联合会投资兴建的，共六栋二十八层，建成后，镇政府行政中心首先入驻。当时，他全程参与了项目，并负有各项工作的审核权。可以说，这个项目从策划到预算、从图纸到施工再到最后的验收，每一个环节都是在他的批准下进行的。更重要的是，这件事情竟然在这么一个节骨眼上发生。

"或许，赵经理会想办法帮我的。"路晓北想。他明白赵长盛在部下面前的态度，也知道那种态度无疑是傲慢的。可他也清楚，对自己，赵经理向来都比较关照，他也常常因此而心怀感激。

此时，谢云与黑明先出去准备了。赵长盛说："本来我也应该第一时间赶赴现场的，但你知道，如果我也去了，会让人联想到这是一起质量事故。现在的记者是惟恐天下不乱的，他们一定会添油加醋。所以，这次你辛苦走一趟，看看到底是什么原因造成的。"

"我明白。我会尽量仔细查看的。"

"还有，你要尽量安抚业主的心，让大伙儿不要胡乱猜想。但是，你不要做任何表态，有人问起，你告诉他们，晚上会召开新闻发布会，一切会在会上说明……;"

路晓北领命走了出去。赵长盛还想说点什么，可是嘴张了几次，什么话也没有说出来。他听到电梯在楼层关闭的声音，路晓北已经走了进去。他想告诉他，在这件事上不要花费太多时间，但他又咽了回去。他走到窗前，点燃了一支烟。

楼下，公司的奔驰车已经在等候了。他看到，路晓北他们走上车，转眼间便消失在雨里。

第四章　新闻发布会

十五分钟后，奔驰车抵达行政服务大厦，暴雨丝毫没有减小，仍如瓢泼。路晓北立即下达了指令，他去管理处了解情况，谢云与黑明去事发现场实际查看。分完工之后，他们各自穿上雨衣，冲入雨中。

路晓北选择去管理处，是有原因的。前不久，邻镇就发生过地下停车场被淹的事件，当时，那栋大厦的管理处没有及时通知业主，后续管理工作也没有做好，导致业主极为不满，集体到市政府上访，成为了一件影响比较恶劣的群体性上访事件。可以说，发生这样的事情，如果管理处工作没有做好，很容易引发业主的恐慌与不满，从而会酿成群体性事件。路晓北可不愿发生这样的事情。

此时的管理处已挤满了业主，这让路晓北感到了一丝恐慌。但很快，他就镇静了下来，这些人并没有表现出明显的情绪激动。业主们将管理处的过道挤得水泄不通，相互之间低声地交谈着，议论着。在他们中间，一个四十岁左右的男人，正站在一张凳子上，向大家打着手势。

"各位，请放心，我们会想尽一切办法，将大家的损失降至最低。"

路晓北认识这位中年男人，他姓丁，叫丁克白，是管理处的经理。他仔细地端详着丁经理的面容，发现他生着高高的鼻梁，眉宇间竟隐藏着一股正气。然而，不知他生活过于贫苦，还是不修边幅，只见他衬衣的领子已经磨破了，或许，那也可能是洗濯不善而造成的，但他的领带却是歪歪扭扭的，似乎压根就不喜欢这根束缚脖子的东西。他五官端正的脸也由于紧张而看上去略显灰暗。他站在凳子上，努力地回答着大家的问题：

"这是不是由于工程质量而造成的，目前，我也没有办法回答大家，但是，我已经联系了天风建筑公司，他们会派工程师前来勘探……"

这时，他看到了路晓北，立即从凳子上下来，穿过人群，过来同他握手。

不得不说，管理处的工作还是比较到位的。他们在刚下大雨的时候，就加派了人员到停车场巡视，发现有水流倒灌进停车场，就立即启动了消防警报，通知各个车主移走车辆。当车主们来到停车场，发现车已不能及时移走了，但看到管理处的所有人员都在忙碌着用沙袋堵水，不让水再流进来，几台抽水泵同时都在不停地抽水时，他们也没有抱怨什么。聚集在管理处，他们只是在打听，遇到这样的事情，所造成的损失该由谁负责。同时，他们也在祈愿上天，雨能够早点停下来。

如果仅仅是雨淹没了停车场，那还可以找一些理由来搪塞，尽管路晓北很不愿意这样做。但现在，还出现了路面塌陷这样的情况，就不能不让人想到工程的质量了。路晓北仔细地询问了路面坍塌的情况，是在雨淹没停车场之后才发生的事情，离路晓北赶到这里，还不到三十分钟。丁克白对他们的及时响应也较满意，没有埋怨说工程质量如何，而是如实客观地介绍了坍塌的面积、地点及现在已用警戒线隔离开来的情况。

路晓北告诉丁克白，他会及时将情况上报公司，同时，他也会认真地查找原因，对于晚上他们的新闻发布，公司将会派专人参与，将原因在发布会上告知大家。当然了，坍塌的地方，他们会派施工队过来抢修，保证所有的一切都会在第一时间进行。丁克白没有怀疑他们的响应速度，再次与路晓北握手，送走了他们。

虽说管理处没有为难他们，但路晓北仍旧意识到了问题的严重性。回到项目部，他来不及脱掉雨衣，就直接走进了赵长盛的办公室，向他汇报情况。当着他的面，赵长盛立即采取了紧急预案，首先跟行政服务大厦管理处的丁克白经理取得了联系，要求他们不间断地向外抽地下车库的水，确保业主的车辆不被淹得太过严重。接着立即将相关情况向公司总经理黄四海进行了汇报，黄四海得知这个情况之后，当即严厉批评了他们："怎么搞的嘛，竟然会发生这种事情？如果真的查实是我们的工程质量问题，我都负不起这个责任。"

路晓北知道总经理的话并非危言耸听，吓得冷汗都下来了，连连点头说："我会立即对项目资料进行再一次核查的。"

黄总瞪了路晓北一眼，说："现在问题的关键不是光核查资料，那些新闻媒体也要打点，一定要把他们的嘴巴堵严了。如果这事传出去，影响就大了，到时候公司的前途也算完蛋了。"

赵长盛连忙点头说："我明白，我已经与行政服务大厦管理处的丁克白经理联系了，要求他们暂时也不要接受媒体的采访，我们公司上下更是要保持口径一致。等一下我会与路工详细地拟一份新闻通稿，争取在下班前召开发布会。"

黄总说："能够及时响应，主动向媒体通报有关情况，这种做法是好的，但这样做还不够，要知道，新闻媒体并不是那么好打发的，他们唯恐天下不乱呢。遇到这样的新闻热点，想三言两语就打发走他们，怎么可能？必须要妥善安置才行。"说完，黄总立即拨通了合水镇党委书记陈林峰的电话，让他委派宣传部负责人协助解决此事。

挂断电话，黄总又叫来了法律顾问，委托他出面与保险公司洽谈，争取为各位车主谋得最大程度的赔偿。把这些工作安排之后，黄总挥挥手，让他们去忙了。

半个小时后，宣传部副部长李斌赶来了。他是合水镇政府专门联系与协调新闻媒体的副部长，他了解了情况之后，先是仔细地看了一遍草拟的新闻通稿，提出了一些修改的意见。接着，在路晓北与黑明一起在电脑上修改通稿时，他与赵长盛低声私语了一番。他们说的什么，路晓北听不到，但他明白，此时，不仅是他，还有公司的前途，都在这两个人身上了。

不过，想到多年的努力，竟然无法抵挡这样一阵突如其来的暴雨，路晓北感到自己就像是釜中的游鱼，无论怎样拼命挣扎，仍然摆脱不了走向灭亡的命运，他的心如刀割般难受，但没有办法，他还是要打起精神，把手里的事情尽快完成。

发布会五点四十五分进行，就在行政服务大厦的大厅里。尽管参与了新闻通稿的拟定，但话语从赵长盛嘴里出来时，路晓北还是感到有些意外，仿佛第一次听到这样的解释。赵长盛从行政服务大厦的地理位置对停车场水淹的原因作了解释。他说行政服务大厦在该地域地势较低，以前雨水都会通过大厦前面道路的排水管网进行排水，今天猛烈的暴雨致使道路积水升高而倒灌大厦所在的位置，致使停车场被淹。而对于坍塌，他的说法更令路晓北感到吃惊，他说，目前来讲，还很难断定坍塌的原因，但我们会进一步调查，如果在施工过程中存在有违法行为，我们一定会将其交到司法机构，我们绝不允许任何人有任何行为给公司抹黑。

赵长盛的话里有话。路晓北感到莫名的恐惧。而令他更为恐慌的是，当发布会结束时，一位穿着制服的警察走到他们身边。他先与赵长盛握了握手，说："你的发言很精彩，你们不允许有违法行为的决心也令人欣慰。不只是你们，我们也很关注这次事件，也希望早日能够将事件的原因查个水落石出。"赵长盛向他介绍了路晓北，说："这位是我们公司的路工程师，这次调查也将由他全面负责，你们有任何需要，可以直接找他。"他同路晓北握了手，说："很高兴认识你。我姓吴。我会随时与你联系的，希望在我们需要时，你能够协助我们调查。"

路晓北硬着头皮与吴警官握了手，说："很感谢您对这件事情的关注。请您放心，我们公司一向将工程质量放在首位。这件事情的原因，我们会及早查出来的，到时候一定会给您一个满意的答复。"

"那就好。我也希望这只是一次偶然事件。"

"很高兴您也这么想。"路晓北回答道。可当他看到吴警官肩上闪闪发光的警徽时，不安却再一次将他笼罩。

路晓北将印有自己职位头衔与电话的名片递给吴警官，对方打量了一会儿，对他说："我听说过你的名字，但没想到你就是路晓北。"

路晓北笑了，说："但愿不是坏名声。"

"哪里的话，你真爱说笑。"吴警官说，"报纸上常把你宣传为青年人的楷模——"

"那都是媒体的炒作，"路晓北看到赵长盛同他使了个眼色，知道他该离开这里了，就对吴警官说，"抱歉，我现在要离开了，有需要时，随时联系。"

告别吴警官，路晓北跟随赵长盛走进了管理处办公室，各个媒体的记者都已经在那里等候了，李斌正在与他们热火朝天地聊着。李斌常与这些记者打交道，彼此间比较熟悉，由他出面，局面渐渐变得可控起来。路晓北将心放进了肚子里。

李斌说："好了，大家都到齐了，给我个薄面，一起到合水大酒店吃个便饭吧。现在已经是晚饭时间了，我们为大家准备了丰盛的晚餐。我知道，现在'八项规定'，禁止大吃大喝，不过，各位不用担心，我保证使用的绝不是公款。"记者们都会心地笑了，他又继续说下去，"我也好久没跟大伙见过面了，正好趁此机会，我们好好地叙叙旧，沟通一下感情。说实话，很久没有吃过一顿丰盛的晚餐，我也馋啊。"

他的话又是引起一阵哄堂大笑。

为了避嫌，赵长盛没有安排公司的中巴车来接记者，而是提前联系了丁克白，让他安排了车辆。这些记者也有迟疑着不去的，可是又不好拂李斌的面子，就依次上了车。中巴车很快就将他们安全送到了合水大酒店。赵长盛早已按照最高的接待标准，让酒店备好了酒席，还给每个记者准备了丰厚的礼品，当然，红包也是少不了的。路晓北知道，每一个红包都沉甸甸的。在前往行政服务大厦召开发布会时，赵长盛就叹息着告诉他，这一下公司最少要花去五万块钱。

　　酒桌上，李斌、赵长盛和路晓北三人，以东道主的身份，不断地给记者敬酒。那些记者都是二十多岁的年轻小伙子，路晓北虽心有不甘，却不得不一次次地与他们称兄道弟。为了让他们不会因一时的正义感，而写出一篇热血澎湃的檄文，他只好硬着头皮，像赵长盛一样，敬了记者们一杯又一杯，最后，毫无疑问地，他们都酩酊大醉了。

　　记者们终于心满意足地拍着腰包走了，路晓北才算出了一口气。中巴车负责送记者各自回家，李斌的司机已经在酒店的停车场等候了。李斌坐在沙发里，抽着中华烟，醉眼迷蒙地说："目前这一关暂且过去了，但并不意味着业主不会闹事。如果真的是由于你们的工程质量问题而造成的这次事故，大罗神仙下凡也救不了你们。希望你们好自为之，把该做的工作赶紧做好，查出到底是什么原因，并立即制订出补救措施。我的话只能说到这儿了，你们也知道，现在陈书记也很关注这件事，但愿你们不要在这个节骨眼上，再添乱子了。"

　　赵长盛立即以迎合的神情说道："您说的这些，回去后我会立即向黄总汇报。您也知道，我们公司目前的地位与处境，我们也不希望有任何的负面新闻。今天您辛苦了，等这件事过去，一定要请您外出玩几天。"说着，赵长盛将一个厚厚的信封塞进了李斌的包里，"我们也希望，以后再也不会因为这样的事情而麻烦您！"

李斌的话语缓和了下来："我刚才说的也是实情，你们还是要抓紧时间，把问题弄清楚。"

赵长盛连忙点头称是。

李斌这才摇摇晃晃地走了。这个时候，项目部的司机张楚打来电话，问还需要多久，路晓北这才搀扶着赵长盛，一起走出了酒店包间。

坐上项目部的奔驰车，赵长盛大着舌头问路晓北："路工，不，晓北，你自己说说，我待你怎么样？"

路晓北虽常与赵长盛一起应酬，却很少见赵长盛喝成这个样子，其实，他自己也醉得几乎不行了，但大脑内还有一丝清醒，让他也大着舌头，回答了赵长盛的问题。他说："嗯，您对我那还用说吗？用一个字回答，就是好，两个字回答，是很好，三个字回答，是非常好，"他竖起了五个手指头，"四个字回答，是十分的非常好。"

赵长盛哈哈地笑了，"就你小子滑头，十分的非常好，这是四个字吗？"他拍了拍司机位的后背，"张楚你说说，十分的非常好，这是几个字？路工还用五个手指头比画呢！"

张楚头也没回，十分专注地开着车，他的声音从前面飘来，路晓北感觉非常遥远，他使劲地摇了摇头，这才听清楚张楚说的话："路工是喝多了，那是六个字呢。"

听张楚这么一说，赵长盛来了劲，也忍不住自夸道："我就说嘛，晓北呀，你还是需要再好好地修行一下，你的道行还是不够。这么一点酒你就喝多了，那以后你要是做了经理，岂不是要天天喝醉？"

路晓北点了点头，他的胃里翻江倒海似的，不想说一句话。赵长盛这时似乎也并不期望得到他的回答，继续说下去："今天这件事，你知道不，如果放在别人身上，那是多么严重的后果？就是我，处理起来，也感到有些吃力。但这件事也充分说明了一件事，就是人脉的重要性。像我们公司，没有充足的人脉关系，是难以发展到今天的这种规模的。"他打了一个酒嗝，一股难闻的气息顿时在车内弥漫，他又说，"你知道，我们今天给每个记者的红包内封了多少？"

路晓北强忍住内心的翻腾，摇了摇头。赵长盛伸出了五个手指头，路晓北问："五百块？"赵长盛说不对。

"五千？"路晓北张大了嘴巴，这可是工厂里打工的工人两个月的工资呢。

赵长盛说："这下猜对了。对于这帮记者，你只要稍微打点不到位，他们非要把你往死里整。但钱到位了，一切也就好说了，不好的他们也能帮你说成好的。今天，这些人都派了名片给你，你可要好好地保留，有事没事就邀他们一起吃顿饭，以后，说不定哪天，就会再次派上用场了。"

路晓北连连点头，说又从赵哥这里学了不少宝贵的经验。

赵长盛浮肿的眼泡思索地看了路晓北一眼，仿佛累极了一样，眼皮慢慢地闭上，可不一会儿，它又艰难地打开了。

"还有一件事情，你必须要记住，你现在也是高管了，要知道在一些场合，你的话就代表着公司。"

"是不是我今天说错什么话了？"路晓北不安地问道。

"你今天表现得很好，没有说错任何话。我只是提醒你一下。尤其是当你承诺了别人，就一定要想方设法达到，否则，就不要承诺。做我们这行的，最忌讳的就是失信于人。"

路晓北明白了赵长盛的意思。现在项目部的各项经费开支，虽说仍由赵长盛签字支付，但路晓北也负有审核的职责。今天这件事情，李斌部长出了不少力，改天自然需要好好地谢谢他，当然，这笔经费是由项目部出了。

赵长盛补充道："等再过几天，或者到月底，天稍凉一点，我知道有一处温泉非常有名的。到时候，我们组织一下，去泡泡温泉，完全地放松一下。"

"别人帮了我们忙，我们自然需要感谢。只是，做为政府的官员，这样做就太不应该了，他们是人民的公仆，是人民来养着他们的，怎么能做了一点力所能及的事情，就向人民伸手索要好处呢?"

路晓北满不在乎地说了这句话，于是，赵长盛苦笑道:"我的傻兄弟呀，你是不是还生活在原始社会里?做事没有回报，现在谁会伸手帮你?真的，我很多时候，都忍不住怀疑，你这么个看起来不食人间烟火的家伙，怎么能存活下来的?"

"我也不知道呢。总之，怎么说来着，我一直期待我们能存活在这样的世界里，我们伸手去帮助别人，都是无私的，不求回报的，也不用担心我们的好心，会被人利用。作为一名高级工程师，这样的世界不正是需要我们去设计、构造的吗?"

"你个家伙，口齿倒还伶俐。只是，你说的这种人呢，现在可是打着灯笼也找不到的。至于你所说的那个宏伟的构想，还需要像你这样的热血青年去实现。我不行了，我已经太老了。"此时，赵长盛想起了谈这个话题是多么的无聊，而因此中断自己的"说教"更是不该，于是说道:"不管怎么样，你现在毕竟还年轻，我给你说的都是经验之谈，慢慢地你就会明白的。"

司机把车开到了千基豪苑花园小区门口，赵长盛摁下车窗，冲保安员打了个响指，保安立即打开了遥控门。奔驰车把路晓北安全地送到楼下。赵长盛说:"回去好好睡一觉，明天开始就要忙起来了。"

"嗯。"

"好啦，我告辞了。当然，我得看着你走进电梯后再走。"

路晓北胡乱地朝背后挥了挥手，快步地朝电梯走去。他的腹内早已经翻江倒海了。今天他喝了不少酒，刚才在车内倒还好些，可现在一下了车，这种猛烈的呕吐的感觉，简直让他忍受不住了。走出电梯，他费了好大的力气才把房门打开。潘雅洁不在房间内，他以为她在加班还没有回来，他的大脑这时已经容不得他多想了，他倒在床上，连澡都没洗，就一下子睡着了。

第五章　潘雅洁走了

半夜里，路晓北醒来过一次，他咕哝着向潘雅洁要水喝，等了半天，没有听到回声，他又迷迷糊糊地睡着了。直到口干舌燥，胃部如火烧一般，他实在无法忍受，这才起身，走进厨房，从冰箱内取出一瓶冰水，喝了。

喝完冰水，他再无睡意了。走到阳台上，点燃一支烟。风很大，海面上有星星点点的亮光，路晓北清楚，那是渔船的灯光。虽说市政府明文规定，不允许渔民私自下海捕捞，但对于靠海吃海的原居民来说，洗脚上岸也不是那么一件容易的事情，毕竟生活还是要继续下去，而政府给予的那部分补助，远远不够一家大小的基本生活使用。

路晓北特别能够理解他们，正如他理解这段时间，合水镇聚集闹事的人们。城市更新扯痛的是农民的权益，为了维护权益，他们自然会选择奋起抗争。可他们维护权益的方式是合法的，虽然有些偏激。相对于为了私利，而赚昧心钱的不法商人来说，路晓北更痛恨后者。

一支烟抽完，路晓北才感到房间内似乎比往常空荡，他突然像想起了什么似的，冲进卧室，果然，潘雅洁不在，她已经走了！

看着空荡荡的衣柜，那里，曾挂着她的衣服。走到化妆台前，那里，只剩下他的护肤品。浴室里，只留着他的毛巾、牙刷……路晓北找遍了整个房间，潘雅洁连一根头发都没有留下！

她怎么可以走得这么干脆？怎么可以走得这么不负责任？

路晓北无力地跌坐在沙发上，他安静地闭上眼睛，脑海里反复地出现着潘雅洁微笑着的脸庞，"晓北，我们去看电影吧。"

"那种无聊的电影，我才不去看！"他不领情地皱着眉头说道。

"不要那么挑剔好不好？你每天都把心思用在工作上，偶尔也要学会放松啊！"她像哄孩子般哄着他，拉着他的手硬是将他拉到了电影城。那缤纷夺目的 LED 显示屏，正播放着即将上映或正在热播的影视讯息，吸引着每一只到达影院的眼球，即便你丝毫没有看电影的欲望，那引人注目的广告、那精彩纷呈的片头，都会将你引入影院。看完了影片，哪怕你会发现，所有的精彩，也只是那么几秒钟的时间。是的，她就是这样，每次从电影院出来，总会说，这样的影片，再也不看了。但还没过几天，她又会再次拉着他，将他拖向影院。

只是，现在，她呢？路晓北环视整个房间，根本没有潘雅洁的影子。那个总喜欢拖着他去看电影的女人，真的离开他了。那个总喜欢睡觉到早上最后一刻钟的女人，真的离开他了。那个总喜欢周末疯疯癫癫踩一辆自行车到处跑的女人，真的离开他了。不能否认，他已经习惯了有她陪伴左右的生活，他已经在心底深处留了很大的空间，让她进驻，但现在，她走了，他的心也空荡了。

路晓北知道是自己一而再、再而三地令她失望，但今天这种事的发生，谁又能意料得到呢？难道一点希望都没有了吗？现在想想，他似乎不管什么时候，都是把工作放在第一位，什么事都是工作优先，从来没有考虑过周边人会怎么样。现在看来，这似乎是多么错误的抉择啊！

但即便是离开，也不应该是这样无声无息地离开啊！哪怕你大发雷霆，哪怕你歇斯底里破口大骂，最起码我也知道了你要离开啊！但现在，一切都静悄悄的，这种寂静压得路晓北胸口发闷，说不出话来。

雅洁，你真的走了吗？不留下一丝痕迹地走了吗？他的心在滴血。这是一种什么样的感觉啊，亲爱的女人伤心绝望地离开，这是哪个男人愿意看到的啊。

沉默，长时间的沉默。路晓北不停地抽着烟，一支接着一支，原本空荡的房间，因弥漫的烟雾更增加了一个男人的忧伤。他想到了昨天早晨的梦境，想到了在梦境中潘雅洁离他而去的情景，恐慌再一次将他笼罩：梦里的泥沼不正一点点将他淹没吗？

在所有人眼里，他与潘雅洁似乎是天设地造的一对。他高大魁梧还很帅气，且满腹才华，凭借个人的努力，成为公司里最年轻的高级工程师。而潘雅洁，出生于一个书香门第，母亲是一个医生，读过旧学，写得一手漂亮的书法，还通晓四书五经，唐诗宋词；父亲在邮电局工作，大小也是一个领导。她是家里的独女，从小就受到了父母双亲良好的熏陶。

只是，两个人的性格却有很大的出入。路晓北不喜欢户外运动，而潘雅洁却非常喜欢。星期天的早晨，她总是沿着自行车绿道，骑一个小时的山地车。她还参加了一个自行车俱乐部，经常用上一天的时间，同那些疯疯癫癫的人群，从这座城市骑行到另一座城市。经过一天疯狂的运动之后，晚上她会精疲力竭而又心情愉快地来到他的单身公寓和他约会。那时候路晓北还没有计划买房，他在公司附近租了一套公寓。路晓北添置了一整套厨具，他喜欢自己张罗饭吃，其实他的饭菜比较简单，如梅菜扣肉饭、辣子鸡丁饭，不管是哪一种菜系，只要是他喜欢的，他总会想办法将其学会，并尽量简单化，在最短的时间内就能做出来。

他大部分周末都会待在房间里，安静地看书，偶尔，他也会去市场添置一个星期的食物。潘雅洁最喜欢同他一起去市场，看他同那些小贩讨价还价。工作时，他话语不多，但在讨价还价上，他似乎变了一个人，口齿伶俐，且总能抓着小贩的心理，让小贩不得不让价与他。比如他要买一口烧菜用的不粘锅，店主向他推荐："这口锅好，我们店里的东西绝对货真价实，一百九十八块，便宜了给你。"他就会故意用店主刚好听到的声音嘀咕着:"在商场才卖一百六十八块,看起来货是一样的,商场的质量应该更有保证。"然后抬起头提高了声音对店主说:"谢谢你,我到别处看看。"店主听到了他的嘀咕,为了不让这位顾客失去,会说:"算我亏了,谁让我们有缘呢。我亏三十块卖给你了,一百六十八,你拿走。"这时路晓北就会假装动心,拿起锅掂了一下,道:"感觉重量还是轻了点,看来只是看起来与商场的相同。算了,我还是再到别处看看。"他爱买不买的样子,往往会激起店主一定要把货物卖给他。"你说吧,给多少钱你要?"店主会把开价的主动权让出来。"顶多九十八块。"路晓北语气坚定,没有任何讨价还价的余地。"再加十块,一百零八块卖给你。""不,最多九十八块。"路晓北装出要走的样子。"好吧,成交。"直到这个时候,潘雅洁悬着的心才落下来,她害怕在讨价还价的过程中,店主会突然发火,说出难听的话来,但看到路晓北一副胸有成竹的样子,她感到与他一起去市场,是一件刺激而又紧张的事情,但刺激与紧张之后的快感,却又是她十分享受的。

他们保持每周末共处一室,一直持续到他在赵长盛的说服下买了房,潘雅洁才搬过来,算是正式开始同居。在他们的同居生活里,潘雅洁曾流过一次产,这件事让她的母亲知道后,忿忿不平了许久,说她太不懂得爱惜自己,说路晓北太不疼雅洁,还非逼着他们赶紧把结婚的事情给办了。在流掉第一个孩子的时候,他本来也想早点登记,算是作为一个男人应该负起的责任,但事不凑巧,公司里突然发生的事情,让他不得不推迟登记的日期。这一推迟就到了现在,也难怪潘雅洁在早上会那样不安地问。

但现实总是会有太多的意外,有时候就是这么让人措手不及。路晓北坐在沙发里,沉默了许久,最终还是拿起了手机,他决定,即便是分手了,也要亲耳听到潘雅洁这样告诉他。

但手机里传来的,却是一个标准的女声:"对不起,您拨打的用户已关机。"他的胳膊无力地垂下,手机从他的手中滑落,摔在地上。

昨夜凌晨，雨停了，今天一整天，太阳高悬。这座城市就是如此，秋季了，仍如夏季一样，雨说来就来，说走就走。但昨天的雨，仍然让不少地方积水成洼。合水镇是沿海小镇，地势本来就低，每次大雨来临，都会造成不同程度的内涝，这次也不例外。许多市民，害怕半夜里大雨再来侵袭，都把车停在了公路的两旁。一眼望去，公路成了一个长长的停车场。一大早，《城市早间新闻》就不停地播放，昨天合水镇水浸的消息，路晓北在中巴车上用手机观看了这则新闻，在谈到行政服务大厦的事件时，主持人轻描淡写，只是简单地播报了合水镇的响应非常及时，而用了非常多的画面，对合水镇党委书记陈林峰做了专访。

中巴车上，天风建筑公司第三项目部的工作人员们，各自在座位上沉默不语，好像在闷罐车里准备偷渡的蛇仔。从走上车，他们就把自己封闭起来，往日里以点头作为打招呼的举动也没有了。他们每个人都低着头，紧闭眼睛，双唇紧抿，仿佛一开口，行政服务大厦的事情，就会与自己扯上关系一样。在这个时刻，显然没有人会这么傻。

路晓北走上车时，赵长盛也没有像往常那样同他开玩笑，他把脸扭向了窗外，那里是刚刚盛开的桂花树，此时香气趁着车门打开的瞬间，涌进车里。路晓北深深地呼吸了一口，走向属于自己的座位。没有人把目光投射过来。他在心底叹息了一声，目光瞄向了车窗外。

中巴车开到了第二个红绿灯路口，同往常一样，交通岗亮了绿灯，汽车停住了。这时，一个骑着摩托车的送报员映入了他的眼帘。人行道上走着一位中年男人，他腋下夹着一把中号雨伞，肩上挎着的公文包，皮革已经磨损了大部分。一位胖胖的女人，牵着一只法国血种的长毛犬，慢吞吞地在人行道上走着。

中巴车再次开动时，路晓北知道，再有一个红绿灯，就要上高速公路了。他也很清楚，等会儿到了公司，他的时间将要交给无休止的文件，能够完全属于自己的时间，恐怕也只有在这车上的几分钟了。他把手机装进包里，闭上眼睛，让自己沉入于另一个世界。

一走进办公室，他就让李莉送来了行政服务大厦所有的文件：项目策划书，项目预算，工程图纸，工程变更申请等等，整整七个大文件夹。一整天，他都坐在这堆文件中间，焦头烂额地忙碌着。偶尔，他会抬起头，望向窗外，太阳重新挂在了天空，而天空，也因昨天那场突然而至的暴雨的洗涤，变得更加蓝了。抬头能够看到蓝天，在这座大气被严重污染的城市里，该是多么值得庆幸的事情。但是，他却没有一点高兴的意思。从昨晚半夜开始，他按了无数次手机的重拨键，但一次又一次，电话里那个标准而机械的女声，让他坠入深渊。他想亲耳听到潘雅洁对他说，我们分手吧，但电话那头，始终没有伊人的声音。他想冲进她的公司里，当面解释清楚，他亦知道，现在，他最缺少的就是时间……

办公桌上几无方寸空地，铺满了各式各样的文件，每份文件上都签署着他的大名。这是一间非常宽敞的办公室，有独立的洗手间和休息室，公司里，只有像他这样做到高层的人员，才享有这种待遇。宽敞的办公桌后，是一个展示架，里面摆放着他这些年来，获得的各式各样的证书、奖杯，大理石墙壁上，挂着一个巨大的镜框，里面镶嵌的是他作为市优秀工作者，在人民大会堂被国家领导人接见的照片。办公桌前五米的距离处，放着几张沙发与茶几，那是用来接待访客的。平常的日子里，只要有稍微的空闲，那里总挤满了屁股，那帮工程师、助理工程师们，总会以各种各样的借口，跑来讨烟抽，讨茶喝，或是享受四点钟的下午茶。但今天没有人跑过来，即使是收发文件的李莉小姐，每次进来后，总是以最快的速度离开。这可不是什么好兆头。别小看文员，她们总是在第一时间，知晓别人不知道的事情，比如领导层的决议，某个人要有麻烦了。

行政服务大厦事件的影响到底有多糟？每个人都心知肚明，没有人愿意落在自己头上。用赵长盛的话说，如果情况不再继续恶化下去，这种事情倒也容易解决。言下之意，就是要平稳度过，路晓北将欠他一个大大的人情。路晓北是个不愿欠债的人，尤其是人情债。往常赵长盛对他额外的关照，他总是在第一时间，将人情还清，比如请赵长盛一家外出旅游，而所需费用由他一人承担。所以在这个节骨眼上，他极需要做的，就是查出哪个环节出了问题，以免自己将来一辈子都要受制于人。

但要从这一堆文件中找出工程问题，无疑是一件繁缛的事情。路晓北伸手去拿烟，发现早晨刚拆开的一包烟已经空了，他起身，打开保险柜，从中拿出两包黄金叶，拆开其中的一包，抽出一支点燃了。这些事情啊，这些让人头疼的事情啊，怎么全都一起涌过来了？

第六章　事件继续发酵

一支烟抽完，路晓北打开第三个文件夹，从第一份文件开始核对起来。他心里明白，做建筑，拼的是关系。与自己合作的这些公司里，不也有几个是自己的关系吗？潘雅洁所在的公司，是赵长盛的关系。对这些"关系户"，在很大程度上，能睁一只眼闭一只眼，谁也不会两眼都瞪圆了，紧盯着施工的。但很多时候，就因为自己的睁一只眼闭一只眼，往往会造成一些无法挽回的损失。只是，当事情发生了，自己还真能拿这些关系户开刀吗？

他毫无头绪地在一堆图纸之间忙碌着。昨天，赵长盛已在新闻发布会上作了解释，说停车场被淹是因为地势低水流倒灌的原因，他很清楚，这个说法很不具有说服力。他也明白，许多人也清楚这其间一定会存在内幕。在媒体公信力日益低下的今天，他必须用确切的数据来判断其真正的原因。同时，发布会结束时，负责经济犯罪的吴警官，找到他们，而赵长盛把他推到了台前，这让他心里很不是滋味，一种莫名的情绪，竟久久地挥之不去。

"路工，"他的手机突然响起，是赵长盛打来的，他的声音里没有任何感情，冷冰冰的，"你来我办公室一趟！"

离下午下班还有几分钟。路晓北听着手机里传来的忙音，干笑着，耸了耸肩，微微露出一丝无奈的绝望。

赵长盛的办公室就在隔壁，但走过去时，要经过办公大厅。大厅里，不少人在交头接耳，路晓北走过时，他们迅速地返回座位上，眼睛看向别处。

　　来到赵长盛门前，路晓北的脸颊已经烧得通红，他一米九的身高，这时在同事的眼里不过是个小矮人。路晓北明白他们讨论的话题，他们一定以为他收受了建筑商的好处，天地良心，他从来没有这样干过。但众口铄金，他们的议论使他感到恐惧。这些年来，他一直努力地成长为一名优秀的建筑工程师，他梦想通过自己的双手，设计出一栋令所有的同行都叹为观止的建筑，但梦想依旧遥远。现在的城市越来越千篇一律，容不下标新立异，他却从没有放弃过。

　　门在他身后关上了，赵长盛站在空调开得十足的办公室里，神情严肃，可怕，黑色的双眼里充斥着愤怒。

　　"路工，"赵长盛说，"这件事你知道多少？"他指着墙壁上悬挂的宽屏电视。路晓北不看也知道，肯定不是什么好事，不然，赵长盛一定会亲切地称呼他为"晓北"。但他还是把目光转向了电视，猛然间，他发觉自己的呼吸越发困难起来。

　　电视里播放的是行政服务大厦事件的后续报道。画面正显示着一群建筑工人在接受记者的采访。其中一位看起来好像是建筑工人代表的男人正对着话筒在发表言论："我们都是从农村里出来，靠打工维持生活。两年前我们施工队承接了行政服务大厦的工程项目，历尽千辛万苦将工程完工后，他们却不给我们钱。我们多次找他们讨要血汗钱，均遭到拒绝。没办法，我们只好先接别的活，一边干活，一边再抽空讨钱。"当记者问他，对昨天的水淹以及路面塌陷有什么看法，他一口答道："这是意料之中的事情。这个项目转了好几道手，据我们所知，最少转了三次手，每次转手，都会压低许多价钱。到了我们这里，肯定是最少最没有利润的。所以，当工头说没钱支付我们薪资，我们能够理解。但即便是这样，我们也不能不要这些钱，毕竟我们每个人还有一家老小需要养活。"之后，是记者的点评。记者说这些农民工均为三无人员，没有任何资质，没有上岗证，不懂任何技术，他们只能靠流血流汗来赚取一点微薄的血汗钱，但这些钱却被不法商人所侵吞。更令人痛恨的是，这些黑心建筑商，不但非法层层转包、层层扒皮压低价格，且建筑面积增加，图纸变更，加深部分，一律不给算账，人民币上亿元的工程到施工方手中仅剩几千万，致使施工队无能力支付农民工血汗钱及材料款，并且，导致工程质量实在令人担忧，倒塌的危险必然随时都会发生。我们可以说，行政服务大厦所出现的路面坍塌是件幸运的事情，因为它没有伤及居民的生命及财产安全，同时也暴露了这栋大厦存在的质量隐患。最后是专家评说，一位秃顶的戴着高度近视镜的男人，对着镜头作了声嘶力竭的呼吁。

真是屋漏偏逢连阴雨！关掉电视，赵长盛一脸严肃，等待着他说话。

路晓北站着，默不作声。

"对这件事你知道多少？"赵长盛重复道。

"毫不知情。"

"你真的一点儿也不知道？"赵长盛的声音依然沉稳，但增添了几分严厉。

"是的。"

"也许你忘记了我们公司的规定了，或者是你没有严格地要求自己。"赵长盛的话语突然间缓和了，面带微笑地说。

"我当然不会忘记，"路晓北想，可他没有说出这句话来，他很清楚这个时候，他不应该用这样的话来回应这种笑意。这种笑能够让任何一个下属发怵，路晓北明白，这是赵长盛做领导的艺术，越是生气的时候，越不能让自己显得气急败坏。

"公司里有规定，是不允许有这种建筑转包行为的，"赵长盛提醒路晓北，"这么多年了，你应该很清楚这条规定的。"

路晓北点点头。

"可以确定的是，运发建筑公司将这个工程又转包给另外的建筑商了，"赵长盛说，"无论如何，你都不可能毫不知情的。现在出了问题，你用一句不知情来回应，这能说明什么？"

路晓北把目光移向窗外，这个时候，天正在渐渐暗下来。

"我知道运发建筑公司的赵总是我的好朋友。我曾经告诉过你，无论是谁，在工程质量上，都一定要严格把关，出了事故，就是我亲爹，也不能姑息，可现在看来，你并没有把我的话放在心上。你知道不，这令我非常不安。"

"我并没有忘记你的话。"路晓北说，他的眼睛盯向了地板。

"是的，你没有忘记，可结果呢？"

"我很抱歉。"

赵长盛燃起一支中华烟，长长地吐了一口烟雾之后，说道："以往的事情暂时就算过去了，你赶紧想办法制止这件事再继续发展下去。你知道我待你就像亲弟弟一样，可是如果这件事再继续发展下去，恐怕我也没有办法帮你了。"赵长盛注视着他约几秒钟的时间，道："你做高级工程师，有两年半了吧？"

还有一个月，就三年了。路晓北在心里默默地更正。

"我理解你一直想成为一名出色的工程师，"赵长盛朝路晓北身后看了一眼，李莉走进来，做了个中巴车已在楼下等候的动作，赵长盛挥挥手，意思是让来者先出去。"你很努力，成长也很快，你晋升为高级工程师就是很好的说明。可作为高级工程师，一心只扑在技术上面还是远远不够，你要学会如何管理。我记得我曾不止一次地告诉过你，也亲自向你传授过管理的技巧，可你到底在想什么？努力钻研是工程师一种宝贵的品质，但这种品质并不能完好地管理一个团队。告诉我你到底是怎么想的？"

怎么想的，能是怎么想的？路晓北弄不明白，为什么技术人员一定要从事管理工作，但他又无法把这话说出来。他害怕伤害对方。赵长盛一直努力让他成为项目部的负责人，眼看就要实现了，他不能告诉他，他压根儿就没有想过成为负责人，他只想做一名工程师，凭自己的双手，实现长久以来的梦想。

不得不说，在管理团队时，他偶尔会带有情绪化，表现得还不够专业。可是他又如何解释这一点呢？没有办法，他只有沉默。

"你好好想想，该如何挽救目前的这种局面吧，"赵长盛挥了挥手，"下班了，回去吧。"

中巴车已经在楼下等了，路晓北走进自己的办公室时，最后一束阳光照在他的身上，在房间内拉出他孤独的身影。他没有料到，行政服务大厦这件看似很小的事情，正逐渐发酵成一个重磅炸弹。

整整一天，他都在不停地核对每一份文件，他要在这些文件中找到蛛丝马迹。他要弄明白，什么时候自己签署了工程变更的指令。按照他原来的规则与设计，工程绝不可能出现任何的差错，无论是地下排水还是别的任一细节，都不可能存在任何的纰漏，更不会有现在这样的事情发生。

但今天这一天，他显然是不可能得到任何结果。

又一天过去了，他的心愈发沉重。前段时间，他陷入沼泽的梦境，似乎像少年时的祖母之死那样，得到了验证，而他，也只能像梦境中那样，苦苦地挣扎，他也明白，这种挣扎只是徒劳……

他很清楚自己这些年所付出的努力，他不希望他的努力会因为一件事情就全部付诸东流。他出身农家，小时候家里很穷，但他并不羡慕"有钱人"，他羡慕的是那些有品位的人。村里有一个老师，就是他仰慕的对象。那位老师家里并不是很有钱，但他却用自己的知识让他家的房子显得与众不同。每次从他家门前走过，那别有一番风味的房子总在他心底掀起波澜。村里再富有的人家，再有权有势的人家，在那位老师的房子面前，都得乖乖地低下头颅。

那个时候，他尚未读书识字，便已明白了"知识改变一切"的道理。长大之后，他奋发上进，在学校里，每年都是最优生。进入大学选择专业时，他挑选了自己最喜爱的建筑工程，他希望有朝一日，他能够建造出一栋令所有建筑都为之低头的房子来。

工作后，他进入了建筑工程领域，接触的人事多了之后，他明白了每一个行业都有其内在的潜规则。他也知道，公司一些所谓的合作伙伴，无非是打着公司的招牌，承包点工程，赚一点工程的差价，这无所谓，他能接受。他曾很严厉地与这些合作伙伴谈过话，赚钱可以，但工程质量一定要保证。如果出了质量事故，即便有天大的理由，他也会第一个站出来，检举揭发他们，哪怕自己因此身陷囹圄。

作为一个建筑公司的中高层领导，他明白，顺应时代潮流，赚几个钱是不要紧的。在眼下地价一日千里的年代，建筑商的利润逐渐被政府吞没，建筑工程转包、压低价格这样的事情在所难免，大家对此心照不宣。只要不出质量事故，就不会引起民愤，不会被人抓住把柄。

但现在，行政服务大厦的事情似乎在向质量事故的方向发展。如果不及时查清楚哪个环节出了问题，他难逃其咎。自己以前曾拍过桌，也骂过人，难道真的要让自己陪同这些不良的商人一起去坐牢吗？在眼下一份对口的好工作越来越难找的情况下，如果自己真的锒铛入狱，那意味自己这一辈子将无法再从事喜爱的工作，多年的梦想也终将毁于一旦。并且，还不知道有多少人会在背后指戳自己的脊梁骨？但哪个环节出了问题？这个工程的每一个指令，都是由自己亲自审核签发的，赵长盛以及公司的其他领导都不可能出面为自己担当的。下一步自己将如何处置？他真得要好好想一想，考虑一个万全之策才行。

第三天，路晓北有了突破性的发现。然而，这个发现，让他惊讶得久久地说不出话来。

窗外，空气中飘浮着暗暗的花香，阳光炙热地停留在他的身上，洁白的衬衣紧贴着脊背，黏黏的。这是九月的天气，但在这座城市里，烦躁如同这令人窒息的炎热一样，在路晓北的胃里翻来覆去地折腾个不停。他站在窗前，定定地望着窗外，"背叛""利用""破灭"等字词，像阳光一样，执着地在他眼前晃动，带给他一阵又一阵的眩晕。

楼下的小叶樟树正努力地向上生长，仍无法抵达他所在的高度。有一段时间，路晓北还好奇地想，为什么许多大厦中间都喜欢栽种这种叶子又小又难看的树呢？现在，他似乎明白了原因。但遗憾的是，它的高度仍然不够，不然的话，他一定会从窗户上跳出去，跳到它的枝干上，恨恨地，把它的叶子一片一片全摘下来。

从发现行政服务大厦水淹及地面塌陷的原因指向，路晓北站在窗前已经整整一个小时了。在这期间，他扔在办公桌上面的手机低吟浅唱五六次了，他一次都没有接。

冷静，冷静。他强迫着自己要冷静下来。然而，大脑却无法控制。愤怨、迷惘、不安占据了他的整个大脑空间，他无法冷静下来。

一张工程变更图纸正毫无遮拦地躺在办公桌上，放肆地向他发出冷哼。在它的右下角，清清楚楚地签署着"路晓北"三个大字。看着那熟悉的笔迹，他确信，那是他的签名。此刻，那个签名仿佛在对他冷笑，他长期以来的坚持，在这一刻成为了最大的讽刺。

这是一张存在着安全隐患的工程变更图。他已经反复地核对过原工程图纸。在这张图纸上，不仅地下排水管道比原来窄了十五公分，路面混凝土的强度也比原来降低了五个点。不过，庆幸的是，这次变更并没有把楼体地基混凝土的强度降低，否则发生的事情真的是不敢想象了。但这真是一件幸运的事情吗？

烟灰从手上掉落下来，落在他的衬衣上、裤子上，他没有伸手掸落它们。到了这个时候，他怎么还能顾得这些？吴警官说过："我们有需要，请你随时协助调查。"这意味着他随时将被传召到警局。他想大声地抗议：我又没做过什么，为什么要我协助调查？但他不能这样做。如果按照他的诉说，警察很容易就怀疑到赵长盛的身上。对于自己感恩的人，他能这样做吗？不能，绝对不能。

"路工，你在办公室吗？你没事吧……"

办公室的门被敲得"咣咣"作响，门外传来了那个他熟悉的男人声音。

他顿时浑身打了一个冷战。一切都还是猜测，他不能贸然怀疑一个关心自己的人。他梳理了一下思绪，努力让心情平缓下来。他擦干眼泪，把衣服上的烟灰抖落下来，走到门旁，打开门。赵长盛熟悉的面容出现在门前。

"晓北，你没事吧？"或许是注意到了房间内压抑的气氛，赵长盛没有同他开玩笑，而是用关切的语气问道。

"我——我没事——"他迟缓地答道，带着明显的迷惘神情。

出了这样的事情，赵长盛怎么一点也不觉得紧张？或许这件事真的与他无关？如果真的与他无关，那他当时的那句话该如何解释？路晓北感觉自己的脑子将要被绞成一团了。

"晓北，怎么啦？生病了？"赵长盛不愧是高层管理人员，一察觉属下情形有异，马上便想到属下可能是身体不适。

"没……没有……"他支支吾吾地答道，脑袋里轰轰作响。这个时候，连他自己都不知道，是该相信心底的那种感觉，还是该相信那张躺在他办公桌上的图纸了。

赵长盛仔细地观察了一下他，他的神情虽然不佳，但不像是有病的样子。确信了这一点，他才说道："没事就好。晚上有空吗？这两天你也辛苦了，同我一起去见个朋友，正好你也放松一下。"

"不好意思，我还有事。你知道……"他故意拖长了声音。

"那好，下次吧。等这件事过去，我请你去泡温泉。"

"谢谢赵经理！"说完这句话，路晓北突然意识到，他没有喊他"赵哥"，但话已出口，没有办法再更改，他只好尴尬地笑了。

"那你忙吧，我不打扰了。"说完，赵长盛走了出去。

路晓北回到座位上，又瞄了一眼那张工程图，它正在肆无忌惮地冲他做鬼脸。他把它折叠起来，放进保险箱中。接着，他像全身虚脱了一样，他觉得脑袋要裂开了。

第七章　逆天酒吧

办公室外面的办公大厅里，不少人聚在一起，面容沉重，好像在讨论一个人的命运。

"这不算是一次很大的事故，他们不会开除他的。"年轻的助理工程师王小天说，他的语气忠贞，毕竟他把路晓北作为自己的偶像。

"凭他与赵经理的关系，不会的，"策划部主管黑明说。

项目工程师谢云却是这样想的："我感觉赵经理不会怎么着他，但公司领导层却难说。"谢云是第三项目部的骨干成员，从项目部成立至今，算是元老级的人物。他从来就不怎么喜欢路晓北，尤其是作为一个年轻后生，如今却成为了自己的领导，他心中有些不悦。

"你们都在胡乱想些什么呀！"李莉说，"现在，路工烦着呢，你们可不能落井下石，忘了他平时是怎么对待大家的？"李莉今年二十五岁，至今单身，其实她一直暗恋路晓北。从这几天路晓北的表现来看，她推断出潘雅洁离开了他，心中正乐不可支呢。

"我们可不能忘恩负义。"王小天说，但其他人示意他安静，他回头看到，路晓北正提着公文包，从办公室里走出来了。一瞬间，刚才还在谈论的人四散开来，各自消失在电脑后面，好像突然间有了忙不完的工作。路晓北看了他们一眼，笑了笑，走向电梯。

他大步走出电梯，走进大厅。还有十分钟就下班了，大厅里保安人员已经就位，面无表情地拿着报警探测器，准备对每一位职工进行搜索。公司自成立以来，一直如此，从不允许任何文件从内部流出。每个人都对此习以为常，毫不介意保安员在搜索时，双手在他们的身上游来游去。

待保安员脸上挤出一丝笑容，对他说"您可以离开了！"路晓北走出了大厦。中巴车正往大厦门口驶来，他不想忍受司机无休止的问候，从大厦门口拐到另一边，然后，走上公路。

自星期一的那场暴雨之后，这几天再也没有下过雨了，空气中弥漫着一股尘土的气息。太阳正徐徐落下，公路两旁的路灯依序渐次亮起。公路上，行人与车辆还不是很多，路晓北知道，再过几分钟，公路将会变得拥挤。他调整了呼吸之后，愤怒再次燃烧。他踢着路旁的一只不知谁丢的易拉罐，嘟嘟囔囔地说：你怎么能这样对我？你怎么能这样对我？

他茫然地走着，没有具体目标，也没有方向。看见红色霓虹灯标志"合水镇行政服务大厦"时，他吓了一跳，才意识到已经走到了合水镇新开发区。这里原是老城区，以前旧式的建筑还矗立在街道两旁。两年半前，这里被整体划为城市更新区，行政服务大厦就是第一个建成项目。但后来，由于原居民的诸多阻扰，其余的项目进展较为缓慢，原先计划的公路也始终没有开始建设。所以，这里的车辆比较稀少。路旁的商店大多关门了，墙壁上有白灰写的大大的"拆"字。路晓北走在空荡荡的公路中央，孤零零地向前走着。

他走了有三公里远，一直走到高速公路的收费站口，然后转身折回，再次回到公司附近。公司位于繁华的商业区，这里灯红酒绿，每家商店门口，都播放着震天响的音乐。公路上，行驶着各种各样的车辆，在路过红绿灯路口时，路晓北停住了脚步。他突然想起了他高中时的语文老师，雷鸣先生，如果告诉他自己发生的这些事情，他会说什么呢？当然，他会拍拍他的肩膀，微笑着说："你呀，太锋芒毕露了，我早就告诉过你，这未必是件好事！"

手机在口袋里又一次振动起来，他不掏出来也知道是谁。他没有接。绿灯亮起，他穿过路口，继续往前走。直走到双脚传来疼痛，他的内心才开始平静。夜晚，干燥的空气火上浇油，然而麻木的绝望却让他逐渐得到了安静。

他以为可以这样一直不停地走下去，但最后，他还是清醒过来了，意识到明天还要继续上班。无论如何，生活与工作都将继续。他走到公路对面，伸手招来一辆出租车，然后跳了上去。

他去的地方是"逆天酒吧"。他从没有来过这里，也不知道它如何"逆天"，虽然它距离他住的千基豪苑花园小区只有几分钟的路程。他走了进去，不少年轻人脱掉上衣，像群魔乱舞一般，扭动着腰肢，摇滚乐震耳欲聋，显然，DJ把音响的声音调到了最高。路晓北小心翼翼地穿过人群，朝角落里一个空着的位子走去，内心充满全然的宁静，一种彻彻底底的遗忘。然后，漂亮的服务员递来了酒水单，他开口点了半打啤酒。

酒精不停地顺着喉咙流进胃里，流经全身，他的耳边回响着一个声音：他不过是别人手中的一个玩偶！这个声音在他耳边真切地响着，让他的大脑几乎承受不住，就要开裂。他想完全放弃那种杂乱的想法，但下班前那张图纸上的日期硬拉扯着他，让他一次次回忆起两年前的那天。那是三月份的某一天，他清楚地记得，那天他该是多么兴奋啊。他与公司的另外两名高级工程师一同启程，前往建筑王国日本进行为期两个月的学习。作为一名建筑工程师，去日本这个建筑王国进修，是多么值得期待的事情啊。这张图就是司机在楼下等待着，要将他们送往机场的最后一刻送来的。路晓北隐约记得，那天来送图纸的是一个年轻女孩，那女孩打扮得很妖娆，一张脸涂抹了厚厚的一层白粉，嘴唇涂着黑色的唇膏，典型的九零后小姑娘。司机已经在楼下打了两次电话，催促他赶快下去，说再晚就会误了飞机。路晓北刚想让这个小姑娘去找代理他的工作的工程师，另一个人走了出来，他的一句话，使他爽快地在图纸上签署了名字。

他不会知道图纸变更的内容的！路晓北在心里拒绝承认这件事情，拳头狠狠地朝着桌子上砸去，酒杯稍微地晃动了一下，就沉寂了。桌子是大理石的，路晓北的手掌瞬间红肿了起来。他感觉不到痛。这个酒吧他不常来，它是那种用来发泄而不是享受的场所，喧闹的摇滚音乐电子舞曲，疯狂摇头摆尾的人群，打扮得另类养眼的新新人类，到处乱抛媚眼的陪酒女郎……

走进这里，他并不清楚，自己是否需要发泄，此时，他两眼直盯着面前的酒杯，陷入了迷茫——

"下午茶的事情你去办吧！一次多买点吃的东西放在你的办公室内。谁要吃谁去拿。记得带回发票，找我报账……"

"晓北，周末到我家吃饭，你嫂子老家来人，带了一些腊肉，过去尝尝……"

"晓北，祝贺你，这次去日本学习，总算帮你争取到了一个名额……"

"你与雅洁的关系进展得如何了？她虽说是我的师妹，但人还是很不错的，要抓紧机会进攻哦……"

"还是路大师的架子大，每天让我们一车的人都来接你……"

他的脑子里不停地响着那个人的声音，他在心里反复地默念：他是不可能会害自己的。他总是那么亲切，对自己那么关照呵护。他们一直配合得都那么默契，在他们的合作下，许多个重大工程项目顺利完工并通过验收。路晓北刚来公司的时候，他就给予了他许多帮助，和他一起讨论如何确保工程顺利进行、如何建造出最好的建筑，后来，他还对路晓北儿时的梦想作了修整，他甚至还帮他起草了一幅房子的设计图，告诉他那栋房子建起来之后，必将与众不同。路晓北做了高级工程师之后，那些想拉拢他的人络绎不绝。但他却时常提醒路晓北："要坚守你的梦想。

很多时候，人总是在一件小事上犯下弥天大错。"而且在他的努力提携下，路晓北在公司的地位已十分稳固，收入也较刚进入公司时高了几倍。

赵长盛赵经理，我是多么感激你呀。我多么希望与您一辈子在一起，并肩作战，在建筑工程领域创下响当当的名声。但现在，您为何却要让我犯下如此大的罪过？眼泪在路晓北的脸上无声地流着。

路晓北点燃一支烟，无力地靠着椅背。他努力做着最坏的打算：被公司辞退？身陷囹圄？面对巨额罚款？接下来，还会发生什么事情？他不敢再往下想。

他突然间想给潘雅洁打个电话，告诉她出了什么事情。他知道，让她回到自己的身边，已经是不可能的事情了，但他不愿意她就这么离开了，让他背负了一个不负责任的罪名。但想到自己一而再，再而三地推迟订婚日期，的确深深地伤害了对方，他又感到非常内疚。总之，他不期望她的原谅，他只想告诉她实情。只是，手机里传来的仍然是那个标准的女声。已经是第三天了，她的手机还处于关机状态。

半打啤酒已经喝完了，他抬手打了个响指，服务员又送来了半打。他把钱及小费放在托盘内，服务员有礼貌地走开了，没有问他一句话。他或许就喜欢这样的地方，没有人东问西问，每个人都互不干涉，各自用自己的方式发泄苦闷，当然，你需要提前把账结了。

表面上看来，他是个大大咧咧没心没肺的人，用潘雅洁的话来说，很多时候还透着一股傻气，实际上你永远不知道他的脑子里究竟在想什么，如果他不告诉你。他最大的优点就是聪明，缺点是太聪明。不过，在他读书的时候，十分喜爱他的雷鸣老师就曾告诉他："架上一副眼镜，能让你逼人的气质有所隐藏。你太优秀了，这不一定是好事，你要学会保留。"他听从了老师的建议，选择了一副厚边框笨重的眼镜，这样，看起来他只是一个工作能力极强，却没有什么心计的傻大个。

但他自己清楚，此时他只想喝醉。从发现所有的证据指向他的顶头上司，他视为对自己最关爱的领导赵长盛时，他就变得失魂落魄的。此时，桌子上已经堆满了空酒瓶，服务生刚送来的半打，他也已经喝了两瓶。醉态已经在他身上完全表现了出来，连他自己都感觉到舌头硬得几乎不打弯了。不过，他不去理会这些，这个时候，他最想做的事情，就是一醉解千愁。

可就在这个时候，他看到一个人向他走来，他叹息了一声：妈的，喝酒都喝不痛快。

来者是赵长盛，路晓北并不清楚他因何而来，更不明白，他怎么会找到这里。下午，提前离开公司时，他把手机调到了静音状态，就是想什么电话都不接，什么人也不理会，来到这个酒吧，只是要痛痛快快地喝一次酒，可没有想到，赵长盛还是找了过来。

他更没有想到的是，赵长盛却表现出一副意外相遇的表情。他走过来，大声地说："没想到会在这里见到你，"他在路晓北面前坐下，"你经常来这种地方？"

路晓北点了点头，又摇了摇头，什么话也没说。他突然间对面前的这个男人，厌恶起来，讨厌他的做作，他的装模作样。

赵长盛说："我喜欢酒吧。在这座城市，差不多有50%的人，经常进行的夜间消费活动，就是泡吧。在这里，你能找到某种躁动不安的生活格调，某种暧昧不清的人生印象，某种对于原定生活的颠覆冲动。"

路晓北什么也没有说，只是坐着不停地喝酒。对于面前的这个男人，他不知道该说些什么，或许，沉默在此时是最好的选择。但赵长盛似乎没有注意到这些，只是把他的沉默误认为工作的压力，他招来服务生，添加了一个杯子，兀自加上酒，说："一切都会好起来的，在这个行业，难免会遇到这样的事情。相信我，很快就会无事。"

相信你？放在以前，路晓北对他是无条件地信任，一贯以来，紧跟他的步伐的。如今，发生了行政服务大厦这样的事情，还能再相信你吗？路晓北在心里不住地问自己，却无法给自己一个肯定的答案。

　　路晓北清楚地记得两年前的那天所发生的事情。当时，赵长盛从房间里走出来，话语里充满了亲切，他说："这家公司我比较熟悉，以前也曾多次与他们合作过，他们做事，你尽管放心。不会出什么纰漏的，相信我。"那天，就是因为相信了他，他没有对图纸进行审核，也来不及审核，就在上面爽快地签下了自己的名字。而现在，责任却将要由他来承担。

　　把这些事情串在一起，仿佛事实的"真相"就浮出了水面：赵长盛与运发建筑公司存在着暗箱操作的行为，他需要一个人来当替罪羊，万一哪天事情败露了，这个替罪羊就会担下所有的罪责。但他为何会选中自己呢？路晓北很难想象，一个长期关照他呵护他的人，竟然伤害自己。

　　路晓北努力地否认这件事情。他不停地告诉自己，如果赵长盛真的在利用他，那就意味着从他刚开始进入公司，他就已经开始作好打算了。但当时他只负责初试那一关，还无法确定最终的人选是谁，因此，他不可能那样做。这些年来，赵长盛一直把他当成自己的得力助手，无论是工作中还是生活中，都备加关怀，如果他有别的打算，但折戟沉沙，对他本人也将造成难以述说的影响。

　　显然，赵长盛不会这样做。他举着酒杯，像表决心似的对路晓北说："你不要想太多了。其实，要说难过，我比你更难过。我没有想到，我一直信任的公司，会做出这样的事情来。"赵长盛似乎明白了路晓北已经知道了一切，端起酒杯，连续地喝了两杯，又加满，继续说："不过，对公司来讲，不会有大的损失，估计最多就是个监理不严，罚些钱了事。你放心，我们公司的股东不会将此事牵涉到我们的。"

路晓北为之一动，他没有想到这一点。的确，在任何一个城市，一个公司能做到行业领头，都需要有着复杂的背景。想到这些，他总算把心放下来，不再那么难过，他端起酒杯，说："我只是很难过，在我负责的项目中，会出现这样的事情。"然后，一饮而尽。

"我们两人喝酒也太没有气氛了，我打电话再叫一个人来。"赵长盛没有等他发表意见，径自拿起手机，拨通了电话。不一会儿，一位胖胖的年约四十岁的男人连说不好意思来迟了，伸出双手过来，他身后跟随一位很有风韵的女士。胖男人握了路晓北的手说："这位一定是路工了吧？早闻大名，没想到如此年轻，真是年轻有为啊！"路晓北知道这位就是运发建筑公司的老总，却故意脸朝赵长盛问道："这位……"

赵长盛介绍说："这位是赵运发赵总，也是我们市建筑领域有脸面的人物啊！"

赵运发忙摆手说："什么老总？多亏你们的关照，混碗饭吃。"说着就掏出名片递了上来。

路晓北单手按了名片，看了看，上面印着：运发建筑公司总经理。他说："与贵公司打了很多次交道，今天如果不是赵经理面子大，恐怕还要待一阵子才能够有幸结识赵总吧？"

赵运发忙摆着手说："这样说，我可就真担当不起了。也怪我，让路工有意见了，我自罚三杯。"说话的工夫，服务生已加上酒杯，赵运发自斟自饮，连干了三杯，说："认识路工这样年轻有为的人我才真的幸运呢！"路晓北不愿同他过多地纠缠于这无聊的开场，只想痛痛快快地喝一次酒，便说："高抬我了。一切都离不了赵经理的提携。我忘了带名片了，不过，找到赵经理，一般情况也都能找到我的。"

"不碍事，不碍事的。"赵运发说着，忙又介绍身后的女士："这是我们公司的副总，余思琴余小姐。"

刚才同赵运发客套时，路晓北一直不敢抬眼看面前这位余小姐，他总觉得这女人身上有一种难以表达的光芒，像潘雅洁那样，令他眩晕。余思琴微笑着伸出手来，先后同赵长盛、路晓北握了手。路晓北同她握手的那一刹那，胸口莫名地痛了一下。客套完了，大家分宾主坐下，赵运发坐在赵长盛的旁边，而余小姐靠着路晓北坐下来了。赵运发招呼服务员上了一打啤酒，又叫了几个小菜，对路晓北说："上次的项目真的多劳路工了。我一直同赵经理讲，要找您出来喝次酒，但他说您一直较忙。今天总算有机会了，我们一定不醉不归。"

路晓北知道是客气话，但也只能说："哪里哪里，我这人再忙也不会忙过赵经理的。今后我们认识了，随时招呼一声，我随时赶到。"

赵长盛说："我们路工可从来没有对别人说出这样的话啊，为他的随叫随到，赵总是不是要给他干一杯？"

"那是必须的！"赵运发话音未落，酒杯已至路晓北的面前。

饮完杯中的酒，未等路晓北拿起酒瓶，余思琴已经帮他加上了。路晓北微笑着冲她点了点头。心想这真有意思，刚才还在为这个公司头痛不已，恨不得立刻就要去举报他们，眼下却同他们的老总坐在一起喝上酒了。他来自豫东平原，原本就喜欢喝酒，在赵长盛面前，从来也没有隐藏过酒量，加上今晚他本就想喝醉，这会儿他决定要痛快地喝上一场了。

赵运发频频举杯，赵长盛豪爽地应和。这是一件很有意思的事情。赵长盛的酒量，路晓北是见过的。前不久，项目部刚完成了一个项目举行庆祝，赵长盛只喝了几杯红酒，在回来的路上，就吐个不停，整个中巴车内，都是他呕吐的难闻的气味。那天晚上，路晓北把他送到家之后，才自己回去。路晓北记得，赵长盛回到家里，还双眼迷离，满面通红。但就在前几天，与记者们喝酒，路晓北都醉了，可他看起来，仍然是精神亢奋，再喝几杯也不在话下的样子。望着他，路晓北常常觉得他就像谜一样，让人猜不透。

可此时，赵长盛就像吃了十全大补丸，来者不拒，啤酒一杯接一杯地往下倒。路晓北发现余思琴的目光很是特别，仿佛能让人如沐春风一般。余小姐不停地给他加酒，而她自己，每一次，都浅饮辄止。尽管如此，她的脸上已经飞起了红云。那美起来的样子，真的与潘雅洁有得一比。正在胡乱地想着，路晓北听到赵运发说："路工，行政服务大厦这次出了这样的问题，让你受惊了，我们很不好意思。不过事情发生了，我们只有想办法补救。请你放心，我们会想办法把所有的事情扛下来，不会让你受到任何伤害的。"说完，他端起酒杯，连干了三杯，又加满了酒才坐下。

路晓北没有开口，他看着赵长盛，想知道他会如何处理这件事。但没想到，赵长盛只是轻描淡写地说道："其实，这件事也没什么大不了的。只不过，需要赵总你们公司要将这个过失担起来了。"

过失？这难道仅仅就是一个过失？路晓北睁大了眼睛。今天，他总算开眼了，一件于他来说是天大的事情，到了别人那里，是如何的不值一提。他心有不甘，端起酒杯，自己喝了起来。放下酒杯时，他低声地说道："我只是难过，在我负责的项目中，会出现这样的事情。"他的话似是自语，又似说给他们听的。

赵运发没有说话，赵长盛却像一位和事佬，主持着大局："今天是你们的第一次认识，本不该提别的事情。这件事情吧，一来是施工单位存在问题，运发公司的工程师也难逃其责，他们利用我们的信任，做出如此黑心的事情；二来说起败兴。我们路工这两天心情本就不好，现在更扫了他的酒兴。我要罚赵总你，改天再请路工痛痛快快地喝次酒，不谈别的，只是喝酒。不过，既然赵总提起了，我就有个想法。赵总是个聪明人，我相信绝不会为了一个怀有私心胡作非为的底下人，而影响了我们之间长期的合作。赵总，你说是不是？"赵运发是明白人，他赶忙接口道："那是的，我们还要仰靠你们的关照呢。"赵长盛没有理会他，继续说："再说，路工已多次同你们强调过了，绝对不能发生任何的质量安全问题，不能有任何的安全隐患。按理说，我们这边的责任也都尽到了。"赵运发问："赵经理的意思？"赵长盛说，"你应该很清楚，我们公司不允许有任何的负面新闻。你也不会让我为难的。"赵运发一听这话，就说："好，我明白了，我立即处理。"说完他拿出手机，叫人事部的经理去找工程部的经理通个气，让工程师从下周起就不用来上班了。然后，他又打电话给财务经理，让他准备好钱，准备用作监理不到位的罚金。赵长盛见他安排完毕之后，一拍手说："好！办事痛快！我们再干三杯！"接着，他转过头来，对路晓北说："路工，你有吴警官的电话，你打个电话告诉他，此次事故的原因已经查清了，全是运发公司内部的问题。他听了自然会去找赵总的，赵总知道怎么做的。"

感觉就像在看戏，而路晓北是这幕戏的唯一看客。余思琴恰到好处地饰演了她的角色，她举起杯，豪气干云地说："既然事情都安排好了，还是喝酒吧。我祝愿以后合作顺利！"赵运发也开起了玩笑："我说一件事，你们别不相信，余小姐养的猫，竟然不吃鱼。"余思琴恬然一笑，回应道："我们家叮当可乖了。老余家的猫怎么能吃鱼呢！"

这个晚上，毫无疑问的，路晓北喝了很多酒，说话舌头直打结，走起路来也跟跟跄跄的，但大脑却异常地清醒。到后来，赵长盛与赵运发两个人几乎把脑袋碰到一起了，低着头絮絮私语，仿佛在谈论天大的秘密。路晓北知道有些事情，他不方便知道，可即便如此，他还是失去了继续喝酒的兴趣。余思琴一次次地端起酒杯敬酒，他学她那样，每次都浅尝辄止。好不容易挨到赵长盛的脑袋与赵运发分开，路晓北才提出，时间不早了，早点结束吧，毕竟明天还要上班。

赵运发立即说："让余副总送你回去吧。她开车技术不错的。"

路晓北连忙拒绝了，他说，他就住在这附近，走几分钟就到了。可即便如此，余思琴还是站了起来，坚持要送他出去。路晓北还没有说出拒绝的话，她就已经挽扶起他的胳膊了，脸上因酒精的缘故，红扑扑的，好像是娇羞的情人。路晓北的头又是一漾，竟无力拒绝，只好随着她，朝外走去。

　　走出酒吧，微风吹来，路晓北稍微感到了清醒，坚持要自己走回去，余思琴就没有再送他。他跌跌撞撞地朝千基豪苑走去。

第八章 温泉之行

早晨，阳光像往常一样照耀进房间时，路晓北的眼睛已经睁开了。与五天前不同，那个爱睡的女人，已经不在身边了。潘雅洁就好像从来没有在他的生命里出现过一样，消失得无影无踪，就连一点点气息，哪怕是一根头发都没有留下。衣柜里，悬挂她的衣服的地方，空落落的，梳妆台上，她的化妆品也全被带走了，只留下几件男士的护肤品，孤零零地守候在那里。路晓北想不明白，一个女人要离开，怎么能走得这么彻底呢？

看起来，行政服务大厦的事情，就在昨晚那场"意外"的喝酒中解决了，路晓北坐在床头，点燃了一支烟，心里却越发地惆怅起来。潘雅洁是个性格倔强的女人，她做出的决定无人能够使她改变主意。她要离开，就不可能再会回来。但几年的爱情，就以这样的结局告终吗？路晓北心有不甘。最终，他下定决心，不管怎么样，他都要找到她，把事情的缘由当面解释给她，无论她是否会回心转意。

在楼下，路晓北依旧看到了那个曲线的女人，她依旧心无旁骛地在游泳池里，展现她美妙的身姿。可是他却没有心情，驻足欣赏这眼前的美景。今天是这个星期的最后一个工作日，行政服务大厦的事情，今天也该有个了结了。

但是一整天，他都没有等到最新的消息。难不成他们在耍自己，只是为了争取时间？路晓北摇摇头，努力地想把这种念头，从大脑内甩出去，可它却像扎了根一样，非但甩不走，反而迅速地滋长，蔓延，不一会儿，他的脑子里全是这种消极的想法了。

八年前，当他提着两条中华烟走进天风建筑公司办公大楼的时候，心情有些忐忑不安。这是他第一天上班，他的老同学，时任区执法大队综合科科长的王威告诉他，他必须给他的顶头上司赵长盛送礼。当路晓北到赵长盛办公室的时候，并没有急于敲门。他先站在门外，盯着门上"高级工程师"的铜牌，默默地看了几分钟，他想着有朝一日，自己也将拥有这样的头衔。

"咚咚咚！"他用恰到好处的力度敲了三声门之后，侧着耳朵听门内的动静。这三声门他敲得很谨慎，礼貌而有节奏。

"进来！"一声底气十足的应答之后，路晓北小心翼翼地推门走了进去。赵长盛端坐在大大的老板台后面，正在看一份当日的城市早报。在面试与报到的时候，路晓北见过这个大腹便便皮肤黝黑的男人。他回过身来，小心翼翼地把门关好。

赵长盛抬起头看了来者一眼，他对这个高个子的年轻人有些印象的。他站了起来，绕过老板台，走到路晓北面前，有力地握着他的手，说："欢迎欢迎！我们的高才生，今天是第一天上班吧？"

"是的，第一天来，"路晓北腼腆地笑了笑，"还要感谢你的关爱，以后的工作中，更要仰仗你多多关照。"说着，路晓北把手里的黑色塑料袋递了过去，"这是我的一点心意。"

赵长盛立即把握住的手松开了，一只手按在路晓北的肩上，"你要是这样，我可要生气说，你一个刚毕业的大学生，哪里有钱买这些东西呢！"嘴里这样说着，另一只手还是将塑料袋接过去，放在了老板台上一堆文件夹旁边。然后，走到饮水机旁，倒了一杯冰水，递给路晓北，热情地招呼他，"快坐，快坐。"

路晓北坐下后，赵长盛用一副批评的语气说："以后，可不能这样了！我们都是同一家公司的人，同一个项目部的同事，没必要这么客气。这样，会影响风气。"

路晓北赶紧欠身回答道："我知道了，以后再也不敢了。"

赵长盛笑着说："你是个高才生，也很聪明，希望你的到来，为我们项目部带来新的景象。你的具体工作，大概都了解了吧。"

路晓北点点头："我一定会将我所学，毫无保留地施展出来。"

这次见面，路晓北对这位上司的好感又增添了一分。晚上，王威请他喝酒，祝贺他入职，他对王威说："你非要让我送礼，结果倒好，让我挨了一顿批！"

王威回答道："伸手不打笑脸人。你听我的，绝对没错。"

的确如此，在接下来的日子里，赵长盛对他是百般呵护，他提出下午四点茶，他立即应允；他每个周末，都要去他家蹭饭。三年前，赵长盛被公司任命为项目经理，高级工程师的位子空了出来。但那次的竞争是多么激烈啊，项目部的十二位工程师，同时竞争这么一个职位，其中任何一位的资历都比他要老。他原本是最没有希望的，但结果却出乎所有人的意料。他还记得在任命下发之后，赵长盛紧急召开了团队会议，在会上为他说了不少好话。他说："路工虽然年轻，经验远不如我们许多老同志丰富，但经验是可以积累的嘛。作为一个欣欣向荣的团队，我们要敢于重用年轻的优秀的力量。在座的哪一位敢说，路工不够优秀？他的专业技能是我们许多老同事都无法达到的，这一点，我们必须要客观地认识。在此，我想请各位老同事认真地回忆一下，在路工没有加入之前，我们的项目部是怎样地吵吵闹闹，用一个老鼠洞来形容我认为是最贴切不过了。那段时间，黄总经常找我谈话，而每一次，总是在批评我们项目部是如何的不像样子。每次回忆起来，那都是一段黑色时期，那段时间我甚至睡觉都会从噩梦中醒来，因为，我总担心你们这帮家伙会捅出天大的篓子来。可是路工来了，他用自己的人格魅力，树立了新的榜样，就像是臭水沟里也掀起了清新的涟漪一般。你们扪心自问，如果不是路工加入进来，哪一个不在心里打着自己的小算盘？哪一个不每天得过且过，同时还在暗地里留意着别的项目部的人员动向？我不是瞎子，这些我都看在眼里，在那段时间，别说是你们，就是我也有些动摇了。但就是这个新来的，经验还不够丰富的人，他改变了一切，我们的团队开始变得有竞争力，从他身上，每一个人都认清了自己的本职，都明白了自己该承担什么样的角色。我想大家都不会忘记吧，我们曾经有一个非常刁难的客户，对我们的每一个项目方案都百般指责，说不够尽善尽美。最后是如何解决的？是路工，是他用他的专业知识挫败了对方，给了对方以致命的一击。现在，这个客户成为我们最大的一个客户之一，每次在谈方案时，他们总会说一句，只要路工在，我们放心。这说明了什么？说明了对路工的能力的信服。我们在座的哪一位能够拥有这样的魄力？如果有，我可以立即向董事会申请，哪怕是项目经理的位子，我也可以让出来。你们许多人也口口声声地说喜欢他，可是现在，看到他被任命为高级工程师，你们却不大乐意，这就是你们表达友谊的方式？如果真的是这样，那我只能说，我对你们很失望。"说到最后时，赵长盛用力地拍了一下桌子，就是这用力地一击，让很多人都陷入了沉默，不久之后，他们就用一种坦然的心态来接受路晓北的指导了。

就是这样处处维护自己的一个人，又怎么能突然间害起自己来了呢？路晓北想不明白。

"呼呼呼，"有人敲门。路晓北抬头，看到赵长盛走了进来。"在干什么呢？"他微笑着说，嘴里叼着一支烟。

"没什么。"

"还记不记得我昨天给你说的话？"

路晓北疑惑地看了他一眼，没有说话。

"我说这件事结束之后，请你去泡温泉。"

"哦，记得。"

"那就好，我们明天上午出发，到时候我去你那里接你。"赵长盛说，"你可是我们项目部的顶梁柱，如果你累倒了，我们可不知道该怎么办了。现在，你最需要的就是休息。"

"可是——"

"别可是了，"赵长盛说，"刚才赵运发已经打电话给我了，事情现在已经妥善解决了。"

"如此说来，我确实没有什么理由拒绝赵哥的好意了。"路晓北的脸上露出了笑容。这是他这一个星期以来，第一次面带微笑。

星期六上午十点钟，路晓北站在阳台上，面朝大海。阳光照在他的身上，暖暖的。海水在荡漾，轻轻地拍打着沙滩。外面是好天气，深蓝色的宁静映入眼帘。他长长地出了一口气，又深深地将裹着大海气息的空气，吸入肺腑。他就这么站在宽敞明亮的阳台上，海风迎面吹来，轻轻地吹动他的头发。他的头疼得厉害，像一尊雕像那样，呆呆地注视着海浪的每一个浪头。脑海内一片混乱，他不想去思考任何问题。他只想让自己平和下来，让心绪在海浪的轻拍下，逐渐变得宁静。而此刻，他的心却如海平面下的暗涌一样，诡谲多变，酸甜苦辣交替涌现。

路晓北望着一个海浪在远方出现，渐渐增大，不停地变换形状和颜色，翻滚着向前涌来，最后在岸边粉碎、消失。然后，又一个海浪形成，沿着前面海浪的轨迹，向前涌来，这一次，它超过了前者，并把前者完全覆盖。人生何尝不是如此？就在几天前，他还在想，事业有了如此成就，再把婚事给办了，也算是抵达一次岸边了。只需要稍做停留，他就可以形成更大的浪头，赶超先前的自己。但现在，他却被阻拦了，一场意外的暴雨隔阻了他抵达岸边，就如一块巨大的礁石，让他无法逾越。

如果每一个人都按照既定的轨迹，踏踏实实地做事，简简单单地生活，不在暗中使绊子，世界上没有尔虞我诈，那该多好啊！然而，物竞天择，适者生存。这几天，路晓北想得越来越多的，是自己是不是已不适应这个世界了？身在职场，他喜欢在竞争中逐步提升自己，但直面暗中防不胜防的小动作，他几乎快要崩溃了。行政服务大厦事件，让他对赵长盛有了不一样的认识，这种认识让他倍感痛苦，每天惟有借酒浇愁。他希望在酒精中麻醉自己，希望第二天醒来时，风和日丽，晴空无云，所有的事情都得到了妥善的解决。然而，现实并非如此，一切都不会按照个人的意愿进行，他只能尽量控制自己的感受。

电话铃声打破了房间里的宁静，也打破了他的沉思，他惊跳起来，快步走进房中，从茶几上抓起电话。来电显示是赵长盛，那个熟悉的面孔立刻映现在他的眼前，他想起了昨天下班时，赵长盛约定的温泉镇之行，他调整了一下自己，把声音里的疲惫全部驱走，朗声笑道："赵哥，早上好啊！"

"还早上好呢，你也不看看现在是什么时间了！你不会还没有起床吧？年轻人精力旺盛是好事，但做任何事情，也都要悠着点啊。"赵长盛话语一转，说道，"我们现在开始出发，十五分钟后到你楼下，你快点准备一下，我们去温泉镇，今晚不回来了。"

我们？难道还有别人？路晓北没有来得及问出来，赵长盛已经挂断了电话。他看了看时间，快十一点了。他摇着头苦笑了一下，赵长盛显然不知道潘雅洁已经离开自己了。去温泉镇晚上不回来，这也好，免得自己再独自面对这空荡荡的房间。路晓北走进洗手间，开始盥洗，十五分钟，对他来说，这时间已经足够。

洗漱完毕，他随手抓起一套运动短装，装进背包里。他走进电梯，按下了负二楼停车场的按键。在电梯里，他发现随手拿的这个背包，竟然是上个月去香港时，潘雅洁买给他的。包也是休闲运动品牌的。路晓北并不喜欢运动，他喜欢休闲，但在潘雅洁使劲鼓动之下，他还是买了几套运动装。每个周末，他总是待在房间里，看书，看电视，下厨烧好吃的饭菜，但那是在以前。昨天，赵长盛提出泡温泉的建议，如果潘雅洁还在身边，他一定会婉拒的。现在，为了不独自面对这难熬的孤寂，他只得同意这趟鸡肋一般的温泉之行了。

走出电梯，一辆黑色奥迪刚好开过来，车窗摇下，赵长盛从副驾驶位置上探出了脑袋，冲路晓北叫喊了一声。路晓北走上车。坐在驾驶位上的，是赵运发，另外还有一个三十多岁的女人，一袭白色的连衣裙，里面的内衣若隐若现，乳沟深邃，拉扯着路晓北的目光。不用说，她就是余思琴。路晓北不好意思地冲她笑了笑，在她身边坐下了。

还没来得及客套，赵长盛就已开了口："时间不早了，我们赶紧出发吧。有话在路上说！"赵运发点点头，随着他一声"坐稳了"，奥迪车便快速地驶出停车场，开出千基豪苑，奔向高速公路。

一路上，赵长盛与赵运发用一种路晓北听不懂的语言，在谈论着什么。那是什么语言？潮汕话还是闽南话？路晓北弄不清楚，他也不愿去弄清楚。当他们在使用方言对谈时，或许是不愿让别人明白他们谈论的内容，自己最好还是不要凑上去。路晓北从背包口袋里刚掏出手机，余思琴这时开口问他道："路工平时喜欢运动吗？""哦，不。"他回答道，随后，他想起了自己的一身运动短装，补充道："这衣服是女朋友以前买的，她很喜欢运动，我更喜欢安静一些。"余思琴"哦"了一声，并没有问他的女朋友在哪，今天怎么没有一起出来玩，这让路晓北长长地出了一口气。接下来的时间里，余思琴只是不咸不淡地介绍了目的地，然后，便是长时间的沉默。路晓北在听她说话时，双眼紧盯着手机屏幕，他一直不敢抬眼看身旁的这位女士，他总觉得她身上有一种难以表达的光芒，令他眩晕。

路晓北尽量限制自己的视野。如果不玩手机，他便会将目光转向左边的窗外。余思琴坐在他的右边，这样，他的双眼就不会把控不了地盯向那深不可测的乳沟了。由于工作的需要，他也常游戏于各种女人之间，也见识过各种类型的女人，但余思琴与这些女人都不相同，她的身上，隐约地露出一股贵气。这种"贵"并不是那种穿金戴银的俗，而是从她体内，从她不多的话语中，从她对自我的克制中流露出来的。

奥迪车飞快地向前行驶。路晓北从仪表盘上看到，时速指向一百四十，照这个速度计算，抵达目的地还用不到两个小时。他们要去的地方是一个不知名的小镇。赵长盛一次驾车返回老家时，曾路过那里。用他自己的话来说，那里的风光舒缓、安静，会让每一个人为之停步。他在那里休息了一晚，享受到了皇帝般的待遇。他多次游说大家，要结伴前往那里度假，但因为各种情况，总没能成行。这一次，他与路晓北做出约定时，便立即又联系了赵运发，并点名要余思琴同行。赵运发是个聪明人，当他接到电话时，他就已经明白了，这一次他又将花去不少费用。他把这件事情交给了余思琴办理。余思琴从网上查找到了那个不知名的小镇，联系了小镇上最好的酒店，并在酒店的介绍下，安排了他们两天的行程。余思琴还细心地问了一下，得知那里平时的游客就不多，适合谈事情、休闲以及放松心灵。

坐车是一件既无聊又无趣的事情，如果有一知己，侃侃而谈，时间过得倒也快。但路晓北此时，什么也不想说，而余思琴，显然也没有说话的欲望。扭头看了一阵窗外，除了工业厂房，便是数不清的山，而山上只有稀稀疏疏的树木，很少能见到奇山异石，看得倒也乏了。路晓北把头靠在座椅上，闭目养神，不一会儿，便沉沉地睡去了。

第九章 诱惑

　　他被余思琴叫醒时，车已经在一个农家餐馆前停下了。路晓北睁开眼睛，看到赵长盛与赵运发都还在座位上坐着，扭过头来盯着他笑。他不知道他们在笑什么，茫然地问："怎么了？"这句话一出，他们便都笑出声来，就连余思琴也嘻嘻地笑了。"我给你们说过，路工一定会在车上睡着的，你们相信了吧！"赵长盛笑得上气不接下气，"他可是一个运用时间非常严密的人！平日里难得休息的，到周末了，做起那事来，自然是十分卖力气了！"路晓北这才回味过来，赵长盛在开他玩笑呢！他勉强挤出一丝笑容，同他们一起走下车。

　　中午的饭菜很简单，但很有特色。鱼是刚从鱼塘里捕上来的，鸡也是自家养的，就连蔬菜，都是刚从菜地里摘来的。菜的分量很足，鸡、鱼都是大大的一盘，金黄色的大闸蟹个个块头都很大，共八个，堆在盘子里，像一个小山似的。一共是六菜一汤，堆满了整整一张桌子。早上没吃早餐，路晓北早已饥肠辘辘了，这个时间，他顾不了许多，从盘子里夹起一块鸡肉，就往嘴里塞。但没想到，却被赵运发给拦住了："路工，我们可是很久都请不来一次呢！好不容易请到了，吃饭又怎能没酒呢？"这个时候，路晓北才注意到，余思琴已不知在什么时间，将两瓶五十二度的五粮液放到了桌面上。

　　"平日里要工作，喝酒也总要留着量，今明两天休息，喝酒就不要有顾忌了。"赵长盛这样说道。

路晓北赶忙摆手:"现在,纪检部门正在严查'吃喝风'呢,五粮液这样的好酒,我可消受不起呢!我们就随便喝两瓶啤酒好了。"

"路工有些过于谨慎了。"赵运发呵呵地说道,"我们一不是政府机关,二不是国有单位,我们不过是民营企业,入不了他们的法眼的。再说了,我们喝酒,喝什么样的酒,花的都是我们自己的钱,与他们无关,他们也管不了的。别说喝这千把块钱的酒,就是当着他们的面,我们喝上万元的酒,他们也只有看的份!"

"就是这个理!"赵长盛把手一挥,然后指向了余思琴,"麻烦余小姐了,先给我们路工干上两杯。我听赵总说,余小姐是早就想认识路工了,今天总算有机会,能让你们长时间相处,余小姐不会错过吧!"

余思琴嘻嘻一笑,她熟练地打开酒瓶,在白酒杯内为大家倒满杯。然后,举起杯子,举到路晓北面前:"路工,这杯酒我敬您,还请赏面。"说完,她将杯子轻轻地与路晓北的杯子碰了一下,然后,一仰首,饮完了杯中酒。

路晓北酒量不错,只是心中有事,本不打算喝酒,但事情到了面前的这种地步,他也只好一饮而尽。酒杯刚刚放下,余思琴又为他加满了酒。他看着酒杯,没有说话,他有一种预感,今天,他一定会喝醉。昨晚,他一个人回到家里,就把自己灌醉了。他脑子里有许多未解的谜,那些谜就像巨大的海母,抓着他不肯放松。

余思琴又一次举起杯,路晓北没有与她碰杯,端起酒就吞下了。酒精如燃烧了一般,瞬间,整个胃里就火烧火燎的。或许是注意到了他的精神不佳,赵长盛举起筷子,说道:"大家都辛苦了,先吃菜。"他转向路晓北道:"这几天,我知道为了行政服务大厦的事情,你辛苦了。但在这个行业里,难免会遇到这样的事情。相信我,很快就会没事的。来,吃个鸡腿。"说着,赵长盛夹了一只鸡腿放进了路晓北的碗里。

路晓北挤出一丝笑容，对他说了声"谢谢"，然后，埋头吃碗里的饭菜。

赵长盛给他倒满酒，问道："对了，你与雅洁之间怎样了？"

真是哪壶不开提哪壶。路晓北想装作轻轻松松地说出"分了"两个字，但鬼使神差地，他竟然说出"她离开了"这件事。赵长盛安慰他说："我这个师妹，就是太好强。你放心，改天我找她聊聊，尽量地说服她回到你的身边。她也是有点任性了，像你这么优秀的男人，哪里找去。"

路晓北知道，赵长盛的夸奖里面包含着许多内容。但他也顾不了那么多了，他举起酒杯，同赵长盛碰了，然后又一次次举起杯，同他们每一个人碰杯，因为，他突然之间，只想大醉一场，把所有的一切，都抛诸于脑后。

路晓北喝醉了，醉得一塌糊涂。就连如何进入酒店的，他也记不清了。他只记得晚上十点多钟，正感到饥肠辘辘时，余思琴来叫他，他们去了特色酒吧，吃了烧烤，又喝了不少酒。

第二天，他原本没打算登山，他想在酒店里安稳地睡一觉，但好说歹说，还是被余思琴给拉起来了。余思琴说，从昨天到现在你只是睡觉，难道是对我的安排不满意？

但说是登山，山并不高，山路也较平坦，一面傍湖，一面靠山，蜿蜒曲折，实有曲径通幽之趣。山上苍松翠柏，杂树成林。即便现已入秋，却翠色满目。到处不知名的小花，红的、紫的，黄的，五彩缤纷，与苍松翠柏相映成趣，倒也令人满心欢喜。几次接触，余思琴也放开了不少，一路上紧紧地依偎着路晓北，像恋人那样。赵运发不停地打趣她："我们余总今日可是小鸟依人了！"

登山回来，时间还早，赵运发及赵长盛就极力唆使余思琴，让她陪着路晓北去泡温泉，说这样才不枉此行。余思琴大方地同意了，路晓北也没有推脱，回到房间，换好衣服，便围着浴巾走了出来。

　　这里的温泉全部是天然的，从一个岩缝里喷涌而出，围着泉眼用白色的石块砌了一个小池，下面又砌了两个大池，环环相连。温泉外种植了一排竹子，像篱笆那样，把温泉围了个严严实实。

　　赵长盛与赵运发借口昨晚已经泡过了，要回房间休息。路晓北知道他们又在商量什么事情了。从来时的路上到现在，他们一直都在用方言小声地嘀咕着什么。路晓北没有去理会他们。每一个人都有自己的隐私，他尊重这种隐私，只是，他却隐隐地感到，他们所交谈的内容，似乎与自己有关。

　　余思琴已经进入了温泉池里，见他走来，不住地向他招手。他走了过去，在弥漫升腾的白色水雾中，用脚小心地测试水温。"水温刚好呢！"余思琴嘻嘻地喊道。她把身子全部浸泡在水里，洁白的皮肤在乳白色的液体中若隐若现。这种虚无缥缈的香艳对他来说，恰恰能让他放松下来，他总觉得面前的这个女人，并没有隐藏别的用心。

　　路晓北默默寻思：这种感觉是危险的，是一种在漂亮的女性面前，自我放纵的表现。他不是这样的人，在池子的另一端，他像她那样躺了下来，头靠在池壁上。他感到一股暖意瞬间笼罩了全身，紧接着豆大的汗粒便从他的头顶冒出，他这才发现，在九月里的上午泡温泉，或许压根就是一个错误的选择。

　　随便泡了几分钟，汗珠就已经遍布他的全身了。他悄悄地把眼睛瞄到余思琴的身上，看到她正紧闭双眼，似乎在想心事，也像在享受这温泉所带来的温暖。从昨天第一次看到她，他就发现，这个略比自己大一两岁的女人，看自己的目光似乎有些特别。但特别在哪里，他又弄不懂。时间在寂静中溜走，如果两个人都不说话，这该是多么尴尬的事情呀。

　　微风不时地吹来，从无建筑阻挡的山中，吹得池子周围的竹子，簌簌作响。尽管是上午，太阳高悬，但酒店正坐落在山脚下，浓密的树木遮蔽了苍穹，四周显得深沉而静谧。这个地方的游客的确不多，他们就是入住这家酒店的唯一的房客。不管如何，这次的度假安排也算是成功的了。

"还真要谢谢你呢，这两天的安排很不错，这个地方也很好。"路晓北带笑地说。

余思琴缓缓地眼开了双眼，仿佛思绪刚刚被从很远的地方拉扯回来，她盯着面前的白烟，过了一会儿，总算把目光聚集在路晓北的身上。"你还真容易满足呢！"她尽量用轻松的口气说，仿佛不愿被人看透她的内心纷乱如麻。"对了，差点忘了，我想你一定没有带烟吧？我寻思着你应该不会带，就随手拿了一包，你抽吧。"她从身后的池边取过烟以及打火机，走到路晓北面前，递给他。

"你还真是善解人意呢！"路晓北从她递来的软中华香烟中抽出一支，用打火机点燃了。

"那是呢。你是我们的贵客嘛，要想一切办法让你满意，我们才会有更多的钱赚嘛！"余思琴微笑着嘲讽了一句。

路晓北明白，工作就是如此，每一个人都要扮演不同的角色，说违心的话，只是时间久了，却往往忽略了最真实的自己。面前的这个女子，不经意中的嗔怪，流露出了她的本真。这种美才是最真实的啊！路晓北看到，此刻她的双眸清澈明亮，充满了洁净。

他的目光大胆起来，他第一次正面打量她：那高高盘起的卷发，明亮的额头，玲珑而悬直的鼻梁，充满滋润光泽的嘴唇，以及如涂了胭脂一般洁白的皮肤，分明就是一个令所有男人都为之痴醉的美女呀！他盯着她，如欣赏一件唯美的艺术品，心里不由得感慨：这真是一种惊艳的美呢！

"瞧，你在看什么呢！"余思琴扭动了一下身子，又迅速地返回了她先前的地方。

路晓北无声地笑了。他们两人都不再说话，时间在寂静中溜走，两人的表情都有些不自在。一支烟抽完，路晓北站了起来："还真热呢！受不了，我不泡了，你要是泡的话，就多待一会儿吧！我先回去洗澡。"

余思琴也站了起来，她抓起池边的浴巾，披在了身上。"我也回去吧。一个小时后，我们大堂见面，先去另一个农庄吃特色菜，然后返回合水镇。"

洗完澡，路晓北躺在床上看电视。约摸过了一个钟头，他的手机响了，是余思琴叫他去吃午饭。他走到大堂，余思琴正在服务台办理退房手续，她陡然回头，目光中泛起一丝迷人的浅笑。也许这时她想起了他在温泉池里的"冒犯"？路晓北的心里，竟开始慌张，好像做了一件极见不得人的事情。

午饭，又少不了要喝酒。赵运发似乎准备了一整箱的酒，刚到达农庄，他便从后车箱里取了两瓶。"下午我们有另外的安排，中午就总量控制吧，就这两瓶，喝完就不喝了。"他没有说另外的安排是什么，路晓北也没有去问，但显然，赵长盛对这另外的安排，早已心知肚明了，他望着路晓北，呵呵地笑了笑，也没说什么。

中午，余思琴没有喝酒，下午，她要开车，把他们安全地载回合水镇。抵达合水镇时，赵运发才说出这另外的安排是什么。他说："这次的行程安排较为匆忙，没有让路工玩好。正好今天也是周末，还有时间，不妨多玩一会儿。我知道有一家桑拿，还是不错的，我们去那儿休息一下吧。"言下之意，这个安排是对他的补偿，但显然，他是最后一个才知道的。

不过，说到桑拿，路晓北是熟悉的，他也曾不止一次出入于那种场合。发包商请他，他请项目投资方，这是工作中不可避免的。只是，此时他却不好说行与不行，自从与潘雅洁在一起，他就很少出入于这种场合了。他只好推脱累了，想早点回去休息。赵运发说，累了，正好桑拿一下，保证你心旷神怡地出来。赵运发再三相邀，赵长盛也说，既然没有别的事，就去吧，休息一下也不错。他不好再说什么，转头望了望余思琴，余思琴当作没听到一样，两眼直盯着前方的路。车到皇朝桑拿时，余思琴说她还有件事需要处理一下，要先走一步，失陪了。然后，向他们挥了挥手，招了一辆计程车走了。

赵运发对这里很熟悉，刚走进大堂，就对门口的迎宾小姐说："叫你们姓朱的领班出来。"迎宾用对讲机呼叫了那位领班，不到一分钟，一位穿着黑色套装的小姐走过来，嗲嗲地说："是赵总啊，您有好久都没有来过了哦！"赵运发交代领班道："这两位是我的贵宾，你一定要照顾周到。""放心，绝对给你们安排我们这里最好的技师。"领班的声音仍是那样嗲，路晓北不禁猜测到，她的声音或许本不是如此，但做这种工作，没办法，要讨客人的欢心。路晓北见过不少这样的女人，为了某种原因，不得不去装，时间久了，也便逐渐遗忘了她本来的声音。人啊，在生存面前，总是会遗失许多最本质的东西。

进电梯，出电梯，在一道长长的走廊里，不知拐了多少弯，最后在一扇门前停下了。"路工先请。"赵运发说，赵长盛也点头致意。路晓北知道在这种场合，不宜故作推脱，就进去了。"您稍坐。"领班轻声说，然后走出去，把门关上。路晓北知道，她是引赵运发他们进另外的房间了。

似乎所有的桑拿场所布置都大同小异。一张宽大的床占据了房间的三分之一，一对沙发，一套桌椅，墙壁上的电视里放着低沉忧伤的旋律。房间里的空调似乎调得很高，叫人想脱掉衣服。路晓北坐在床上，正想从口袋内掏出烟，就见门被轻轻地推开了，一位年轻的小姐飘然而至。真是一位美人儿！她穿着一套暗红色的短袖旗袍，走起路来袅袅娜娜，开衩处隐约闪现着温柔蚀骨。看到路晓北发呆地盯着自己看，小姐莞尔一笑，说："368号技师为您服务，欢迎来到皇朝。"路晓北点了点头，女技师过来紧紧挨着他坐下，手搭在了他肩上，双手开始在他身上摩挲，一双性感的嘴唇凑在他的耳边柔声地说："我们先去洗一下吧！"

路晓北有些犹豫，不知怎么的，他的心里就是无法踏实下来。以前他出入于这种场所，心里虽难免会有紧张刺激的感觉，却不像这般的忐忑。女技师拿起电视遥控器将低沉忧伤的旋律改为女人的呻吟，然后她自行脱下了旗袍，好看的曲线绽放在他的面前。他顿时心荡神摇，站起身来，走进洗手间。女技师拦住了他，要帮他先脱去衣服，他穿的本就是运动短装，两下子就脱完了。女技师拉着他走进洗手间，"您以前没有来过皇朝吧？"在洗手间里，女技师一边调试水温，一边用另一只手向他下体探去。路晓北感到有一股火在心底蹿动。

　　热水，粉红色的灯光，女人游弋的手，以及电视里时而高亢时而低迷的呻吟，使房间内充满了一种肉欲的气息。路晓北躺在床上，他觉得应该说点什么，他用一种自己听起来沉稳的声音问："你叫什么名字？""我们是没有名字的。"女技师说："如果您喜欢我，下次来，可以直接点我，我是368号。现在，我是你老婆，你想怎么样都行，老公。"

　　老公。那是潘雅洁对他的称呼，如今，这个曾经令自己深深着迷的女人去了哪里？她走得是那样的决绝，那样的干脆，那样的不近人情。哪怕是你听了我的解释再走也行啊。但是，你却就这样走了，没有留下一句话，没有留下你的任何物品。只是，你在我脑海里的痕迹你也能带走吗？想起她，路晓北的喉头一阵阵发紧。

　　这时，他感到一只手搭在了他的肩上。女技师把他的身体放倒在床上，默不作声地把头深埋于他的下体之间。他又想到了潘雅洁，他想大声地喊"不"，他深信这个"不"字能够改变这眼前的形势，但是在这个房间里，这个"不"，他却始终无法喊出口。女技师柔软的嘴唇与他身体的某个部位开始亲密接触。他感到他的身体开始背叛他，开始不听从他从大脑里发出指令，那个部位开始膨胀。

　　或许，正是因为他的不愿意，他才越加兴奋。他的身体与灵魂在进行较量，最终，灵魂却败下阵来。他一把掀翻女技师，翻身压在了她的身上。他感觉自己的静脉血液里，注入了一剂咖啡，他长驱直入，直接进入女技师的下身。身体失去控制，放纵地抽插着，女技师嘀嘀地叫着，好像这种声音是打心底发出来的。不知过了多久，他正在感觉下体开始麻木时，她忽然用双腿紧紧地盘在了他的腰间，眼睛里流露出迷离的神情。他知道她即将达到高潮，一股征服的快感冲上脑门，他加速抽动了几下，一不留神自己也山崩水泻了。他疲惫不堪地趴在了女技师的身上，她紧紧地搂着他的背，口里胡乱地喊着："老公，我爱你，我真的爱你。"好像他们之间真的是亲密的爱人一般。

他们就这样紧紧地搂着对方，这情景让他觉得难以置信。除了潘雅洁之外，他何时这样搂过别的女人？约摸过了几分钟，双方的气息都逐渐平稳下来。他想起刚才的猛力抽插，说不清自己是不是把对潘雅洁的怨恨，发泄在了女技师身上。他感觉有些内疚，柔声地问："刚才，没有弄痛你吧？"女技师仍搂着他，不肯放松，脸红得像一块染缸里的红布。听他这样问，她娇态十足地答道："老公，你真厉害，刚才弄得人家好舒服。"看着她妩媚的样子，他相信，她说的是实话。

"老公，我们洗一下吧。"女技师说着，下了床，走进洗手间去调试水温。看着眼前这个一声一声地喊自己老公的女人，他又想起了潘雅洁。潘雅洁悄无声息地离开，是她不对，但在她刚刚离开，自己就出来找别的女人，这就对了吗？在洗手间里，他又恢复了沉默，仿佛自己真的做错了对不起别人的事情。

女技师拿起另一条浴巾要帮他擦拭身体，他拒绝了。他从她的手中接过浴巾，自己把身子擦干净，然后，拿出他的衣服，一件件地穿起来。女技师站在他的面前，不明白她的这位客户怎么会如此反复无常，有种手足无措的感觉。看着穿好衣服，她才幽幽地问："你不高兴，是吗？""没有。"他说。"你的脸色不好，是怪我没有陪好你，是吗？"女技师还没有穿衣服，赤裸裸地站在他的面前，身上的水滴由于没有擦拭，正沿着她躯体的纹路向下流淌。他停止了去拿手机，用手在她的双乳上抚摸了几把，说："你想多了。我是今天酒喝得太多，感觉有些不舒服，没别的事儿。下次再来，我会记得找你的。"女技师这才高兴起来，赶忙拿过他的手机，递给他，说道："说话要算数哦，老公。"在他走出房间时，她还忘不了冲他抛去一个媚态。

他只想早点离开这里。出了门，他径直朝电梯口奔去。这里，以前他曾来过，里面的布置虽像迷宫一样七弯八拐。他还是很顺利地走到了电梯口。走出电梯，那位姓朱的领班正在一楼的电梯口等他。他知道，这是房间里的那位女技师通知她，客人下来了。领班带着暧昧的笑容问他："路工，对我们的技师满意不？"他点了点头。他知道，记住客人的姓氏是她们的技能，一定是在来的时候，赵运发对他的称谓使这位领班记下了。路晓北问："赵总他们有没有出来？"领班说："还没有。您到休息室先坐一下，我让服务生给您加杯水。""不用了，"路晓北制止了她，说："等他们出来，你告诉他们一声，我有事就先走了。""好的。您慢走。欢迎下次光临。"

走出大厅，路晓北刚想招一辆出租车回去，却看到余思琴站在大厅外。她已换了一套衣服，一套黑色的连体长裙，与上午温泉里的她相比，此时又是另一番风味。她好像在等人。一见到她，路晓北不由得心虚。男人做这种事，最不希望的就是被认识的女人碰到。但躲她已经是躲不掉了。余思琴马上就看见他了，微笑着向他招了招手。那笑容里有些调皮，有些暧昧。路晓北不好意思地朝她走去。

"路工的身体真的不错哦！"待路晓北走到她的面前，余思琴暧昧地说道。

路晓北知道她的所指，更有点不好意思了。只好讪讪地说："余小姐怎么在这里？莫非在等人？"

"是啊，在等人。"余思琴说，"在等一位年轻有为的工程师。"

"等我？"路晓北有些诧异了，想了想，补充道，"赵总他们还没有下来。"

"我知道。"余思琴十分平静，说，"我送你回去吧。你稍等我一下，我去停车场拿车。"也没等路晓北同意与否，余思琴就开车去了。不一会儿，一辆红色的雅阁轿车开到他的面前。

路晓北并不觉得意外。余思琴作为一个建筑公司的副总，有自己的专驾在情理之中。他猜测，她开车送他，十有八九是赵运发交代的。他不再推辞，打开车门，坐了进去。余思琴已打开音乐，都是上个世纪比较经典的曲子，旋律及歌词都耐人回味。其中，有几首歌曲他比较熟悉，偶尔，他也会跟着旋律哼上两句，似乎刚刚被余思琴撞见的尴尬已烟消云散。

车开得很慢，一路上两人都没有说话。想起她的突然出现，路晓北多少都会感到有些意外。他从房间内出来，并没有打电话给赵总，那位姓朱的领班也曾告诉他，他们都还没有下来，但她就已经在外面等着了，难道他知道自己会比他们早出来？但应该不像。他走出来时，她好像就已经等了很久了，那就是说，刚进去的时候赵总就已经打电话给她了。这说明了什么？似乎有些复杂。路晓北想把头绪理清，但大脑已经开始隐隐作痛了。

到了千基豪苑花园小区门口，余思琴没有打开车门让他下车的意思。她示意他，要把他送到楼下。路晓北只好放下玻璃，冲保安员打了个招呼。保安员看到是他，满脸堆笑，用遥控开关给他打开车辆进入的大门。

继续向里行驶约五分钟，车辆安稳地停在了楼下，路晓北这才开口，对她说："谢谢你，真的。累了两天了，还要你开车送我回来。"打开车门，他走下来，准备关门时，他又说道："你今天也累了，一个人开车回去要小心一点。""不请我上去坐坐么？"余思琴突然说，这让他又一次感到意外。两天下来，这位一会儿端庄妖媚、一会儿调皮可爱的女人已经给他带来太多的意外了。时间已经是傍晚了，他就是考虑到孤男寡女共处一室容易引起别人的误会，才没有说出请她上去坐坐，但却没有想到，她却提了出来。路晓北一下子被难住了，请她上去不是，不请她上去也不是。余思琴这时扑哧一笑，说："给你开玩笑的，看把你吓的。"

路晓北这才发现，她笑的时候，竟然有两个好看的酒窝，浅浅的，如平静的湖面偶尔泛起的涟漪。余思琴又说："其实，有句话或许我并不该说。但通过这两天我的观察，我发觉你是一个实在的人，不说出来以后我会问心有愧。不管你们赵经理是个什么样的人，但我敢保证，潘雅洁是一个好女孩，你应该要珍惜。好了，我也该回去了，祝你开心。"

路晓北走向电梯，偶然回头，余思琴已经开着车驶向了小区大门。他不明白她最后的话语内含什么玄机，但他也不愿去想了。这两天，发生了许多事情，他需要仔细耐心地去想，去琢磨。但显然，不是现在，现在他最需要的，就是好好地睡上一觉。

第十章 各怀心事

　　星期二下午，路晓北站在办公室窗前，郁郁不乐地看着窗外，楼下绿地的亭子里有一对可能是在办公时间偷溜出来的小情侣，紧张兮兮地向对方诉说自己的相思之苦。自上周末赵运发一口承诺行政服务大厦的事情，由运发建筑公司承担下来，路晓北的心情原本应该好起来，相反，他却在为几小时前发生的一场悲剧而忧虑。

　　中午，一个姓麦的商人在合水大酒店的停车场被杀，尽管被杀的细节还不清楚，但每个人都在谈论这场无法无天的行为。罪犯是多么明目张胆呀！大白天，还在酒店布满监控探头的停车场行凶，简直是丝毫不把合水镇的警察放在眼里！而这位姓麦的商人，也不知触犯了哪路神灵，与客户见面吃个饭，结果饭没吃成，就把小命送上了，多坏的运气！

　　新闻记者显然比警察的速度更快，效率也更高，在警讯频道还没有更进一步的消息时，他们就已经联系到了受害者的家属。在镜头面前，那位年约四十岁的妻子哭哭啼啼，罗列了丈夫如何辛苦地赚钱养家，做生意如何的不易，现在抛下他们孤儿寡母，以后该怎么活，诸如此类的话，说了一大堆。路晓北相信，她的悲伤是真的，但如此有条理地说了这么多，真让人怀疑是记者刻意追求新闻效果而教她说的。现在的新闻，越来越不好做了，人也变得越来越没有职业操守了。

凶手杀人的具体原因还未得到证实。有人说是欠了人家的高利贷，被债主买凶杀人。也有人说，他做生意时眼睛不够亮，得罪了某位不起眼的小瘪三，而这个人又有黑社会背景，就让帮派里的兄弟把他结果了。还有人说，他做生意昧着良心，承包工程却欠着农民工的钱不发，那些农民工讨债无门，干脆把他杀了解气。每一种说法都活灵活现，说者好像是亲眼目睹了一般，结束时却无一例外地打了个寒噤，仿佛讨论这件事，本身就是极其恐怖的事情。

受害者被捅数刀后倒在了车旁，他身上的钱包、手机之类的却没有被凶手拿走，看来不像是谋财害命。停车场的保安是在定时巡视停车场时才发现的，立即报了警并打了急救电话。警察和救护车在十五分钟内抵达了现场，但因为伤者流血过多，当场就宣布了死亡。警察立即就启动了缉凶行动，在全镇范围内展开搜寻。几个看起来可疑的人被带去审问。和某位高官来视察时一样，全镇都进入了一种高度警戒状态，街头到处可见带着枪与对讲机的警察和便衣。汽车站所有的箱包都要被搜查，有些人还被带到一旁接受审问。

或许是受这种不安情绪的影响，路晓北感到十分的不自在，好像这凶手就是他似的。除此之外，还有一件事让他极不愿去想，那就是赵长盛的生日。中午，赵长盛曾告诉他，今天是他42岁生日，将在家里举办晚宴，希望他能到场。路晓北实在不愿去，就借口拒绝了。

快下班时，赵长盛走了过来。"我知道雅洁的离开，让你很不开心，但你总不能一直这样下去吧？"赵长盛站在他面前，像老大哥那样关心地说。

"我没有不开心，我是真的有事情。"路晓北说。

"得了，我还不了解你！"赵长盛说，"我们项目部的同事都去，离开你又怎么行？别说了，走吧，中巴车已经在等候了。"说完，他拉起路晓北的胳膊走出办公室。

路晓北是真的不想去。往年，赵长盛过生日，他总会与潘雅洁前去与他庆祝，无论他是否举办生日晚宴，他们总是他生日这天的客人。但现在，他不想一个人去，更不愿赵太太见到他时，热心地问他关于潘雅洁的各种问题。除此之外，这一个星期以来，他的日子很不好过。虽然赵长盛大大咧咧地告诉他，行政服务大厦的事件过去了，但他隐隐地觉得并非如此。他感觉自己就像案板上的鱼肉，那感觉让他对什么都提不起兴趣。

　　"你需要一顿丰盛的晚餐。"走进电梯时，赵长盛才放开抓着他胳膊的手。

　　路晓北只好放弃无谓的挣扎。其实，这段日子以来，他所做的努力都是无谓的，只是他自己没有发觉。

　　"我也通知了雅洁，说不定你能遇到她呢！"

　　赵长盛显然知道，只要一提到潘雅洁的名字，路晓北就会保持沉默，不会拒绝他的任何提议。对于这个属下，他比谁都心知肚明。星期三下午，他找到了潘雅洁，向她详细地解释了这些日子所发生的事情。潘雅洁告诉他，其实在她离开时，就知道肯定是发生了让他走不开的事情，她之所以生气，只是觉得自己不该被这样对待。当赵长盛问她何时会回到路晓北身边时，她告诉他，现在还没有想好，等过一段时间再说吧。

　　赵长盛并没有把这次会晤告诉路晓北。他明白行政服务大厦这件事，让路晓北对自己有了不好的感觉，他需要好好地利用这个筹码，重新让他回到自己身边。毕竟，在他身上，他可是倾注了前所未有的心血。因而，当路晓北拒绝他的邀请时，他并不生气，立即再一次上门来请他。

　　"你可别拒绝你嫂子做的那些美味的食品，"赵长盛说，"当然，还有我珍藏的红酒。"

　　"为了美食与美酒，我想我的事情可以推后一些。"路晓北说。

　　"对嘛，这才是我的好兄弟！"赵长盛说，"我已同大家说好了，只是去我那里吃个便餐，任何人都不准送礼，你也不例外。只需要空着肚子去就行了。"

路晓北并不是唯一不愿意去参加这次聚会的人。走上中巴车，他立即就感觉到了这一点。每一个人蜷缩在自我的小天地里，甚至都不愿意探出头，同今天的寿星打个招呼。他们大多都是战战兢兢参加这个聚会的。赵长盛对下属的态度向来是妄自尊大，而且，这种态度也常常反映了他蛮横无理、脾气暴躁的性格。不管面前有人与否，他常常把大家叫过来大声训斥。成为高级工程师之后，他就明显地感觉了这座城市始终存在着身份与阶级的差别。没有钱，没有权，就没有人把你当人看。在这座沿海城市里，每天都有成千上万的人员流动，那些在这里找不到自尊的人多如过江之鲫。因此，他并不担心下属会受不了他的态度而打包走人，他公司的任何一个职位，都会有多得数不清的人员前来竞聘。

但是，他在路晓北面前从未使用这种态度，而是像一位老大哥一样温顺随和。对此，路晓北常常心怀感激。从自己进入公司那一天起，尽可能地让自己的表现，深得他的欢心。他也使用一切手段，为路晓北铺平了一条道路。可他知道，在利益产生冲突的时候，他会把自己的权益放在第一位。但无论如何，他都不愿让自己一手扶持起来的青年英才过早地夭折。除非是毫无办法的情况下，现在，一切还在掌控之中。

赵长盛居住在一个位于山顶的老式小区里。中巴车因为载满了人的缘故，在上坡时喘着炽热的气，吃力地向上攀登。有那么几分钟的时间，每一个人都从自己的世界里探出头来，紧紧地握着前面座椅后的把手。现在，中巴车终于驶上来了，一栋栋白色的建筑，在灯光的映照之下浮现在树木深处。那里有一个小广场，广场四周都是建筑，白色的三屋楼宇。这里是独栋的别墅，在刚刚建起来时，房地产行情并不怎么被看好，赵长盛是以相当于现在廉租房的价格买到的，不少人都说，他捡了一个大便宜。

"大家不要拘束，我太太已经预备好了晚餐，各位请进吧。"走下车，赵长盛招呼大家，朝其中的一栋走去。

路晓北随着大家一起走进去。走在前面的年轻的助理工程师王小天，很随便地打开了那如同普通民宅一样的大门，大家鱼贯进入。一楼是客厅与餐厅。在餐厅的中央，木头地板上放着一张长条实木餐桌，赵太太正把各种餐具摆在上面。一个十七八岁的妙龄少女，在客厅的墙角里捣鼓着音响，不一会儿，房间里便传来了悠扬的歌声。厨房在客厅的另一端，抽烟机在不停地工作着，但屋子里仍弥漫着一股香喷喷的味道。

客厅很宽敞，第三项目部的所有人员有三十人，在这里仍然感觉不到拥挤。客厅里的摆设非常简朴，实用，除了这些宾客身上华丽的衣着外，看不到一件崭新的物什。赵长盛喜欢这种泛着古旧色泽装饰，对他而言，陈旧并非过时，而是代表着经验与不可替代。这也是他聪明的另一种表现，他用最简单的装修告诉同事们，他没有在任何工程中获取额外的好处，从而更能够在下属外面，抬头挺胸，大声呵斥。

客人们畏畏缩缩地站在客厅靠门的一端，直到赵长盛换了一件随便的衣服，从二楼走下来，招呼大家随便一点，这些人才走进客厅中央，在餐桌前拿起餐具，寻找自己喜欢的食物。

或许是赵长盛提前同妻子打过招呼了，赵太太见到路晓北时，只是简单又不失热情地打了个招呼后，就开始招呼别人去了。反倒是那个妙龄少女，看到路晓北，欢快地朝他走了过来。

"晓北哥，你有好长时间都没有来我们家了！"她正是赵长盛的独生女儿，赵悦悦。

"这段时间，工作比较忙，"路晓北说，"你呢，在新学校里过得还适应吧？"赵悦悦今年刚考上大学，在读大一。她高考前的复习，路晓北可没少帮她忙。

"比高中时轻松多了，再也不用应付无休止的考试了。"

"你这样说可不对了，大学四年，才是你人生中最重要的阶段，能否学到东西，决定着你以后的人生……"

"人家知道啦，"赵悦悦噘起了小嘴，"你跟我爸爸一样，一见面就教训起我来了。以后，我还是叫你路叔叔好了！"

路晓北说："本来你就不应该叫我哥，差着辈呢！"

"我就喜欢喊你哥，再说了，你又不是老得真能当我叔了，"说着，赵悦悦夺过路晓北手中的盘子，"先别吃了，跟我上楼，去看看我给爸爸准备的生日礼物！"

路晓北跟着她走了上去。他对赵长盛家里的每一间房都不陌生，在帮赵悦悦复习功课时，也多次出入于她的房间，但现在，这里更具有少女气息了。走进来，他立即就感受到了这种变化，不由得产生了一丝紧张。

赵悦悦为父亲准备的礼物是一条暗红色真丝领带，这种领带简约大方，又不失高贵，路晓北连连称赞她的眼光独特。他没有坐下，赵悦悦看出了他的不安，调皮地笑着把他拉到床边，"路叔叔，你不急着要下去吃东西吧？如果你饿了，我就不耽误你了。"

"我倒不怎么饿，不过你应该下去招呼客人呀！"

"那些人我又不怎么认识，再说了，我本就不喜欢聚会，有妈妈招呼他们已经够了，反正她对聚会是乐此不疲。"

路晓北想了想，这个时候走下楼去，只会让自己孤零零地站在人群中。这是更加痛苦的事情，周围的人都会向你投来关注的目光，而你却不愿搭理任何人。在这里躲上一会儿，反而不错呢。这样想着，路晓北笑了笑，拉过一张椅子，面对赵悦悦坐下，"好吧，我的乖侄女儿，来告诉叔叔，你在学校都发生了什么有趣的事情。"他说。

客厅里，赵长盛一直在忙着打招呼，劝客人享用他珍藏的红酒。赵太太是一家上市公司的财务经理，年薪五十万元，但她却事无巨细地照料家庭，并且还烧得一手好饭菜。此时，她穿梭于厨房与餐厅之间，把烹制好的菜肴一样一样地端上餐桌。

赵长盛与老资格工程师谢云喝过一杯酒后，没有看到路晓北，心中有些不悦，他以为这个意气风发的年轻人，失礼地先行告退了。他不动声色地拿着酒杯，微笑着与各位下属举杯致意。他走进厨房，问妻子有没有看到路晓北。

"可能在楼上吧，"赵太太说，"刚才我看到悦悦把他拉上楼了。"

这个女儿啊，真是大了，开始外向了。赵长盛沉思了一会儿，这个时候，让女儿陪着他，或许不错。可他转念又想到，目前还是让他远离自己的家人可能会更好，路晓北是一种潜在的威胁，谁能说得准什么时间，他会成为一颗定时炸弹呢？

他仔细地想了许多，这些年他一直都非常小心谨慎，除了上次工程变更的事情，他出面做了担保，但那只是口头的，没留下任何证据。除此之外，他确信再无任何把柄被路晓北握住了。想了许久，他才拿起电话，拨通了一个号码。

电话那头是潘雅洁。她换了号码，只告诉了师兄，却没有告诉路晓北。她在电话中向赵长盛道了"生日快乐"，同时也表达了自己的歉意，因为某种原因，她没有办法前来为师兄庆祝。某种原因。赵长盛呵呵地笑了笑，最后，他问："你决定惩罚他到什么时候？你不知道，现在晓北已经痛苦成什么样子了。"他有自己的打算。让她回到路晓北身边，他就没有那么多精力，抓着行政服务大厦那件事不放了。

潘雅洁说，她还没有想好，现在不想谈这件事。

"那么，你不反对我把你的新号码告诉他吧？我觉得有些事你们最好还是当面讲清。"

"过几天再说吧，"潘雅洁说，"这个周末，我想一个人静静，或许，我会出去走走。"

"去走走也不错，能够换一种心情。"

小师妹一次次拂逆自己的意思，赵长盛虽心中不悦，还是微笑着说出了这句话。当潘雅洁向他说出再见时，他狠狠地把手机扔到了案板上。赵太太看到丈夫在生日这天，还为这对年轻人的事情操劳，不禁有些心疼。"他们还没有和好？要不要我分别找他们谈谈？"

"不用了，这点事情我还能搞得定。"赵长盛说。

"我只是不希望你太累。"

赵长盛感激地亲吻了一下妻子，只是，一想到这对年轻的恋人与妻子间的关系，他就感到有些难过。妻子热情好客，对每一个来家里的人，都宛如亲人。有一段时间，为了辅导女儿的学业，她没有工作，为了打发一个人在家时的无聊时间，她常常去市场买回来各种菜蔬，研究了许多种菜式。这些菜单单他们一家三口是吃不完的，她就让路晓北也过来吃。有时候也会邀请上潘雅洁。对待路晓北，妻子就像对待亲弟弟一样，有些时候，他都难免会吃醋，觉得她对他比自己还好。但现在，想到他们之间已经有了裂痕，有可能不会再像以前那些亲密无间，他的心里就感到不是滋味。

"你没事儿吧？"妻子看到丈夫陷入了沉默，不免关切地问道。

"是的，没事，"他犹豫了一下，"不过，有些事情还是给你说明白比较好。晓北，他以后可能不会常来我们家了。"

"怎么了？你们之间闹矛盾了？"她回应说。

"没有，"赵长盛说，"我只是有这种感觉。你知道行政服务大厦，那是他负责的第一个项目。"

妻子向来比较关注丈夫公司的新闻。"那件事会涉及到你？"她问。

"当然不会，不过，那是运发建筑公司承建的，他们又转包给了一个施工队，你知道我与赵运发的关系，难免会让晓北多心。我感觉现在他就开始躲着我了。"

"那你一定要想办法去弥补。"她用责备的目光望着他。她知道丈夫的野心，也明白这种野心出于对工作的狂热，对生活的不断追求。她爱他这一点，但同时也恨他这一点，因为有些时候，丈夫会因此而迷失自己。

"放心吧，我会想办法妥善解决的，"赵长盛压低了嗓门，"目前，最重要的事情就是让雅洁回到他的身边，这样，他才会将注意力转移。"

"长盛！"妻子向他走近了一步，嗓音低沉地说，"我不希望伤害他们。你也明白，交一个真心的朋友是多么困难的事情，他们对我们可都是交心交底，从不设防的。"

赵长盛什么也没说。妻子可能是正确的，不到万不得已，他也不可能会对他们有任何的伤害。但如果事情真发展到不可收拾的地步，他真能狠下心来吗？这么多年，在经过了不断地勾心斗角之后，他才取得了如今的成绩，他变得尖酸刻薄，对自己和他人都精益求精。正因为如此，他时常感到孤独，不被人理解的孤独。路晓北虽小他近十岁，但只有与他在一起时，他才不会被这种孤独所吞没。

"你放心，我把他们看得比你想象的还要重。"

赵长盛这样说似乎是出于真心，而并非因为勉强。

离开妻子，他端着酒杯走出厨房。走到楼梯口时，他想了想，还是决定走上去。楼梯也是木质的，走过时，发出吱吱的响声。赵长盛努力使自己的脚步变轻，刚走到二楼，他就听到了一阵说笑声，从女儿的房间里传出来。

一见到他走进来，路晓北吃惊地站了起来，双手交叉着极不自然。

赵长盛笑笑，"你们在聊什么呢？这么开心。"

"我给晓北哥讲我们学校里的化学教授，你不知道，他是个可有意思的小老头……"赵悦悦开心地对爸爸说。

"你个傻丫头，告诉你多少次了，要喊路叔叔。"

"我就不。"

"唉，真拿你没办法，"赵长盛说，"你不会介意吧？"最后一句他是说给路晓北的。

"怎么会。"路晓北回答说。

"那就好。楼下准备好了，马上就要切蛋糕了，我们一起下去吧。"

他们走了出去。路晓北偷偷地回头时，看到赵悦悦直冲他吐舌头。

第十一章 老总来访

第二天下午，赵长盛带着路晓北去工地视察。他们去的地方是合水镇核心商业圈建筑工地。这座城市的发展速度，令国际上许多大都市都望其项背，各个街道都以工商业为主，展开了你追我赶的开发工商业建筑热潮，用官方的说法是城市更新。合水镇也不例外。在工地上，赵长盛头戴安全帽，他刚刚接了一个电话，脸上露出一种连他也不会察觉的笑容。在强烈的阳光照耀下，他眯起了双眼，环视了一下工地。许多建筑工人正如一群不辞劳苦的蚂蚁般忙碌着。深层的地基与高高的脚手架已经搭建起来了，拉运砂石的货车来回穿梭着，每经过他的面前，都扬起漫天的尘土。他无奈地叹了一口气，如果不是因为长远的利益，谁会来这样的地方？他已习惯了办公室里开足的空调，在烈日下他不愿待上分秒。只是有些时候，他不能任何事都由着自己，作为项目团队的总负责人，他还是要身先士卒。

行政服务大厦的阴影还没有散去，表面上看起来已经风平浪静了。他知道，平静的水面下总会有湍急的暗流。如果那些记者依旧紧抓住那件事不放，适当地再掏出一些好处让他们住嘴，他的心才会放进肚子里。上午，运发建筑公司就行政服务大厦事件召开了新闻发布会，赵运发就事件的发生一一作了声明，说一切都是因为运发建筑公司管理出现漏洞，致使一位莫姓的助理工程师，才有机会黑心更改工程图纸，从而导致了这次事件的发生。

记者们一下子都安静了下来，两三天没有一个人就这件事打过电话给他，这是很不寻常的事情。没有哪一个记者会这么乖的，这么容易相信这样的声明。

他必须要做有另外的准备，必要时，他会毫不犹豫地斩断他的左膀右臂，尽管那有些痛，但保全他这只老将才是当务之急啊！中午，他与黄总一起吃饭，先是像往常一样称赞了他一手提携起来的得力助手，看到黄总没有发表任何意见，他又不显山露水地透露了，这个助手有些不听话的消息。但黄总仍然没有发表意见。所有的一切都似乎偃旗息鼓了，所有的一切又似乎都在沉默中酝酿，他开始感到不安了。要不然，他也不会顶着这么大的太阳，来到工地上，在尘土飞扬中查看工程的进展。

同路晓北一样，他也是从助理工程师一步步做到如今的位子。曾有相当长的一段时间，他非常热衷于工地，每参与一个项目，都能在工地上看到他的身影。在那儿他不可能无所事事。有些施工队，总是趁人不注意，干些偷工减料的勾当。他既当监理人，又当工程负责人，无论在哪一个环节，他都能做到巨细无遗。那些年他黑黑瘦瘦的，每次返回故乡，村民们总是以为他是个包工头，问他包工头的行当干得如何、还需不需要建筑小工之类的事。后来，有人告诉他，他完全没必要让自己这么辛苦，只需要把重点环节抓着就可以了。这是谁最先对他说的？赵运发？对，就是他。他听从了赵运发的建议，在空调开足的办公室里，在饮茶品茗间，把这个行业的潜规则摸得十分透彻。他开始发生变化，开始有些厌恶工地，无论是大小项目，如果不是有领导到工地视察，他怎么都不会愿意，在这个令人难以呼吸的地方出现。

"路工，你过来一下。"挂断电话，赵长盛朝路晓北喊道。路晓北正在同一位施工队的负责人交谈，似乎没有听到他的叫喊，继续在一张图纸上比画着。旁边，工人们正在搅拌混凝土，声音轰隆作响。

"路工，暂时停止你的工作！快过来，我们要立即返回公司了。"赵长盛又一次喊道,"集团公司刚才打来电话,要召开紧急会议。"在没有同事在时,赵长盛喜欢喊他晓北,感觉这样更亲切,更是自己人一些。叫他路工,那是在必要分职称与职位高低的场合,还有就是在同事面前,单位里的职位等级不能乱。

路晓北指着图纸又交代了那位负责人几句,然后将图纸折成一本书的大小,拿在手中,朝赵长盛走来:"怎么没有提前接到通知就要开会了?"

"可能是急事吧。"赵长盛说,"刚才是黄总打来的电话。"

"据我所知,黄总可不轻易来我们项目部。"路晓北一边低声咕哝,一边摘下安全帽,拿在手中,同赵长盛一起走出工地。一辆奔驰轿车停在工地外面,司机坐在车里,开足了冷气等着他们。

"如我刚才所说,可能是急事,我也没有预先接到任何消息。"赵长盛回答说。

上了车,赵长盛对司机说了声,张楚,送我们回公司,奔驰轿车就灵活地穿过路上的行人,飞速地向前奔跑了。张楚是位二十多岁的小伙子,来公司开车已经三年多了,平日里都在保安室待着,很少在办公室里见到他的身影,只有在出差需要用车时,他才会出现,安全快速地将他们送往目的地。上午,运发建筑公司的新闻发布会路晓北也看到了,他知道那位姓莫的助理工程师肯定会得到一笔补偿,但一想到出了事,就由这些默默付出的人承担罪过,他的心里就有种说不出的感觉。此刻,他坐在轿车里,看到张楚稳妥地驾驶着这辆奔驰,心里不禁想到,会不会发生什么事故,张楚也会在神不知鬼不觉中,就成为了替罪羔羊?

"上周的新闻你看了吧?"路晓北想了想,还是觉得有必要同赵长盛聊一下这件事。下午,在来工地之前,他就有时间同赵长盛聊这件事,但他一直犹豫着。"我总感觉,一个这么大的工程项目,不可能一位助理工程师就神鬼不知地更改了图纸的……"

"这件事就暂时到这里吧,"赵长盛回答说,"目前媒体似乎已经息声了,我们就不要再去捅这个娄子了。你要知道,任何一项工程，都不可能十全十美的，肯定会存在着诸多的纰漏。"说完，赵长盛把头靠在了椅背上，眼睛闭了起来，那意思是不想再谈下去。路晓北识趣地住了口。

或许你不愿讲，但我知道这其中肯定有猫腻，虽然我说不出来猫腻藏在哪一个环节，早晚有一天，我会弄个清楚的。路晓北想到，我可不能像那位助理工程师一样，不明不白地毁了自己的一生。路晓北向窗外望去，路两旁的栋栋高楼让他的心像灌了铅似的沉重。

他无可奈何地耸耸肩，摊开刚才折起的图纸，仔细地看着上面有可能会发生变更的地方。十五分钟以后，随着奔驰轿车稳稳地停下，一栋熟悉的大楼出现在他的眼前，已经到了公司大厦，保安员正襟危坐在每一个入口处，如临大敌一样，盘查着每一个出入人员的证件。路晓北第一次发现，这里竟然像军事重地，或者政府机构那样，唯恐无关的人员出入。像他们公司，只是做工程建筑的生意，做生意不都是要打开门欢迎顾客进入吗？路晓北想不明白。

"这鬼天气，真让人受不了！前不久暴雨如注，现在又热得这样厉害！"赵长盛抱怨说。

"天气的好坏谁能说得准呢？况且，天气预报也从来没有准过，除非是非常明显的天气变化。"提起天气预报，路晓北觉得特别讽刺。每天早上，他起床的时候，都会先用手机看一下当天的天气，以决定自己的衣着。但他发现，每次天气预报都没有准过，而自己，却仍然天真地迷恋着它，相信它总有一天是准的。

"是啊，早晚有一天，我要投诉这帮只吃饭不干事的蠢货们。"赵长盛说完，同路晓北走进电梯，按下电梯门，将保安员的笑脸隔在了门外。

项目部如往常一样，是个热闹的大市场。有重大项目运作的时候，每个人都紧绷着神经，共同期盼着项目顺利完成，以便获得不菲的奖金。部门负责人仔细地核对着每一份方案、报告，设计人员坐在电脑前，娴熟地操作着键盘与鼠标，按照要求绘制出工程图纸，文员们则紧张地对每一份文件进行分类、复制、分发。每一次走进项目部，都能够从这些人的迹象中，看出是否有项目正在运行。但此时，完全没有任何要开会的样子。黑明及另外两个部门负责人坐在台面后，一边饮茶，一边看着当天的报纸；年轻的设计员端着香气扑鼻的热咖啡，站在窗前向外遥望，想着下班之后，该如何打发空余的时间；漂亮的文员小姐们则坐在座位上，用剪刀仔细地修整着指甲。他们似乎都在百无聊赖地打发时光，其实每个人暗地里都铆足了劲，相互竞争。他们见到赵长盛与路晓北走进来时，纷纷同他们露出了笑脸，但仍在继续着自己的事情，并没有因为他们二人的到来而改变。以前黄总每次来开会，各部门都会以最好的精神状态来迎接，但现在，似乎并没有任何会议要召开。路晓北不解地看了看赵长盛，发现他面无表情，与刚才还在抱怨天气的他判若两人，让人很是揣摩不透。

走进各自的办公室。路晓北发现房间里空调开得很足。他不由得皱了一下眉头。平日他很少开空调的，更不可能自己在去工地之前，还打开空调的。谁进了自己的办公室？自由进出房间的，只有每天收发文件的李莉，但她不会随便动房间里的东西的，难道还有别人进来？路晓北把工程图放到办公桌上，正准备拿起桌上的电话，把李莉叫来询问时，发现休息室里，有一个人坐在沙发上休息。那是他平时休息的地方。公司为照顾高级工程师以上职务的工作人员，在他们的办公室里都安置了独立的休息空间，并用玻璃屏风与办公空间隔起来，形成了一个单独的空间，如果不注意的话，有人藏在那里不易被察觉。

闯入者自然并非闲人，否则李莉也不可能打开他的房门，让他进入。坐在沙发上的，是一个大腹便便但双目有神，五十多岁的男人。他正翻看着路晓北午休时看的那本《了不起的盖茨比》。路晓北很喜欢书中的穷职员尼克，认为他的一生或许与自己有着某种联系，因为他拿起这本书时，立刻就被这个穷职员所吸引住了。此时，坐在沙发里的男人低头看着这本书，仿佛也被这个穷职员吸引了，对路晓北走进来也毫无察觉。这个人路晓北是认识的，尽管对于他的到来感到意外，但他还是瞬间就站直了身体，脸上立刻绽放出了微笑，恭敬地说："黄总，您好！"

黄总把目光从书中移开，转到了路晓北的脸上，停顿了几秒钟之后，他把书放下，说道："这本书很不错，有空多看看书，是一件好事。"黄总是公司的总经理，一个月来项目部，多说也就一两次，但这次却并不是为了开会，却出现在了路晓北的房间内，这多少让路晓北有些意外。"午休的时候，翻几页，助于休息。"路晓北赶紧回答道。

"怎么样？我听你的文员讲，你与长盛一起去了工地，那里的情况如何？"

"一切都在按计划进行，比较顺利。地基已经打好了，脚手架也都搭起来了，如果不遇到恶劣天气的影响，估计会比计划的提前完工。"路晓北如实地汇报了工地上的进度，并十分贴切自己身份地表达了预测。

黄总点了点头，突然转变了话题，问："路工来公司也有七八年了吧？"

路晓北不明白黄总怎么会有此一问，但他还是老实答道："是的。已经八年过一个月了。承蒙您的关照，在公司我有了很大的成长。"

沙发旁边有一个小的茶几，上面放着李莉沏好的茶。黄总端起茶杯，轻啜了一口，说："你先坐下。今天我过来，主要是找你聊聊天。"

话虽如此，但绝对不可能是闲聊。路晓北明白职场的规则。当老总跨级找员工谈话时，只会有两种结果，一是将要重用该员工，升职加薪，是一件好事。另一种可能则就是该员工的工作出现了问题，将要面临被辞的情况。尽管赵长盛曾多次对外介绍，说他将会取代他的职位，路晓北清楚，在刚刚发生行政服务大厦这种事故的情况下，自己不可能升职加薪，最起码在近期内是不可能的。但他还是保持着微笑，顺从地在一张方形软沙发上坐下了。

"上午，运发公司就行政服务大厦事件做出了声明，说行政服务大厦事件主要是他们的原因造成的。你对这件事有什么看法？"黄总把茶杯放下，微笑着向路晓北问道。

路晓北想起了赵长盛的话语，这件事最好就此结束，不要再去追究了，但他心里仍有些不甘。只是，他也明白，不去深究这件事，由运发公司来承担过错，对他与赵长盛都不会带来任何负面影响，自己在公司里仍旧有很大的发展空间。但这样，他的心里会好过么？每一个人都应有最起码的职业道德，违背职业道德取得的成绩，他能坦然接受么？他觉得，有些话，他还是要说，要大声地说出来。

"行政服务大厦是我在公司的培养下，被任命为高级工程师后，负责的第一个项目。既是我负责的项目，那就意味着无论出现任何样的问题，我都应该负全部责任。上周，运发公司把责任揽在了他们身上，我知道，他们这是出于长期合作的考虑。我们公司这几年给了他们不少大项目，我们出了问题，他们也将会损失不少，这一点他们看得很清楚。也因此主动承担了这次过错。但明眼人都知道，只他们还不足以改变工程图纸。正好黄总您也问到了这个事情，我在此请求您，对我做出处罚。无论任何结果，我都愿意承担。"说着，路晓北站了起来，低头等待黄总的发落。

"你看看你，这是干吗？"黄总挥了挥手，让他坐下，"刚才我已经说了，这次我们就是闲聊，闲聊怎么会有处罚呢？我也就是看到了这个新闻，才问一下你的看法，没想到你却谈到了处罚上来。下次可不允许了。"黄总拿出他的黄花梨烟袋，装上烟丝，路晓北用打火机帮他点燃，黄总赶紧挥了挥手，"不用那个，我用火柴。"说完，他掏出火柴，自己点燃了。待把一锅烟吸完了，他才说下去："刚才你分析得倒也正确，皮之不存，毛将焉附，说的就是这个理。运发公司知道这样做，我希望我们的工作人员，我们的管理人员，更要知道这样做。只有公司发展了，大家才能取得更大的成绩嘛！"

路晓北连连点头。

"这几年，你进步得很快。公司在你们的共同努力下，也取得了不错的成绩。按照你的资历，你的条件，也早该提升为项目经理了。"黄总停顿了下来，似乎在有意等着路晓北的回应。路晓北小心翼翼地道了谢，听他继续说下去。"不过，我听说，最近你有些想法，不大愿意服从上级的安排，这可不是一种好的表现呵！"

"没有的事情。绝对不会！"路晓北急忙道，"我很清楚公司这几年对我的栽培，也很感恩，我不会也不可能做出任何有损于公司的事情的，赵经理于我有知遇之恩，我感激还来不及呢，更不可能不听从他的安排的。"

"我也是道听途说，没经过证实。当然，有则改之，无则加勉嘛！"黄总轻描淡写地说。短暂的沉默。这种沉默十分可怕，路晓北感觉到喉咙口又开始发紧了，他想继续表白自己对公司的忠心，但却一个字也吐不出来。大约过去了一分钟，黄总才开口道："我听说，为了处理行政服务大厦的事情，你误了与女朋友的订婚，她与你闹了别扭？工作要做，但感情问题也要处理好啊。你年纪也不小了，也该成家了。现在，行政服务大厦这件事，不管怎样就先到这里吧，你与女友好好地沟通一下，赶紧把婚事给办了吧。古人说成家立业，你不能业立了，还久久地拖着不成家吧！我可是等你的喜酒等很久了。"

路晓北没有料到，黄总会把话题扯到他的感情上来，他感到有一种东西在他的内心深处翻动着，触动了他的心，他的胃，在他的喉咙口想要冲出来。他努力地想要将它压下去，却适得其反，他感到有些慌乱。他不得不调整了一下他的坐姿，使自己看起来更加自然些。但他知道，在这位笑呵呵的老总面前，他无法将它藏匿。权力就是这样。不管是在政府机关，还是在企事业单位，都能够使人窒息。路晓北只好再一次向黄总道谢，站起身，同他握手，送他走出房间。

第十二章　爱情任务

送走黄总之后，他把空调关掉，然后，坐在办公桌前发呆。他不想做事，什么都不想干。电脑屏幕上打开的网页，有一会儿都没有再动弹。那是今天的股票走势图，如往常一样，一片绿色。两三年了，他十五万元的股票被套牢，他想抛售，低迷的市场却令他心有不甘。此时，他两手搭在办公桌上，后仰着身子坐在大班椅上，椅背已开始发热，衬衣黏黏地紧贴着脊背。有一会儿，他移动了一下身子，让脊背离开椅子，好留下些许空当，以便热气散失，但很快，他便又靠了上去，他像一个没有丝毫力气的人，需要椅子的支撑。他知道，这与他往常精明能干的形象极不协调，远远看去，他像是个病了很久的患者，萎靡不振。他脑袋低垂着，下巴贴在胸脯上，一副昏昏欲睡的姿态。

需要审核签发以及阅示的几个文件夹，分门别类地摆在办公桌上，一动未动。他闭着眼睛，不去看它们，他没有一点打开文件夹的想法。收发文件的李莉已经来过两次了，但每次看到他失神落魄的样子，就又悄悄地缩头离去了。烟灰缸已经满了，烟灰散落在它的周围，偶尔有风吹来，整个办公桌面上都是灰白色的粉末。清洁工曾向他建议，路工，你最好还是打开空调呀，那样，烟灰就不会到处飞了。自然，他不会听他的建议，每一个人都有自己的职责，清洁工的职责是把卫生搞好，无论现实情况是多么糟糕。而他的职责，就是要把项目搞好，无论项目多么棘手，多么难以攻克。

但行政服务大厦作为他负责的第一个项目，却在落成不久后就发生了事故，这给他带来的痛苦，也就不难想象了。要命的是，无论是项目经理，还是公司老总，似乎都不愿意让他追查下去，他们对目前的这种处理结果还较满意，这真令人大伤脑筋。

路晓北迷糊了一会儿，是一小会儿，还是更长的时间，他并没有在意，时间在这时于他，只是毫无意义的流水。后来，他似乎觉得最好还是站起来活动一下，换一个视角换一种心情。就这样，他走到窗前，让风从他发间穿过，他呆呆地看着窗外，直到赵长盛进入他的房间。

"刚才，我给雅洁通了电话，最好你还是约她出来谈谈吧。"

尖细的声音撕裂了房间里的宁静。赵长盛肥胖的身体靠了过来，他将手搭在路晓北的肩上，热乎乎的。天气实在太热，空气也仿佛因另一个男人的进入，开始变稠，慢慢地竟凝聚成水珠，从他们的脸上往下滴落。

"你还真会为公司节约呀，这么热的天，竟然不开空调！你是公司的高级人才，热出病来，我可担当不起呢！"

赵长盛伸手关闭了窗户，看了看他，然后转身朝空调方向走去。路晓北见他走过去的地毯，分明都留下了脚印，发现他身体的重量已严重超标了。赵长盛曾经说过，肥胖是成功男人的标志，走起路来都带着一种异乎寻常的威严。这种威严确也更令人难以接受呢！路晓北心想。

空调打开，办公室内的气温很快便降低了下来。赵长盛走到沙发前，坐下，路晓北紧跟着也走过去坐下了。茶几上的自动热水器又一次将水烧开，路晓北从茶几下的抽屉里，拿出茶叶，开始泡茶。茶是金骏眉参茶，是他前不久去武夷山旅游时，在那里购买的。他熟练地用热水将杯子洗好，将暗红色的茶汤倒入杯子，然后，用一个小镊子将茶杯送到赵长盛面前。"赵哥，请喝茶。"路晓北说。茶香弥漫开来，整个房间内空气似乎更稠了，之前的那股汗味、咸味被这茶香给掩盖了。

"这可是上好的金骏眉呢!"赵长盛端起杯,小心地品尝了一口,放下杯子道,"如果不是为了雅洁,你也不会把你这好茶拿出来吧?"赵长盛笑着,那笑里似乎有一种别样的东西。

"赵哥取笑我了,我是担心我这劣茶进不了你那金口呢!"路晓北勉强挤出了一丝笑容,回应道。

茶过三杯,赵长盛才说道:"我把情况都给雅洁说了,她也没说什么,最好是你给她打个电话,好好地同她谈谈。你们在一起这么久了,我可不愿看着你们分开呀。行政服务大厦的事情到现在也结束了,中心商圈才刚开始动工,目前项目部没什么大事。就当给你的福利好了,从明天开始,你休息几天,下个星期再来上班。这件事我也请示过黄总,他也同意了。在这几天里,你要好好地利用起来,把雅洁给劝回来,你就把这当作是工作任务去完成吧!"说完,没有等路晓北发表意见,赵长盛就站起身,离开了。

走到门口时,他又转过身体,对路晓北说道:"差一点忘了,雅洁的手机号码换了,这是她的新号码,你拿去吧。"路晓北走过去,从他手中,接过一张记着一组数字的纸条。

路晓北再一次把空调关掉,从办公桌上的烟盒里抽出一支香烟,点燃了。接着,他走到窗前,打开窗户,让炙热的阳光、空气中的微风都一起涌进来。他站在那儿又待了很久,同烟,同空气,同阳光,同微风一起,成为时间长河中某一片刻的永恒。

给爱情定个任务,这说起来容易,做起来却又那么难呢。想想这些日子,自己是怎么过来的呀!每天回到家里,每打开一扇门,总抱着极大的希望,希望她能够突然出现在自己面前。等每一个房间都看完了,每一扇门都打开了,空荡荡的房间内连她的一根头发都没有,那是怎样的一种失望呵!他颓坐在沙发上,无力地闭上眼睛,脑海里满是她微笑着的脸庞,只是,眼睛睁开来,这一切都是幻影。他一次又一次发疯似的满屋子寻找,依然没有她的影子。他不得不承认，那个总喜欢拖着他去看电影的女人，真的离开他了。那个总喜欢睡觉到早上最后一刻钟的女人，真的离开他了。那个总喜欢周末疯疯癫癫踩一辆自行车到处跑的女人，真的离开他了。不能否认，他已经习惯了有她陪伴左右的生活，他已经在心底深处留了很大的空间，让她进驻，但现在，她走了，他的心也空荡了。

"雅洁，我们真的没有机会再走到一起了吗？"这段时间，他多想亲耳听到她的回答呀，只是，当赵长盛告诉他，她愿意同他聊聊的时候，他却退却了，他甚至提不起勇气，按下那几个早已熟烂于心的数字。

他知道，是自己一而再、再而三地令她失望，没有哪一个女人的青春能够经得起这种耽搁。但人生本就如此，许多事情都是无法左右的。发生行政服务大厦这样的事情，谁又能意料得到呢？但即便如此，他们之间难道一点希望都没有了吗？不过，仔细想想，他自身确也存在着很大的问题，他似乎不管什么时候，都是把工作放在第一位，什么事情都是以工作优先，从来没有考虑过身边的人会怎么样。现在看来，这似乎是多么错误的抉择啊！他多想化身为《大话西游》里的至尊宝，穿越过时空隧道之后，对紫霞仙子说那句经典的台词："曾经有一份真挚的爱情摆在我面前，我没有珍惜，等我失去的时候我才后悔莫及，人世间最痛苦的事莫过于此……"

但那是电影，是小说，是现实世界中不可能发生的事情。人生不可能重来，正如破镜不可能重圆一样。想到这些，他的心就在滴血。房间里静悄悄的，这种寂静压抑得他胸口发闷，说不出话来。

他把目光投向楼下，那里是熙熙攘攘的人群，只是看着，就能感觉到嗡嗡的话声不绝于耳。楼下的一至四层，是一个大型的商场，另一侧，是一片绿化带，极为荫凉的地方，每到吃饭的时候，周边不少公司的人员会带着饭盒，或从不远的小餐馆内买来快餐，坐在那里吃。以前，公司也曾在那里树立过牌子，严禁在此吃饭，后来发现没有一点作用，就干脆安装了两个垃圾箱，把标牌更换为"请爱惜我们的环境"。公司还在那里建立了一个小亭台，亭台里有几张石凳，慢慢地，来这里的人越来越多了。每到傍晚，这俨然成为了一个小型的社区，在那里休息的，逗孩子玩的，耍剑健身的，各种各样的人都有。黄总就此事曾专门开会讨论："广告，这就是我们做得最好的广告。用最少的成本获得更多人的认可，还有什么能比这更划得来的呢？"

夜幕降临了，街上的路灯繁星般闪烁起来。这时，结束了一天工作的人们，纷纷来到楼下的草坪上寻找座位，因而使得那片空地愈来愈拥挤。那些人中，不少是成双结对的青年恋人，他们相互依偎着，坐在一起。或者将随身带来的冷饮或啤酒放在面前的空地上，然后便一律地望向马路，什么话也不说，看累了时，便取过饮品轻啜一口。马路上的行人毫不在意地从他们前面走过，仿佛对成为别人的风景这件事，丝毫不会介意。

路晓北心不在焉地看着他们，仿佛想起了他也曾在那些人群中出现，也曾与潘雅洁一起，坐在那永远清洁的石凳上，互相饮着对方的饮品——其实，那些饮品，是他们刚从商场买回来的同一个牌子同款的商品。但现在，这种情景已经不再，伊人已离他而去，而他，也不得不一次次承受着那极其煎熬的痛苦。或许因为难受，也可能由于炎热的缘故，他的颧颊上不停地渗出汗珠，像雨点般地顺着脸、脖子、腋下和肋骨往下流淌。就这么认输了吗？不，绝对不能！他不是那么轻言放弃的人，只是，他多么希望潘雅洁的离开，不是真的，有多少次，他这样想到，这不过是一场噩梦。他在内心里向老天呼救：噢，老天，求求你，让这些都是假的吧。可是，那空空荡荡的房间是真的，那衣柜里已不见了她所有的衣服是真的，那张柔软的双人床上，再也不见了她的身影是真的。

每次回到家里，漫漫长夜就没有个尽头。只要能和她联系上就不怕了。他是她有生以来最爱的一个人，她不会就这么无声无息地离去的。只要打通了她的电话，诚恳地向她道歉，像以往一样，亲自下厨烧她最爱吃的红烧鱼，或者请她看一次午夜场电影，她就会重新回到他的怀抱。但现在，电话号码就在他的面前，他已经反反复复地看过几百遍了，但他依然没有拨通这几个数字。

他的脑子里回响着赵长盛的话语：把这当成工作任务，把她给哄回来！他想告诉他，一个女人，如果连电话号码都不愿让你知道，那就意味着你没有任何机会了。但他没有说出来，他要像往常一样，勇敢地去面对，即便结果并不如意。

终于，他拿起了手机。他先拨通了他熟悉的那个号码，手机里依旧传来的是那个标准的女人的声音。他又燃起了一支烟，看着烟雾在房间里袅袅升起，最后化为虚有。一支香烟经过了燃烧，最后只留下了一小撮烟灰，人生又何尝不是呢？所不同的是，有些人经过了燃烧，及时地绽放了自己，而有些人，从来都是冰冰凉凉的，像行尸走肉那样。生命或许经不起太多的等待，一支烟燃完时，他再次拿起手机，按下了赵长盛留给他的那组数字。

野生大鱼坊位于市内CBD中心区，独具东北特色的三层建筑在高楼林立间安于一隅。高高的木棉树和根茎发达的榕树遮掩着那久违的青灰色，使其免受街道上车水马龙般喧闹的骚扰。潘雅洁所在的建筑公司，就在对面两条街摩天楼群中的一栋大厦中。

这一天，不到十点，路晓北就出了门。公交车上坐着稀稀疏疏的几名外地游客，用一口浓厚的方言，饶有兴趣地点数着路旁大厦的楼层，但每一次都没有点完，大厦便被远远地甩在了车后。于是，他们开始猜测，每一个人因坚持自己猜测的准确而争论不已。

路晓北下车时，他们还在争论，声音盖过了公交车的自动报站。公交车还未进入站台时，路晓北已经站在车门旁，按响了下车的按钮，并大声地喊了一声："师傅，站台下车。"他穿了一件洁白的衬衣，一条深红色的针织丝绸领带恰到好处地垂到他的皮带扣位置。皮鞋昨天晚上就打上了油，此刻，阳光从鞋面上反射过来，照得人眼睛直晃。他约了潘雅洁中午在这里见面，两个人需要好好地谈谈，他不能迟到。

他站在树荫里观察着那栋青灰色建筑，里面还没有食客。这个地方是潘雅洁选的，他曾陪着她来吃过一次，里面的野生大鱼用柴火炖了之后，有一种别样的清香。他的单肩挎包里，装着一个精致的小盒子，那里面有一枚闪闪发亮的钻石戒指。有一次，他们逛珠宝店时，潘雅洁曾盯着那枚戒指看了许久，但考虑到两人还有高额的房贷没有还完，她只有依依不舍地离开了。昨天下午，路晓北从银行里提了两万块钱，打车到了珠宝行，买回了那枚戒指。他制订的方案非常简单。他打算和潘雅洁好好地谈一下，让她回到自己的身边。如果遭到拒绝，他就用这枚戒指向她求婚，两人立即就去办登记。登记后他就向公司请一个长假，同她把婚事办了，然后，两人一起去度蜜月。地方他已经选好了，就去马尔代夫，花的钱不多，却可以同爱人一起做最浪漫的事：看日落、在沙滩上散步、出海、享受烛光晚餐……此时，他先前的顾虑全部都抛在了脑后：生活成本增高，工作压力大，生了孩子之后，还要照顾孩子，工作就会分心，等等等等，现在，他只希望潘雅洁能够原谅他，他真心地希望他们能够再像以前那样，亲密无间。在爱情面前，所有的困难都将不再是困难，两人携手相互扶持，没有任何克服不了的难题。

当然，如果这些依然无效，他会请她的父母，让他们帮忙为自己求情。他相信，他们一定会帮自己的。因为在去年见面时，他们流露出了对未来女婿的喜爱。

路晓北至今还记得，去年春节，在潘雅洁一再的要求下，他同她一起返回了她的老家。那是一个典型的知识分子家庭。房子虽然古旧，房里偌大的书房以及丰硕的藏书，显得主人的与众不同。以后，我与雅洁结了婚，藏书也将成为我们房间重要的部分，路晓北当时这样想到。

坐在潘雅洁父母面前，他当时感到很紧张。他的脸上因长途的跋涉而略显疲惫。走进家门，他已经洗过澡换了衣服了，但他还是不知道该如何开口说第一句话。他曾经主持了很多次大大小小的商务谈判与会议，面对未来的岳父岳母，他却没有一点把握。谁会那么不负责任地把自己养了二十多年的孩子拱手让给别人呢？他知道，与他们的接触不会太多，不像是商务谈判那样，一次不成，可以重来。如果给准岳父母留下不好的印象，可能会成为他与潘雅洁最终走到一起的最大阻碍。唉，随遇而安吧，反正再周全的计划也赶不上变化。他最后泰然地抬起头，面对潘雅洁的父亲母亲。

潘雅洁的父亲五十五岁，面容严峻，腹部有些凸出。一看就知道他是一个政府的官员。他长着一双迷人的眼睛，和潘雅洁的一模一样，任谁一看都会被立即迷上。他的下巴圆润，两鬓斑白。这是一个很和蔼的老人，路晓北立刻就喜欢上了与他谈话。对于他们将来的孩子，这将是一位再好不过的外祖父。

潘雅洁的母亲有着一副令人难忘的仪表。她的笑容让任何人都会感到亲切，有安全感。或许与职业有关，她的手非常白净。她的普通话很标准，一开口就令人觉得她是一个非常可靠的人。"你们坐着先聊，我去给你们做饭。雅洁，你来给我帮忙。"

"你姓路是吧？道路的路，这个姓可不多见。"潘雅洁的父亲说。

"是的，叔叔。"

"路姓大多分布在北方，你应该是北方人吧？"

"是的。我家乡在豫东平原。在我们那里，路姓也只是路家村人才有。"这真是一个博学的人。路晓北想。每次别人问起他的姓，总免不了大惊小怪，说这个姓很罕见。但眼前这个男人，却显然对姓氏十分了解。

"中原人好，中原人大多比较实在，憨厚，有责任心。"潘雅洁的父亲声音很满亮，看来对路晓北的回答也感到很有意思，"听雅洁说，你也是建筑行业的？"

"是的。我大学学的是建筑工程专业，研究生也学的是这个。毕业后就进了现在的这家建筑集团公司，一直到现在。"

"年轻人很有恒心，这很难得。"潘雅洁的父亲称赞道，"据我所知，现在的许多年轻人，找工作都是这个不成那个不就的，好不容易找到一份工作，也总是做不久就另有打算。你能够在一家公司一个行业内做这么多年，着实很难得。"

"叔叔过奖了。"路晓北谦虚地回答。

路晓北记得，那天的晚餐极为丰盛，潘雅洁的父母对他的印象也很好。特别是潘雅洁的父亲，对他更是称赞不止。他们一起讨论了房地产、政治和世界上令人不安的事情。气氛十分和谐。路晓北更记得，潘雅洁的父亲问到他们准备什么时间结婚时，还说他一定会准备一份厚礼的。

当然了，请他们帮自己说情，那是最后一着了。路晓北想。

看看时间，快到十二点了，对面的摩天楼群里开始有人出来。路晓北走出树荫，走到那栋建筑的正门口，有两三个人朝这边走来。门前，一个穿着大红旗袍的美女站在招待台后面，面带微笑地向他打了招呼，她的声音温柔而有礼貌："您好，请问订位了吗？"

路晓北点点头："黑龙江房。"这是他昨天下午打电话预定的房间。

美女在订位簿上查找了一下，然后问道："是路先生订的房吧？"

"我就是。"

"您好，请跟我来。"美女引领他走入二楼的包房，待路晓北坐下后，她拿起了一本印制精美的菜单，问道："请问现在点菜吗？"

"稍等一下，还有一位客人没到。"

"好的。请问您喝什么茶水？"

"来一壶菊花茶吧，这天气太热了，要降降火。"

"好的，请您稍等。"美女摇曳着身子走了。美女的身材修长，摇动起来也煞是好看，路晓北失神地盯着她的背影看了一会儿，便赶紧收回了心神，随意打量起房间来。房间不大，布置也较简单，却具有古色古香的东北农家风情：正中央是一张圆形水泥灶台，灶台中间是一口铁锅，能够容纳四至六人的饭菜，铁锅周围摆着六副餐具，六张椅子，椅子没有着漆，淡黄色的纹路清晰可见。房间最里面的角落里，整齐地码着一堆木柴，那是用来等一会儿烧菜用的。而靠门的墙边，是一张小橱柜，不用说，那里面一定堆满了餐具。

第十三章　爱情冷静期

当手表上的分针指向十二点过五分时，服务员送来了茶水，紧跟着，一名年轻女子走了进来，路晓北立即站了起来，他的心猛地震颤了一下，几天没见，她明显的憔悴了许多。明眼人都可以看出来，在来之前，她已经精心地化了妆，但仍掩盖不住她厚厚的黑眼圈。她也没穿平时最喜欢的运动装，此时她穿着一套职业套装，但显得空荡荡的，好像是加大码的服装套在一个弱小的躯体上。他的胸中轰然掀起一股爱怜的潮水，只觉得血液流得飞快，他想冲上去把她紧紧地拥在怀里，但他还是忍住了，他赶紧走到她的面前，伸手去接她的包，却被拒绝了，只好讪讪地笑道："你来了——坐，赶紧坐下。"

来者自然是潘雅洁。待她坐下后，路晓北打了个手势，冲服务员说道："点菜。"

"我们来一瓶白葡萄酒，如何？"他小心地询问她的意见。

"我什么也不想喝。"

"那就来两杯果汁吧。"路晓北交代服务员道，"一杯柠檬果汁，不加冰，一杯鲜橙汁，加冰。"他一边点着，一边观察着潘雅洁的脸色，发现她除了十分地疲惫，倒没有流露出别的表情来，他这才放心地继续点菜："鳇鱼，要鱼背上的肉，嗯，就来三斤好了。马哈鱼再来一斤，你们店自制的卤水豆腐一份，另外配菜就用干豆角，茶树菇，通心粉，再加一份大白菜好了，其余的等一下不够时再加。先这样好了，要快。"

服务员道了一声"请稍等"就离开了，房间里只剩下他们两人了。路晓北尴尬地盯着她看了一会儿，然后脸上掠过一丝"豁出去"的神色，说道："这些日子你还好吧？我……我一直打你电话，你关机。"

"那个号码我停掉了。"潘雅洁慵懒地说道，她的眼睛盯着面前的杯子，那里面是服务员刚才泡好的菊花茶，一两片花瓣静静地躺在淡黄色的茶汤中，一动不动，正如此时的她那样，甚至连头都不想抬起。

"你瘦了很多。是不是……生病了？"

"我没病。"

"不，你这样说，说不定就是病了。我想抽时间你还是去医院检查一下，你知道，我很担心你。"

"我能正常上班，能够正常过生活，足以说明我丝毫没病。"

"你周末还骑单车吗？"

路晓北一面关切地盯着她，一面又想立即知道她这段日子，是否如同自己一样难过。但当他问出这个问题时，发现言语中竟然有一种揶揄的味道。潘雅洁沉默了一会儿，她摇摇头，又点了点头。

"你知道，我不是这个意思，"他连忙解释道。突然间，他笑了，笑声中满是自嘲。他点燃一支烟，反正是要面对，何不坦然一次？"我知道是我不对，我一次次地让你失望了，我伤害了你，真对不起。"他不再犹豫，神情相当严肃，声音也变得响亮，沉稳，用词也更有把握了，但仍然能够从中听出，那里面还充斥着诸多的希望。

"嗯。"她缓缓地把头抬了起来，声音里满是拒人门外的意味。上天还真是不公平呢！她想。她虽已决定要惩罚他，但当她透过弥漫的烟雾，冷静地观察坐在自己对面的"老公"之后，便觉得他仍不失为一个潇洒男人。也许是为了见她，他打扮得整整齐齐，看起来比她离开他时更好看，更具有魅力。想到自己每日里为他担心，已消瘦得不成样子，她就会感到命运实在是捉弄人。对此，她心有不甘，冷冷地说："吃饭之前，我不想谈这件事。"

路晓北暂时停住了要说下去的话，他一下子不知道该说些什么了。事情并没有按照他预想的那样发展，从一开始，潘雅洁似乎就不怎么配合他将故事进行下去。不过还好，服务员在这个时间走了进来，打破了这尴尬的沉默。她先将煮好的汤汁倒入锅内，然后，把鱼肉、豆腐以及配菜依次放进去之后，从墙角内取来了木柴，待灶内的火烧起来时，重新将灶口堵上，免得灶内的烟会溢出来充斥整个房间。

"十五分钟后，等锅内的水沸腾时，就可以开席了。"服务员用好听的声音说道。

"行了，你先出去吧，有需要我再叫你。"路晓北回答说。

服务员离开了。当房门关上时，路晓北终于想到了合适的话题。"你还记得我喝醉酒的那一次吧？"他问道。潘雅洁抬头看了他一眼，没有开口，他把声音稍微提高了一点："喂，雅洁，你记得吗？"

她摇了摇头，表示不记得，也表示她现在不想谈任何话题。

但他现在却不想这么容易就退缩了。找到一个合适的话题，可不容易呢。"实际上，"他说道，"我不仅记得那晚发生的事情，而且向所有认识我的人都讲过那个故事。每当我向他们讲述时，他们都说，我找到你，是我这一辈子的福气。"

"咱们就不能谈点别的事情？"潘雅洁终于把目光聚集在他的脸上，可是路晓北没有理会，他继续讲述他的故事，那个他曾讲过无数次，让人羡慕他找到了一个好女人，又嘲笑他有时很可笑的故事。

"嗯，你还记得王威吧，我的大学同学兼室友，对了，曾有一次，他在胜记酒楼请我们吃饭，在饭桌上还不断地称赞你漂亮，就是他。别看他其貌不扬，却是个标准的花心大少呢！在大学时，他就有不下于十五个女友。大学毕业后，他就来深圳工作了，我读研究生时，他曾回学校看过我几次，每次带的女友都不一样。也就是在他的鼓动下，毕业后我才来这里工作的。你知道吗？当我听他说他要结婚时，我是多么地惊诧！我告诉他，只要他小子结婚了，以后安安稳稳地过日子，我一定会当他的伴郎的。在他结婚那天，你还记得吧，他是邀请了你的，但你当晚要加班，就没有去，就我一个人过去的。我走之前，你还亲自给我打了领带，你还说，结婚是大喜，要打红色的领带，你知道，我最不喜欢的就是那种大红的颜色了，太艳了。"

服务员又走了进来，送上了他们的果汁。潘雅洁伸出手，接过那杯没有加冰的柠檬汁，一口气连喝了好几口。然后，她又把双手垂下，放在腿上，好像课堂上听讲的学生那样。路晓北用杯里的长柄勺轻轻地搅动了几下，以便加快冰的融化。黄色的液体里飘浮着浓浓的颗粒，就像一群小蝌蚪在游动。待这群蝌蚪全都停下来时，他也拿起杯里的吸管，小心地吸了几口，一股冰凉的酸酸的感觉，在他口腔内四处游荡，不一会儿，连他呼出的气体似乎都可以看到了。

"那个时候，我们还没有开始供楼，还住在租房里。那可是八楼啊，没有电梯，每一次上楼，我都会累得气喘吁吁的，而你，总是告诉我，多爬爬楼，锻炼一下身体，也很不错呢。想想过去在那里度过的愉快的岁月，多温暖啊。我向你发誓，那里度过的每一天，每一分每一秒，都是我人生中最幸福的时光。虽然房子破旧，那台破空调也吹不出冷气，冰箱也老是发出嗡嗡嗡的噪音，但就如你所说的，只要两个人开心，那就是最美的。这些事情现在我每次想起来，都好像发生在昨天一样。"

一股浓浓的香味溢满房间，路晓北掀起了锅盖，然后把它放在了门旁的那个小橱柜上，他用勺子从锅内盛出几大块鱼肉，放到潘雅洁的碗中，这都是她喜欢吃的。她带他来这里时，曾向他介绍过，这些野生大鱼生长在东北水质优异、没有污染的黑龙江、乌苏里江和松花江，那里人烟稀少，大鱼常年生活在极其寒冷的环境下，加上身体够大，一般都有一百多斤，逆流遨游的特性使得这些野生鱼鱼肉紧实细腻，脂肪厚、鱼油多，没有细小的鱼刺，方便食用。她还说，野生大鱼不仅口感好，而且吃了可以大大减少心脑血管病的发病率。野生大鱼还含有丰富的DHA及多种维生素、矿物质和微量元素，能促进智力发育，降低胆固醇和血液黏稠度，预防心脑血管疾病有明显的作用，吃鱼的女人更美丽，吃鱼的男人更健康。

她向他介绍这些的时候，俨然是一位美食家。此时，他盛了满满的一碗放在她的面前，而他自己，只是简单地捞了几块豆腐以及一点青菜。这并非是他在有意保养身材而不多吃，他的体重这些年来始终都不见长，无论他吃多少，也没有增长过。只是，这几天，他的食欲很差，即便是山珍海味在他吃起来，也味同嚼蜡。他夹了一块豆腐放进嘴里，随便吧嗒了两下嘴巴，就吞了下去。他喝了一口橙汁，继续说下去：

"你知道在我出门时你说了什么？你说的就是'少喝酒'。尽量少喝酒！怎么能够少喝？我知道你是关心我，才这样叮嘱我的，但我就是无法控制我自己。我太高兴了！王威这小子总算修成正果了，天下也有许多少女，不会因为他而受到伤害！在做伴郎时，我感觉自己就在从事一件神圣的事情。同亲朋好友敬酒，我的杯子里，也都是实打实的白酒。后来，我才知道，许多人在这种场合下，都是用极少的酒加大量的水，只要有一点酒味不被人看出来是水就行。但那晚我太高兴了，我喝了多少酒，我都已经记不清了。我只记得最后敬到女方亲友时，我换了大杯，同女方的父亲一起干杯，最后，他叫来了他的两个儿子，每个人又同我干了一大杯，那都是实打实的白酒呢，杯子可都是红酒杯呢！不过，你别以为我这就醉了，伴郎怎么能够在中场就醉倒呢？我同新郎新娘一起，送走了所有的亲朋好友，才招来出租车离开的。离开时，新娘的父亲还握住我的手，邀请我去他们家乡做客呢！你知道新娘的父亲是干什么的呢？是他们市公安局的局长。我就说嘛，王威这小子，花心大少一个，怎么突然间想起了结婚，原来还是女方家庭实力实在够厚。出租车把我送到了楼下，我上到二楼，就再也上不去了，但那个时候，我还有意识，我就打了电话给你。挂断电话，我还记得我又往上爬了一层，那可是真正的爬呢，我手脚并用，伏在地上，一点一点地往前移动，当时我是根本就无法站起来了，但我还有意识，那就是我一定要回到房间，回到你的身边。我继续挣扎着往上爬，爬了多久？有五分钟，十分钟，还是二十分钟？反正不到半个小时，你就下来了。你无法扶起我，就把我背到你的肩上，一步一步走上去。要是想想当时的情景，我一米九的身高，一百三十多斤呢，而你，不足一米七，就那样把我背在身上，一个台阶一个台阶地往上爬……每一次想到这里，我的心总充满着一种感动，当时你是从哪儿来的力气呀！后来，我就什么都不知道了。我醒来时，我躺在了医院，你在我身旁坐着，眼睛红红的……"

"我背不动你，而你又醉得厉害，就只好打了急救电话。"潘雅洁说。她说话时头也没抬，仿佛吃饭是她此时最重要的事情一样。

"我知道事情不是这样的。"路晓北用勺子重又从锅内盛了几块鱼肉，添加在潘雅洁的碗里，"后来，我在楼下遇到了房东，他告诉我，用担架把我从八楼抬下来，可真是一件很困难的事情呢！他说他一个中年男人，从八楼把我抬下去就觉得很吃力了，更何况你一个女子呢！连他也弄不懂，你当时是从哪里来的力气。从他的话里可以推断出，那晚，你把我背到了房间里，肯定是后来看我难受得厉害，才打的急救电话。"

"都已经是过去的事情了，现在再谈，还有什么意义呢？"潘雅洁摇了摇头，她的眉毛稍微蹙了一下。路晓北见她的确不愿就此事发表意见，伸手去拿他的鲜橙汁。杯里的冰已全部融化了，他连续喝了几口，喝去了一大半。

"那好，先吃饭吧。"他又帮她盛了几块鱼肉，自己也盛了一些，然后，开始静静地吃饭。服务员在这期间走进来一次，把灶内未燃完的柴火取出来，然后用水浇灭。水浇在正在燃烧的木柴上，顿时挥发出一股浓浓的烟雾，但没过多久，这股烟雾便消失了。待木柴完全熄灭之后，服务员将它重又堆在墙角里，与那些没有燃烧的木柴放在了一起。

潘雅洁先吃完了，她抽出纸巾擦嘴时，路晓北也停止了继续吃下去。"我知道这次是我不对，也明白再次请求你的谅解是件很过分的事情，但我真的是诚恳的，"他从挎包内掏出戒指，送到她的面前，"我再次请求你嫁给我，为了表示我是认真的，我们现在就去登记，然后，立即办婚事。婚事结束之后，我们去马尔代夫度蜜月，请相信我……"

潘雅洁犹豫了一下，但很快又打定了主意，她决定先结束这次谈话："晓北，你是个好男人，每一个女人找到你，都是一件幸福的事情。今天，你向我再次求婚，我很感动。如果放在以前，我会毫不犹豫地答应你。只是，经历过这件事情之后，我们的感情，或许并不像我们所认为的那样。我想，我们还是都冷静一下，等再过一段时间，如果仍然认为对方就是彼此等待的那个人，再谈论婚事也不迟。今天，我很感谢你，我吃得很饱，如果没有别的事情了，我就先回去了，等一会儿，还要上班。"

潘雅洁离开了，没有回头。路晓北坐在那里，有很长时间没有说话，他希望她会重新走进来，告诉他刚才都是在开玩笑。他抽了一支烟之后，感觉她不可能再返回时，便叫来了服务员，用信用卡结了账。他走上大街时，太阳已开始偏西，照在身上，令他头脑发晕。这真是一次失败的谈话，他默默地想着。阳光很快便化为了汗水，紧紧地粘住他的脊背。身旁不时有穿着职业套装的女性经过，他一见到他们，便死死地盯着不放，仿佛要弄明白，女人为何这么难懂。

第十四章 归乡

强烈的阳光照射进来，照在皮肤上，有点灼热，好像能把人烤焦似的。路晓北全身汗湿湿地从睡梦中醒来。昨晚，他拉开窗帘打开窗户，是为了让海风帮助他清醒一下头脑，却没想在海风的吹拂下，他一下子就进入了梦乡，睡得那样沉，那样死。或许他是太累了，从野生大鱼坊出来，他走了多久？他没有一点概念了。回到房间时，他已经累得几乎虚脱了。从冰箱内取出啤酒，他一口气饮完之后，连澡都没有洗，便一头倒在了床上。他原想着好好地思考一下，潘雅洁所谓的爱情冷静期会是多久，但没想到，在还没有答案之前，他就已经酣然入睡了。

此刻，他用手遮着阳光，挣扎着从床上坐起来。头眩晕得厉害，他想吐却吐不出来，腹内好像有一种东西在使劲地绞动着。他跌跌撞撞地走进厨房，从冰箱内取出一支纯净水，一大口喝去了半瓶，然后，他走到客厅，在沙发里坐下来。

房间里一片寂静。在这种令人窒息的寂静里，焦虑不安笼罩着他，让他透不过气来。他用力地摇摇头，想把这种不安甩去，但头更加眩晕了。房间里没有潘雅洁的身影，却处处是她。路晓北知道，这几年的相处，潘雅洁已在他的生活里留下了太多的痕迹，这种痕迹在房间的每一个角落，在空气的每一粒微尘，甚至在时间的每一秒之中。

海风从落地窗吹来，湿湿的，黏黏的，地板上横七竖八的空酒瓶，咕噜噜地打着转，滚来滚去。落地窗映照出他的身影，头发凌乱，胡子拉碴，就像是街头的流浪汉。他长长地呼出一口气，酒气刺鼻，令人恶心。手机在茶几上扔着，他像一个重病患者，艰难地伸出手拿了过来。他拿着手机，开始按下在豫东平原的母亲的电话号码。他听到了那遥远的电话铃的响声，接着传来一个苍老的声音："喂！"

"妈，是我……晓北，您的身体还好吧？"

"好，好得很！晓北，你没什么事吧？"

"没有，妈妈。我就是想听到你的声音。"

"傻孩子，我与你爸正在吃饭呢。要不要他接电话？"

"不用了，妈妈。"如果放在以往，我一定会让爸爸接电话的，路晓北想，我与他是有说不完的话呀，可是现在，我什么都不想说，也不能说，那样只会让他为自己担心。"可现在吃什么时间的饭？"

"早饭，这几天天气不太好，要抢收秋庄稼，今早刚把玉米收完。"

"妈，您的关节炎现在还常犯吗？"

"老病了，还是那样。对了，今年地里又种了香瓜，你什么时间回来吃？以前，你是那么喜欢吃呀！"

"是的，妈妈。"路晓北想说，这里也下雨了，很大的雨，就在半个月前。可他又不愿说。他望了望屋外，太阳辣辣的，晃得人头晕。"有时间，我就会回去看您们的，我想您，也想爸爸。"

"晓北，你没什么事吧？"母亲似乎听出了儿子的忧伤，又一次问。

"没事，我好着呢，"他意识到自己的忧伤让母亲担心了，就极力使声调显得轻松，"爸爸的身体还好吧？"

"好，家里一切都好。向东又在翻修楼房，你爸爸抽空就去给他帮忙。他准备把房子建成三层的。"

路晓北长长地"哦"了一声，没有说话。他从来都不相信，这个自从部队复员回来，二十年没有离开过农村的哥哥，比自己这名研究生还厉害。可事实就是这样，他不如哥哥，在母亲眼里，他永远是弱者，永远需要在哥哥的庇佑下，才能健康成长。

"雅洁好吗？你们什么时间举办婚礼？"母亲问。

"她……"路晓北犹豫了一下，还是说道，"她也好。这一段时间比较忙，婚礼要暂时推后，等忙完了再说。"

"你们总是很忙，"母亲说，话语中流露出不悦，"你也老大不小了，总不能再像以前那样任性了。如果当初你答应与安嫣的婚事……"母亲及时住了口，没有再说下去，只是长长地叹息了一声。路晓北的心被刺了一下。他隐隐觉得，母亲有许多事情，没有告诉自己。不过，现在一切都无所谓了。他望了望茫茫的黑夜，感觉自己正在被它吞噬。

"我也不想这样的。"他最后挣扎了一下。

"好了，不说了，我们还在吃饭，"母亲说，"现在你学出来了，也有思想，我与你爸不会阻拦你发展事业。你要是真把我们二老放在心上，就早点把婚结了，让我们早一天抱上孙子。"

听筒里传来一阵忙音，母亲挂断了电话。路晓北愣了许久，他没有想到会是这样的结果。最后，手机滑落在地板上，他摇摇晃晃地走向冰箱，重新拿出一瓶啤酒。

一瓶酒下去，路晓北反倒清醒了许多。他起身，想为自己冲一杯咖啡，但咖啡罐里已经空了。以前，都是潘雅洁去买的咖啡，在他们一起逛商场的时候，她总是说，这种咖啡更香浓一些，那种咖啡不好，存在有质量问题……只是，现在她走了，会不会回来，还是一个未知数，那么，以后还会有哪个女人为他买咖啡，在他买东西的时候，在他的耳边这样叨扰个不停？

他走到阳台上，大口地嗅海的气息。现在，只有大海能够让他安静下来，让他放下一切不开心的事情。这时，一只海鸥飞来，落在阳台的栏杆上。路晓北想拿点碎面包来招待它，却发现房间里已没有了任何食物。

路晓北静静地站着，海鸥就在他的身边。他从落地窗的玻璃上，看到它的影子在栏杆上一摇一晃地活动着。"看来，这些日子缺少女主人，它把这里当成自己的家了。"想到这里，他更加伤感了。

自从潘雅洁离开之后，他从物业公司请了保洁员，每天来房间里一次，三两下就把房间打扫得干干净净。要在家里吃饭时，他就需要到厨房里自己动手。但这些日子他很少生火做饭了，大都是到他喜欢的餐馆去吃。除了啤酒之后，冰箱里早已变空了，面包，牛奶，香肠和榨果汁用的水果，也全都因放的时间太久，被保洁员一次清理干净了。

过了一会儿，海鸥飞走了，他的目光才转到楼下。自这个小区的楼盘开售以来，房价就一路飙升，现在，基本上每套房子都有人住进去了。站在阳台上，他可以看到不少阳台都种植了绿色的植物，各自形成了一小片世外桃源般的美景。不少窗户都挂着各种颜色的窗帘，挡住了他的视线。他想，那一扇扇窗户里，均住着这个城市里各个行业的精英。但他们是否如同自己一样，在黑暗的深渊中看不到光明？他不知道，但他想，不管每个窗户里都住着什么人，今后肯定没有机会与之见面，因为城市就是如此，大家见面，大多都是通过猫眼，而他从来就不喜欢接近猫眼。

他重又坐到沙发里，从茶几上拿出烟点燃了。现在要干什么事？他提不起一点兴致。他的脑子里没有一点头绪。冰箱里的食物早该添加了，但他不想去买。对饭菜评头论足的人已经走了，他没有了任何煮饭烧菜的欲望。他想把她的痕迹从生活里全部抹去，回归到认识她之前的日子，可是他无法做到这一点。他期待时间能够使他变得善于遗忘，他等待着日子继续来临。他呆呆地坐在沙发里，无心观看窗外那熟悉的海景。只是偶尔有货轮经过拉长响笛时，路晓北才注意到外面的世界依然是到处充斥着嘈杂声。门外，有孩子在走廊里来回跑动，父母跟在身后不停地喊：小心一点，别摔倒了。

应该好好地反省一下了：这些日子，自己的生活几乎陷入了迷乱之中，能否还要继续这样下去？以前，在没有认识她时，他把全部的精力都投入于工作与学习之中，才取得了如今的成绩，现在，反倒因为感情的问题而把工作置于一旁？她离开的这两个多星期里，自己有没有看过一页书？下班归来之后，有没有烧过一次像样的饭菜？每晚要么是应酬，喝得烂醉如泥，第二天也头疼得厉害，要么就是随便到餐馆里吃碗面应付了事，全身上下慵懒无力的，再这样下去，身体可真要垮了。不能这样，可绝对不能再这样。潘雅洁已经明说了，双方都需要冷静，那就意味着还存有可能，尽管这种可能很微小。父母每隔一段时间都会打电话催问，他们准备何时办理婚事，还说他也老大不小了，在老家像他这种年纪的，孩子都已经上学了。他坚持认为自己不应该结婚那么早，三十四岁，算什么老大不小呀！在许多大城市，这个年龄是事业发展的黄金期，又有几个人愿意被所谓的家庭过早地束缚着呢？

想到这些，他心里好受了不少。想起刚才给母亲的电话，他突然间觉得应该回去看看父母了。于是，十点三十分，他走进洗手间，镜子里呈现出来的是一位失魂的男人的面庞：胡子已经疯长到耳朵边了，眼窝深陷，没有一点光彩，头发凌乱，好像被人使劲地揪扯过。他无法接受镜子中的形象，曾几何时，他是许多女人眼中的白马王子，那么风度翩翩，那么一举手一投足都洋溢着才华。他扭开水龙头，把衣服脱掉，冲了个冷水澡，然后，赤裸着身体站在镜子前，细细地装扮自己。

人的情感往往就是这样，一旦打开了对某种事物的思念，这种思念之情就会像潮水一样涌上心头。路晓北就是如此。他离开家乡已经多年，在这座沿海城市里，扎下了根。他身上拥有城市人所有的优良品质，也常常自由地呼吸着城市的空气。这么多年，他从来没有返回过故乡，甚至经常刻意地去遗忘它。然而，当他打开故乡记忆的阀门，他发现对故乡的思念，比任何人都要强烈。怀念起故乡那种悠闲的慢生活，他甚至会突然怀疑起，这些年里在城市生活的意义来。一直以来，他是个用行动说话的人。因而，当他决定了要返回故乡看看，他立即冲进洗手间，把自己仔细地装扮了一番。

十一点过五分，他走出房门时，脸上神采奕奕。衣着真是人最好的掩饰，无论你是伤心、高兴，失神或者痛苦，衣着总能帮你掩饰，把你的情感全都隐藏于它的内部。路晓北穿了一件长袖运动T恤，走路时脚步沉稳有力，好像一个向健身房赶去的运动员。

临出门时，他打电话订了机票。现在出行真是太方便了。电话里，服务员用好听的声音告诉他，乘客机只消两个半小时就能抵达他的故乡，这让他决定立即就开始动身。如果像过去那样，坐火车需要二十三个小时，那么，他会犹豫要不要回去。现在出行真是太方便了，乘两个小时后的飞机，晚上，他就能在家里，吃到母亲做的晚饭了。

此时，他的肩上挎着一个背包，里面胡乱地塞了两件换洗的衣服。这不是上周末他去温泉镇的那个包，这还是他刚去读大学时，父亲买给他的。背着它，他仿佛又变回了学生，而现在，他就要结束一个学期的学习，往家里赶了。故乡的天气已经转凉了，他穿着长袖T恤，却不想，竟惹得不少人纷纷给他让路。

这也难怪。在我们的生活中，我们都有过这样的经验：当我们走在路上，头上顶着格外大的太阳，却突然发现这么一个人，穿着反季节的品牌服装，背着一个破旧的帆布背包，尽管他的脸上神采奕奕，我们会依旧认为，这个人有点不正常。而且，我们的感觉不会因为他脸上的神采而发生改变。风靡网络的"犀利哥"，双眼忧郁能抵人心扉，在网络上拥有较高的人气，但在现实生活中，如果遇到他们，我们照样对他退避三舍。

路晓北根本就没有注意这些异样的目光，他早已像读大学时那样，整个身心都飞走了，早飞到父母的身旁了。刚才，他打电话预订了机票，要乘两个小时后的班机飞往故乡，现在，他急需要做的，就是在飞机关闭登机闸之前，赶到机场。生活在别的城市，总不像在自己的家乡，不管什么事情，都因为"家"这个字眼，一切都颇具人情味。有许多人把家当成避风港，他认为远远不止如此，家还是一个能够抚平忧伤的地方，是生命的绿洲。现在，他就是在奔往这片绿洲，他要汲取力量，以便再一次展翅飞翔。

挥手招了一辆出租车，他坐了进去，说了声：去机场。司机看了看他，在他的目光中有那么一丝恐惧。路晓北终于意识到自己的衣着，容易引起别人的误会了。他笑了笑，说："在北方，天已经凉了。"半个小时后，他便到了机场。他走到保留机票的窗口，报了自己的名字。那儿的女售票员微笑着把机票递给他，并提醒他现在已开始过安检了。他道了一声谢谢，急匆匆地朝安检走去。

通过安检后，他走了很长时间的通道。这个机场是刚修建不久的，以前的旧机场已废弃不用了。在这个寸土寸金的城市，据说旧机场将被改造为贵金属交易中心。新机场比原来的更加雄伟气势，面积也比原来大了两三倍。他走了很长时间，最后才找到登机牌上指定的登机口。

飞机提前半个小时检票登机。一群不知是返乡还是旅游的乘客走在他的前面，依次穿过登机口。乘客中有五六个南方人模样的中年男人，他们头戴黄色旅行帽，手提简陋的旅行包，让他不由得感叹：现在的旅行真简单！他记起了八年前自己来到这座城市时，足足坐了一天一夜的火车，而他的背包内，除了各种各样的证书之外，还塞满了每个季节的衣服。

上了飞机，机舱内还有很多空位。在乘务员的指引下，他走向自己的位子。机舱内的乘客大多是年轻人，看起来像他一样，因工作的原因，经常要飞往各地。他们一副对周围世界熟视无睹的样子，脸上没有笑容，他们的头转向窗外，好像在欣赏裸体美女表演。接着，他们又表现出一副旁若无人的样子，尽量地让自己的坐姿舒服，把座椅调到向后靠的最大程度，然后，戴上耳机，或是拿一本商业杂志，迅速地沉浸在自己的世界里。他们的样子都很酷，他们真以为自己是明星似的。路晓北想，明星们肯定不会把腿翘起来，伸到别人的头部。

路晓北的位子靠近走道，靠近窗户的两个位子空着，还没有人坐。路晓北坐过去，很像独自一人待在另一个房间里。沉默使他转向内心深处，可那儿同样也了无生气。

有一个美女走过来。她穿着一件薄薄的、收腰的吊带连衣裙。她的头发被染成红色，鲜艳的红色，头发披散在她的胸前，好像胸口在流淌着鲜血。红发女郎用手指了指他坐着的位子，对他说了声"抱歉"，他赶紧向外移回到自己的位子上。女郎从他身前走过，她大腿上富有弹性的肌肤摩擦着他的大腿，而她对此毫不介意。在她的位子上坐下，她冲他扬了扬眉毛，然后，从手提包内拿出一本杂志。那本杂志在她包内被折得皱巴巴的，她把它放在腿上，摊平，然后翻开内页，阅读起来。在她翻页的时候，路晓北注意到杂志的封面：爱与性。

他无声地笑了笑，取过乘务员送来的毛毯，盖在身上。因工作原因，他经常乘坐飞机出行，而每次乘机，他通常只是睡觉。"能睡就睡个够，尽量少说话。"他曾这样告诉过潘雅洁。他经常听同事讲起在飞机上的艳遇，他从没有想过这些，对他来说，拥有潘雅洁，已经足够。如果世界只是由女人构成，他已经拥有了整个世界。他把坐姿调整到尽可能舒适的程度，冲红发女郎笑了笑，然后，很快便酣然入睡了。

第十五章　不变的乡村

整个飞行途中，他只醒来过一次，红发女郎从他身前走过，把他弄醒了。她过去之后，他又迷迷糊糊地睡着了，一直到飞机降落，他没有再醒来。有那么一小会儿的工夫，他还在思索红发女郎去了哪里，怎么没见她回来？但当他走下飞机，看到那位女子已经挽着一位五十岁左右的男人的胳膊，走在他的前面，他似乎明白了一些事情。

下了飞机，他感觉到腹内空空的。在睡觉之前，他就告诉了乘务员，送餐时不要把他惊醒，因此错过了午餐时间。机场内，有琳琅满目的商铺以及特色餐厅，他向离机场大巴最近的一家餐厅走去。

他点了一碗烩面，一盘凉拌牛肉，味道说不上好，但价格还算实惠。路晓北边吃午饭，边看那几个与他乘坐同一班机带黄帽的南方人，他们正冲进卖服装的店里，买衣服穿在身上。这些人还是不够聪明，路晓北笑了，似乎第一次明白了机场里弄各种商铺的必要性。

回到路家村，他要先乘坐一个半小时的机场大巴，抵达县城。机场大巴十五分钟一班，他吃过饭，刚好有一辆准备出发，他立即跳了上去。到了县城汽车站之后，他挥手招了一辆出租车，告诉司机："路家村一百四十七号。"然后一路看着窗外。

从县城通往市集的公路看起来刚翻修不久，笔直平坦，出租车驶在上面，根本就感觉不到颠簸。公路两旁是一望无际的田野，间或夹杂着一两个村庄。田野里枯黄一片，高高的作物上悬挂着枯萎了的叶子。刚开始，路晓北并没有看出那是什么，他以为那是一种新奇的植物。全国各地的农村到处都是这样，以县镇为单位，说种某种作物，就统一种某种作物，还美其名曰"×××生产基地"，从来不会想到，作物是否适合当地的土壤，以及收获后如何打开销路。可是看了一会儿，他就发现那是久违了的玉米，这一发现让他兴奋不已，他认为家乡的领导还是有些水平的，没有跟风，还保持着固有的特色。这很难得。

他想起了母亲的电话。母亲说，玉米已经收完了，看起来，的确如此。自从读了高中之后，就再没有干过农活了，这次回来，能够帮家里干点活，他觉得也是回报父母的一种方式。父母年岁已高，把玉米秆砍下再拉走，可是需要不少力气呢！想到这些，他被一种幸福包围着，而这种幸福已经距他太遥远了。

从家庭的角度来说，他是个幸运的男人，有疼爱他的父母双亲，有温暖的港湾，可以让他这个疲惫的人，随时靠岸休息。父母都还健在，身体硬朗，他们一手把哥哥的孩子抚养大，把他送进了中学，现在只希望能够帮他也把孩子拉扯大。他想到母亲，她总是那么宠爱他。当他还是一个小男孩的时候，他每天都跟在母亲的背后，他还可以向她提很多要求。母亲在田里干活时，他就坐在田垄上玩泥巴，母亲常常叫喊着他的名字，从田里摘下一个熟透的香瓜，用衣服把泥巴擦干净了，递给他吃。那香瓜可好吃了，又香又甜又脆，他的童年记忆中，香瓜可占据了好大一部分空间呢。父亲是村子里的干部，每天忙着村务，很少看到他的身影。但母亲告诉他，父亲很爱他。在他读小学五年级时，家里建房子，母亲这样说："这可是你父亲省吃俭用，为你建的房子啊。"他很喜欢那栋房子，因为，父亲请了村子里那位有知识的老师，给房子绘制了草图。

司机通过车内的反光镜朝他咧嘴笑着："嘿，什么事那么开心呢？"

他没有说话。这种幸福不是离家的人不会明白，体会不到的。

出租汽车径直往前开去。司机仍然喋喋不休："老板，来这儿游玩吗？"

"不，"他清脆地回答道，"我是回来探亲的。"

但是，一想到母亲可能又会问到他什么时间结婚，什么时间给她生个孙子这些问题时，他一下子又为难了。他不知道该如何告诉母亲，他与潘雅洁正处于爱情冷静期。母亲是一个地地道道的农民，没受过什么教育，她认为爱情是一件很简单的事，只要两个人处得来，就该结婚生子。她不能理解冷静期这件事。他必须要想好合适的说辞，不能够让母亲担心，或是引起母亲的怀疑。他陷入了沉思，呆呆地坐在车座上，再也无心观看窗外掠过的那熟悉的景色。只是，当出租车驶临市集时，路晓北才注意到外面不断增大的嘈杂声。这是一大群着了魔似的人发出的声响，他们在喧嚣，在叫卖，在彼此呼喊着名字，在吟诵祷文。

"我只能把您拉到这儿了。"司机对他说。

路晓北抬头望去，一幅令人难以置信的场景展现在眼前。成千上万的人涌挤在这条狭长的街道上，街道两边，商贩林立，卖衣服的，家具的，瓜果的，小吃的，一切可谓是应有尽有，万象罗列。市集中心的十字路口，搭起了一个大戏台，随着锣鼓齐敲，咿咿呀呀的唱腔通过大喇叭扩散开来，成为市集主要声响来源。戏曲、杂耍和载歌载舞的人流交织在一起，汇成一片欢乐的海洋。

"今天是什么日子？"路晓北问道。

"九月十四。"司机说，"您最好赶紧下车，等一会儿，恐怕我也没有办法出去了。"

九月十四！他怎么能忘记九月十三日这个古会呢。这是个物资交流的盛会，每年都要连续举办五天。在物资严重匮乏的过去，是入冬前老百姓存储过冬物资的集会，每到这个古会来临，都会吸引周围几个乡镇的人前来，甚至是外省来的客商，他们带来各种各样的生活用品，供人们前来选购。在记忆中，路晓北最喜欢这个集会了，他不仅能够吃到只有南方才有的甘蔗，还能吃到酸甜可口的冰糖葫芦。

路晓北从出租汽车上下来，背着他的帆布背包站在路边，接着就被那高声叫喊、接踵而至的人群拥着朝前走去。真是幸运，没想到离开家乡这么多年，还有机会再次赶上这一年一度的盛会。路晓北走在人群中，不时有人从他背后，拍他的肩膀，这些人有他以前读小学、初中时的同学，也有他儿时的玩伴，但是，还没等到他回应他们，他们就已经被人群分开了，他只隐隐地听到他们的喊叫："有空去我家找我。"他无奈地摇了摇头，只好随着这欢乐的人群继续朝前走。待走到一个路口时，他终于瞅了个机会，猛地冲出人群，躲在一条僻静的胡同内，大口地喘着粗气。他点燃了一支烟，一动不动地站了一会儿，慢慢地，他拿定了主意，径直朝另一个方向走去。

市集是南北走向，路晓北现在走的是东西大街。这条街上人不多，只是在十字街口，有两个卖烧饼的摊位，十几个在人潮中走累了的人，靠墙蹲着，抽烟歇息。

路晓北像那些人一样，蹲在墙角，点燃了一支烟。从人群中挤出来，可把他累坏了。歇息了约十分钟，他站起来，朝东走去。这条大街的最东头，是乡政府，对面，是初级中学，他在那里度过了三年的校园时光。乡政府西面一点，就是老安粮油部，他猜想，父亲应该会在那里。

老安粮油部的店主安伯是父亲的老朋友。退休之前，他在乡政府当干部。以前，乡干部下村时，他下到了路家村，父亲那时是村干部，两人常在一起讨论工作上的事情。后来，安伯又回到了乡里任职，但父亲每次到乡里开会，或者来市集买东西，总会到他的粮油部坐上半天。

安伯没有儿子，只有一个女儿，叫做安嫣，比路晓北大一岁。安伯常把路晓北当亲生儿子一样看待，听母亲讲过，还在他一两岁时，安伯曾有意抱养他，并且，也把他抱走了。但就在那个周末，读初中的哥哥路向东回到家里没见到弟弟，就发疯似的找，听母亲说弟弟被抱走了，他硬是走了几公里路，跑到安伯家里，把弟弟又给要了回去。但安伯实在太喜欢他了，就与父亲商量，等将来他长大以后，就让他入赘到安家，这样，他也算有儿子来送终了。

路向东常就这件事开他的玩笑。他说："安嫣长得那么好看，眉清目秀的，还是城镇户口，长大后更会令所有的男人都为之疯狂。将来，你入赘她家，等到安伯百年之后，你就能继承所有的遗产，还能吃上国家饭，多好的事情呀！只可惜我没有这样的命，要不然，我早就嫁过去了，也不会在这穷村子里，挨穷受饿了。"

只是，后来的事情，谁又能预想得到？路晓北大学毕业之后，又继续读了研究生，读完后，就到了三千多里之外的合水镇参加工作，这一走，就是八年。这八年他从来没有回来过，对安伯的事情就更不知情了。

可连路晓北自己也说不清楚的是，这些年，他与潘雅洁的婚事一拖再拖，是否有安嫣的原因，他自己未抵达家里之前，首先来到老安粮油部，是否要解决这桩未了的心事？当然了，他偶尔也会将潘雅洁与安嫣作比较，他觉得潘雅洁没有安嫣那绵羊般温顺的气质，但安嫣性格有些内向，又不如潘雅洁那般生动，光彩照人……

大街两旁种满了高大的杨树，清风从绿叶间扑过来，爱抚地轻拂着路晓北的双颊，而他亦陶醉于这种爱抚之中。街道两旁的建筑物似乎是全新的，以前低矮的瓦房全被三层或五层的建筑取代了，这说明这些年家乡的发展还是不错的。路晓北向前走着，马路上行人寥若晨星，与另一条南北大街形成鲜明的对比。一条狗慢条斯理地行走在马路上，当发觉路晓北走到它身旁时，才突然受到惊吓，慌忙逃走。

太阳就要落下地平线，最后一束阳光照在他的身上，在他面前投下了一个长长的黑影。他看到此刻的黑影，仿佛是一个腿脚不便、步履蹒跚的老太婆。刚拐到这条大街上时，他还会有一种幸福包围着，全身充满了沿着既定道路前进的力量。可现在，不安占据了他的心头，他的脚步也愈发缓慢了。以前，不仅是哥哥，就连同学们也常拿他与安嫣的"婚事"开玩笑。读初中时，他的身上就有一种风流少年的魅力，又加上他聪慧异常，才思敏捷，无论从哪方面看，都是一个近乎理想的男子，常因此被女同学迷恋。当时，在周围人的怂恿下，他一度也把安嫣作为自己的"妻子"，也曾的确对她心迷神随，但当他清醒过来，想到自己关于建筑的梦想，最终他却选择了退缩与逃。如今，这些年过去，或许早已物是人非，再见伊人时，该如何面对？在他心底找不到答案。

又向前走了几分钟，他终于停住了脚步：老安粮油部出现在他面前。

与所有的记忆一样，老安粮油部现在已完全变了模样。以前，那是一座红砖绿瓦低矮的房子，路晓北在读初三时，头顶就能触到屋梁了。但现在，取代它的是一栋三层建筑，建筑的外墙贴上了洁白的瓷砖，在太阳的照射下，发出耀眼的光芒，就好像是美国的白宫。一块木板撑起来既是粮油部的柜台，又是窗户，现在也不见了，洁净的玻璃窗让房间内更加明亮。唯一没变的，就是那几个手写的大字：老安粮油部。

路旁的树叶在夕阳的余晖下，倒映在玻璃窗上，显现出令人倍觉温暖的情景。这时，路晓北感到了由衷的喜悦，他想，他将来为自己设计建筑的房子，一定会加入这种温暖的元素。

透过玻璃窗，路晓北向房间内望去，那里面坐着两位老人，头发都已经白了，他们坐在茶几旁，默默地饮茶，吸烟，却很少开口说话。路晓北认出来了，其中一位就是父亲，他的心不禁猛然颤了一下，这几年不见，父亲竟然苍老了许多！安伯比父亲大几岁，更显衰老了。看着房内这两位老人，这两位都在自己身上倾注了许多心血的老人，路晓北的视线模糊了。

路晓北走进店里，他的脚步缓慢而有力度，显出一个有身份的男人的沉稳。

听到脚步声，安伯首先抬起了头，他准备像招呼顾客那样招呼他时，却突然说不出话来了，他用手拍了拍父亲的手，然后指着路晓北，胳膊颤抖着，结结巴巴地说："他……他……是晓北吗？"

路晓北苦笑道："安伯，是我，我是晓北。"

第十六章　哥俩大打出手

　　路晓北驾驶着电动三轮车，从安伯的粮油店一直往东开，驶上环镇路，绕过拥挤的市集，向路家村方向行去。父亲坐在后面，只是开头简单地问了他两句，然后，便一直没有说话。路晓北在想心事，也没说什么。

　　电动三轮车是去年春节时买的。去年春节，路晓北先去了潘雅洁家，陪未来的岳父母过完年，初二就带着潘雅洁返回合水镇了。在打电话给父母拜年时，父亲曾表示现在老了，腿脚也不利索了，去一趟市集就累得不行，他就立即给父亲汇了三千块，让他买了这辆车。这是轻便型的电动车，后来，据母亲说，父亲只用了一个多小时，就学会了驾驶。再后来，每次与母亲通电话时，他总是听母亲说："你爸又开着车去市集了。"

　　五公里的路程，路晓北开了近二十分钟，他小心翼翼地驾驶着，仿佛车上坐的不是父亲，而是一件极易破碎的宝物。环镇柏油路修了又修，路面更是平整了又平整，但路旁种植的杨树却许多年不见长，孱弱，瘦小，弱不禁风，一如他八年前离开时记忆中的那样。

　　回到家时，母亲已开始忙着张罗晚饭了。见到他，母亲诧异得许久都没有说出话来。

　　"妈，我回来看你了。"路晓北的声音传出从未有过的老成，让他自己也吓了一跳。

"你怎么回来了？"母亲的喉咙里发出一声咕哝，"你现在回来，有什么事吗？"母亲的直觉告诉她，儿子这次回来，绝不只是探亲那么简单。母亲小心翼翼地问："发生什么事了？你……被解雇了？"

"没什么事。我只是这几天休假，就回来看看你们。"路晓北说，他尽量地让自己的声音，听起来轻松一些。

"雅洁呢？她怎么没有跟你一起回来？"

"她还要上班，她没有假期。"

"哦。"母亲长长地吁了一口气，放心地笑了，"你们还真是忙呢！你好不容易回来一趟，也不领媳妇给我们看看。"

"我也没办法呀！"路晓北说，"在城市里就是这样，每天都忙忙碌碌的，你有一会儿不干活，老板就会觉得你占了天大的便宜，比剐了他一块肉还心疼。我一直想带雅洁回来看您，可我们的时间总凑不到一块。我休假时，她要上班；而她休假时，我总是有新项目在忙。不过您放心，丑媳妇也总要见公婆的。她还不错，不算太丑。"

母亲呵呵地笑了。接着，她像突然想起了什么，急忙走进厨房，出来时，她的手上多了一个香瓜，它显然刚被洗过，还滴着水。"下午，我到田里，把所有的香瓜都摘回来了，这是最晚才熟的，先熟的都被吃完了。"

打从他记事起，每年，母亲都会在田里种植几十棵香瓜。它非常容易种活，不需要特别照顾，但等它成熟了，果实肉质甜脆，香味浓郁，非常好吃。路晓北把它从母亲的手中接过来，双手用力一掰，便把它掰成两半，他把其中的一半递给父亲，另一半自己吃起来。

母亲交代父亲："你到村头去弄几个小菜，把老大一家也叫过来，晚上，我们一家人吃顿团圆饭。"

父亲把他的背包提到房间里，然后，开着电动车出去了。

母亲在厨房里忙碌，路晓北搬了一张凳子，坐在母亲身旁，与母亲一起扯家常。

"你见过安伯了?"母亲问。

"是的。"

"这几天你要是有空,就抽出一天,陪陪他,他一个人也挺孤单的。"

"伯母呢?今天我就没有见到她?"

"她已经去了,"母亲说,"是今年春天的事情。"

"怎么回事?"路晓北觉得问这个问题时,好像有一把坚硬的钳子紧紧地拧着自己的胸膛。读初中时,每次晚自习结束之后,他都会去安伯的粮油部,伯母都会端给他一碗热腾腾的鸡蛋面或肉丝面,如果哪一个晚上他没有过去,伯母一定会让女儿去学校找他,非看着他吃完面才放心。"你现在正长身体,要多吃点才行。"伯母总是这样说。

"都是因为小嫣,"母亲叹息了一声,"不过,这话说来就长了。"

小嫣就是安嫣,曾经被指定为他的妻子。路晓北止住呼吸,听母亲说下去:

"小嫣大专毕业后就工作了,在你安伯的帮助下,在乡卫生院当了一名护士。本来这丫头下定了决心要等你的,但你在读大学期间,也一直没有明确向她表示,她就在你读研那年结了婚。你知道,在农村,女孩子二十三四岁还没嫁出去,会被人看不起的。丈夫也是乡里的一名干部,两人婚后原本很开心的,但没过多久,就发现她不能生育。两人跑了很多医院,大大小小的,有百十来所,家底花光了,也没见到她的肚子有动静。后来,他们死心了。丈夫开始酗酒,每次都借酒闹事,打她,还骂她,说她是不会下蛋的鸡,占着位子却不干事,还不如死了算了……"

"哦,天哪……"路晓北听到这话把眼睛紧紧闭上,等着听下面的消息,抓着香瓜的手在不住地发抖。

"去年冬天,她再也受不了了,就从医院里拿了一瓶安眠药，一下子全吃完了……"

"她……她死了？"路晓北感觉时间对他来说都在瞬间停滞了。房间里天翻地覆。下意识地，他的手紧紧地攥在了一起，似乎要用全力，把她抓住。他觉得自己眼前世界正慢慢变暗。

安嫣对他来说，既让他恐惧，又让他无限渴望。从小时候起，他就非常喜欢与这个比他大一岁的"姐姐"玩在一起，每次父亲去乡里开会，或是到市集买东西，他总会缠着父亲带上他，为的就是能与"姐姐"在一起玩。但是，当他上了中学，再听到父亲与安伯谈论起他们的婚事，他突然间害怕了。他明白了安嫣不是姐姐，而将是他未来的妻子。一想到结婚他就不能再学习知识了，就不能实现他建立一栋美丽的、令所有的建筑都为之低头的房子，他的心底就无限恐惧。但懵懂少年，谁又不对异性好奇呢？这就令得他既渴望与她在一起，又恐惧见到她。他开始有意识地减少去她家里的次数，但每次，不管他藏到哪里，都能够被她找到。

在恐惧与渴望之间，他找到了一种摆脱的途径，读大学。这就是他在大学期间不谈恋爱的原因。他常对自己说：谁现在谈爱情，谁就是在浪费父母的血汗钱，惟有尽可能多地学到知识，才能无悔青春。为了确保青春无悔，他有意减少回家的次数，有意遗忘给安嫣的回信。当然，他的这种行为并非每个人都能理解的，他目前取得的成绩，也非每个人都能达到。

只是，他没有想到，这个曾经让自己恐惧又无限渴望的女子，最终却是这般结局。从某种程度上来讲，自己是否就是罪人，一手策划了这个悲剧的发生？

"是的，她死了。被发现时，她的身体已经僵硬了。"母亲呜咽起来，好像去世的是她亲生女儿。"多好的丫头啊，乖巧，懂事，体贴，怎么就落了这么个下场？"

是内疚，还是难过？他自己也说不清。他只感到泪水悄悄地溢满了眼眶，身上仿佛承担了万吨的重量，他喘不过气来。

许久，母亲用手背揩了揩眼睛，继续说："白发人送黑发人，谁能承受得了这种打击啊！况且，小嫣又是他们的独女，你伯母悲伤过度，就一下子病倒了。她支撑了一个冬天，陪你安伯过了最后一个春节，春天来时，就去了……"

房间内陷入了沉默。许久，路晓北与母亲都没有再开口说话。偶尔，母亲洗菜的水哗哗的响起，搅动着路晓北的心也如那盆里的水一样，打着旋转，无法平静下来。他回想起父亲的白发，安伯脸上纵深的皱纹，似乎明白了生活于他们来讲，只是无休无止的苦痛。父亲与安伯之间的情谊，绝非"朋友"这两个字可以代替的，他们把彼此当成了亲人，比亲兄弟还亲，他们把彼此的欢乐当成自己的，把彼此的疼痛也当成自己的。但这种苦痛能否可以避免？答案是可以的。如果自己被安伯抱走后，哥哥不去追着把他要回来，那么伯母可能就不会因丧女之痛，而一病不起了。如果自己这些年不是因为那种恐惧，选择了逃避——这种逃避看起来是冠冕堂皇，他在追求自己的人生——而像双方父母设计的那样，与安嫣结合为一体，也就不会发生她自杀的悲剧了，伯母更不会因此悲伤过度了。从这个意义上来说，他与哥哥都是凶手，是他们一手阴谋地策划了这两起谋杀。

人生只有一次，不可能重来，也没有如果，但这就可以成为凶手逍遥法外的借口了吗？如果是这样，那世间还会存在正义吗，还要法律干什么？

路晓北心底生起一种厌恶感，他厌恶自己，也厌恶哥哥。他们都是不可饶恕的凶手。

晚饭时，路向东来了。他长胖了许多，与二十年前他从部队复原回来，英姿飒爽的年轻小伙相比，体重起码增长了五十斤。嫂子不知是自觉理亏，还是别的原因，没有来。大侄子今年暑假考上了县重点高中，小侄子也读初二了，他们也没来。

路晓北没有同他打招呼。他们走进来时，他已经坐在座位上了，他没有站起来，坐在那里，犹自吃着父亲从村头买来的小菜。尽管在他们没来之前，母亲一直劝他："兄弟之间哪有解不开的疙瘩！又不是什么深仇大恨，你主动地喊一声哥，什么事情都没有了。"但多年的宿怨又岂是说消就能消的？

其实，正如母亲所说，路晓北与路向东之间，并没有什么深仇大恨。在路向东没有结婚之前，他们兄弟之间的感情一直很好，要不然，也不会发生后面这一系列的事情。哥哥爱弟弟，看到弟弟被人抱走，跑到别人家里，把弟弟要回来，这是一个偶然事件，但人生往往就是由一次偶然引发起更多的偶然。在路向东的呵护下，从小时候起，路晓北就争强好胜，凡是他认定的事物，就一定要争到手。小学参加少先队时，路晓北因提交报名表那天跟同学打了一架——是对方先挑衅的——而被取消了名额，看着其他同学戴着鲜艳的红领巾，他非常难受，暗暗发誓，一定要超过他们。于是他加倍用功地学习，更加热爱同学，与他们相处得更融洽，以优异的表现得到了老师的肯定，没过多久，他就如愿以偿地戴上了红领巾。

他的十二周岁生日，是他有生以来最激动的一天。"你哥哥今晚将回来，陪你过生日。"吃过午饭，他去上学时，爸爸这样对他说。

哥哥要回来了！这是多么激动人心的消息——自从哥哥去参军，再没有人像哥哥那样呵护他了。路晓北知道爸爸每天有忙不完的村务，妈妈总是在田里，从早到晚。现在，哥哥就要回来了！一整个下午，路晓北的思绪就没有待在教室里，早就飞到哥哥的身边了。

"你真神气！像个小海军了。"路向东把一顶海军的帽子带在他的头上，夸耀他说，"与所有的小朋友在一起，他们都会嫉妒你的。"

那晚，他就像童话里的小王子一样，他激动得吃不下饭。哥哥还从县城里给他买了一个蛋糕，那是他第一次吃到的，最美味的东西。路晓北暗暗发誓，等他长大后，他要像哥哥对自己那样对他，哥哥的每一个生日，他都要买一只蛋糕给他，最大最好吃的那种。

又过了两年，哥哥复员回来了。哥哥当了四年的海军，在部队里获了一枚三等奖章。他更爱他的哥哥了。哥哥每天坚持练习格斗术，跑步，锻炼身体。那个时间，路晓北已经读初中了，每次周末回家，他总是跟在哥哥后面，学哥哥那样，一招一式地练习格斗，跑步，锻炼身体。

路向东利用在部队学习的知识，办起了一个小型的养猪场，养了二十多头猪。他的知识以及他细心地照顾、辛勤地努力很快就得到了回报，在一年之内，他的养猪场就扩张了一倍。

榜样的力量是无穷的。路晓北在心中更加坚定了学习知识的决心，他不仅要用自己的知识建造一栋让所有的建筑都为之低头的房子，还要让自己赚到钱，像哥哥那样，买自己想要的东西。再说，建一栋像样的房子，也要花不少钱呢！

路向东结婚后，他们兄弟之间的感情却日渐疏远了。在他读高二那年，哥哥结婚了，嫂子是市集上刘屠夫的女儿。刘屠夫常常在哥哥那里买生猪，夸赞哥哥的猪养得好，人也机灵，就有意把女儿许配给他。刘屠夫托了媒人上家来提亲，哥哥二话没说，就同意了——当时哥哥二十八九岁了，早就为婚事着急了。彪悍而有心计的嫂子嫁过来之后，就大权在握，她先是提出分家，分家后，就建议哥哥开办屠宰场，说那样不仅能卖生猪，还能卖猪肉，两条腿走路，不比一条腿更加稳当？哥哥听了她的话，在刘屠夫的帮助下，很快就建起了屠宰场。屠宰场的生意很好，他们赚的钱也比原来多了许多。哥哥看嫂子是一个有心计的人，就把财政大权交给了她掌管。

路晓北与路向东的冲突就是在这个时间发生的。路晓北以优异的成绩考入了重点大学，接到通知书那天，路向东非常高兴地说，学费的事情不用担心。其实，不用他说，路晓北也知道，学费肯定会从他那里出，父亲向他借，或者是他主动拿出来。父亲这时已经从村干部的位子上退下来了，收入只能靠那几亩田了。但那能有多少呢？与他高昂的学费相比，简直是杯水车薪。

然而，就在开学前一天，他去路向东那里拿钱时，路向东却突然说，钱没有了，被拿来买猪崽了。路向东的养猪场与屠宰场这时都已经具有了相当的规模，光每天卖猪的收入就不少，他却说没钱了！早几天，有邻居还偷偷地告诉路晓北，嫂子把钱拿回娘家去了，她弟弟今年考研究生，要花不少钱呢。路晓北刚开始不相信，这个时候，他几乎要发火了。但他还是强忍心头怒火，用一种近乎哀求的声音说："这钱是我借的，我以后参加工作，一定会还给你的。下学期我就申请助学贷款，现在你就帮帮我，行不？"

路向东还是摇了摇头。路晓北本就是一个争强好胜的人，这个时候，他出离愤怒了，他一字一顿地对哥哥说："如果我读不了大学，要知道都是因为你！你要毁了我！从今天起，你我之间，情断义绝！"

也难怪他这么愤怒，如果哥哥早几天告诉他，拿不出钱来借给他，他就可以早点办理相关手续，可以申请助学贷款，但现在，一切都来不及了。幸好的是，安伯拿了一些钱来供他使用，当他失魂落魄地打电话告诉他的班主任雷鸣老师这件事时，雷老师也对他伸出了援助之手——他不仅拿出了他的积蓄，还找另外几名老师借了钱。在多方的共同帮助下，他总算如期进入了大学。

这么多年过去了，路晓北也在知识的武装下，逐渐强大起来。当初这些向他伸出援助之手的人，他没有忘记，他牢记"滴水之恩，当以涌泉相报"的古训，他时常打电话给他的这些恩人们，告诉他们，自己现在工作与生活都不错，常邀请他们到沿海他所工作的那座城市，玩上几天，他就像一个专职的导游，全程陪伴着他们：世界之窗、华侨城、博物馆、海洋世界……到处都留下了他们的笑容。

知识在让人强大的同时，也在悄悄地扩充着一个人的度量。

这么多年，路晓北早就对路向东当年不借钱给自己那件事，不那么介怀了。很多时候，他甚至把这件事都忘到脑后了。只是，当他在电话中听到母亲常这样唠叨："现在，肉价又上涨了，几乎都快要吃不起了"时，他的心底就会冒起一股无名之火，他感到路向东的那道坎越来越高，他越来越无法逾越了。

现在，路向东终于开口了，他说："这个时间回来，没什么事吧？"

"没有，"他淡淡地说，十多年了，他第一次开口同哥哥讲话，感觉像是同陌生人讲话一样，"只是回来看看爸妈。"

父亲往路向东面前的茶杯里倒上酒。父亲说，那是安伯自己酿制的高粱酒，安伯已珍藏很多年了。在路向东没来之前，路晓北已喝了两茶杯，只觉得它色白如玉，汁稠醇香，绵甜适口。在他一口把它喝下时，父亲在一旁说："你要悠着点，这酒后劲大呢！"母亲在一旁说："晓北难得回来一次，你就让他喝吧。再说了，这酒是他安伯特地留给他的。"路晓北听后，这才放缓速度，像父亲那样，慢慢地品饮。

路向东说："我们有七八年没见了吧？"

从我大学算起，有十五六年了。路晓北想。

路向东热情地打开话题，可路晓北并没有投桃报李。他直挺挺地坐着，多年郁积在心头的怨愤遽难冰释。路向东尴尬地笑笑，脸上的笑容略显黯淡。他继续寻找话题："现在，南方的天气还很炎热，有三十多度，是不是这样的？"

路晓北点点头。

路向东说："真不敢想象，终年都那么炎热，你们在那里是怎么过的。"

看到哥哥主动示好，路晓北想冲他笑笑，可是，他脸上的肌肉动了几下，还是没挤出一丝笑容来。他感到面部表情此刻已经僵硬了，尤其是看到哥哥那张油乎乎肥胖的脸，他就不愿再勉强自己了。

"我最近在网上看新闻，"哥哥说，"说你们公司涉及到一宗工程质量事故，是什么事情？"哥哥拍着脑袋想了一会儿，然后说："行政服务大厦，对，就是它。这其中没有关联到你吧？"

　　这真是一记响亮的耳光！或许，哥哥是出于关心，也或许是别有用意，不管怎么着，一下子便把他努力保持的伪装给无情地撕开了，那里面是累累的伤痕，哥哥甚至还冲它笑了笑，是那种得意的笑，那种看到自己厌恶的人受伤时，幸灾乐祸的笑！

　　他原以为他的小心翼翼不会让父母起疑，从而能够在这个温暖的港湾，暂时享受幸福与欢乐，但他却忽视了哥哥，忽视了这个自认为高高在上拜金的家伙。这时，他看到了幸福在他眼前开始支离破碎，伤口逐步地将他拉入深渊。

　　也许，我压根儿就不应该对他抱有幻想。路晓北在心里说。无论外面的世界是怎样发展变化，人的本质是不会改变的。路晓北知道，从小时候起，哥哥就习惯了高高在上，习惯了将他玩弄于股掌，无论自己是否长大，他总是能把他紧紧地攥在手中。纵使自己有通天的本领，在他面前，他都无法施展。

　　"是怎么回事？"父亲把目光转向路晓北，盯着他看，母亲的目光里也充满了担忧。

　　我就是不忍心让你们担心！路晓北想大声地喊出来，可他努力地控制了自己。他把行政服务大厦的事情简单地说了一遍，他隐瞒了潘雅洁离开的事情。最后，他安慰父亲母亲说："公司也是为我考虑，放我一个星期的假，我正好能够放松一下，可以回来看看你们二老。放心吧，不会有什么事的！"

　　父亲正要点头，哥哥却接口说道："我就说嘛，不出事，他根本就不会想到还有这个家呢！出了事了，家就是避风港，再没有哪个地方，比这里更安全了。没事时，家就是个累赘，谁去管你们二老的死活！"

　　哥哥虽是对父亲说的，但字字都指向他。本来，在母亲的劝说下，以及哥哥刚才主动说话与喝酒的份上，路晓北想原谅他以前的所作所为，与他重修兄弟关系的。但哥哥阴阳怪气的论调再一次激怒了他。想起当初他差点毁了自己的一生，想起他把猪肉卖给自己的父母，想起他间接地谋害了伯母，让安伯以及父亲一下子苍老许多，他反击的话语立即脱口而出："是啊，家里有个孝顺儿子，还要把猪肉卖给你们二老，没钱还可以记账，你们二老也够享清福的了！"

偶然的作用再一次发挥力量。或许哥哥只是偶然地顺口说出，但却引起了这必然的结果。父亲母亲偶然做主，把他们兄弟聚在一起，旨在修补他们兄弟之间的关系，意图是好的，却导致了他们最后一丝温情——如果说还有温情——的破碎。

父亲厉声说："都给我住口，现在是吃饭时间！"

母亲也在一旁以商量的口吻说："每个人都少说一句，好吗？"

可对于被愤怒冲昏了头脑的人来说，父母的话，在这个时候也起不到任何威慑作用。

"你也不想想自己，你这个自私自利，自以为是的家伙，这么多年败光了家底儿，你为家里做了什么贡献？"哥哥猛然间把杯子摔到地上，一拍桌子站了起来。

"把猪肉卖给自己的父母，你就是好东西了？差点要毁了别人的一生，你就是好东西了？"路晓北也寸步不让，也学哥哥那样摔杯子，拍桌子，站了起来。

"狗娘养的，我让你说！"哥哥一记拳打过来，结结实实地打在他的脸上。他不甘示弱，也猛地挥出拳头，朝哥哥的胃部击去……

第十七章　父亲

路晓北醒来时，才刚刚五点。躺在床上，他静静地听了外面的动静，到处是沉寂一片。在合水镇，这个时间已有许多人奔波在路上了，而家乡的宁静让他一下子无法适应。

他的脸火辣辣地疼。昨天晚上发生了什么？他记得在哥哥没来之前，他喝了两大杯安伯的高粱酒，按照他的酒量，他不可能那么容易就不省人事啊！到处漆黑一片，黑暗压得他很不舒服。天气又冷又阴，房子里湿漉漉的，好像很久都没人住过。屋梁上不时传来老鼠的吱吱声，它们小心地试探着，对他这位陌生的访客充满恐惧。他依稀记得，半夜时分隔壁房间里传来哭泣声。那是父母的房间。最后，他终于想起来了，在饭桌上，他与哥哥打得不可开交……

他摸索着找到电灯的开关，拧亮它，他起身，从裤子口袋里掏出香烟，从中抽出一支，点燃了。他现在几乎有些后悔了，后悔昨天的决定太过突然，他压根儿就不该回来。看望父母的出发点是好的，但让父母更加伤心，不就更不应该了吗？他不知道接下来还会发生什么，他发现自己还不够强大，最起码内心还不强大，有一些事情他还不能很好地面对，最终的结果只能造成伤害，伤害别人，就如父亲母亲，伤害自己，就如脸上的伤痕。

一支烟抽完，他明白了再留下来也没有什么意义了。他要返回合水镇，那里还有他的生活，还有他的工作，还有他的爱情——尽管还处于冷静期。家乡可能是他最终的生命的绿洲，可能是他最温暖的港，但对于现在的他来讲，却不是，现在的他，应该在更远的地方航行，而不是选择靠岸。

他慢慢地穿上衣服。他做出了选择，要在天还没亮时，离开这里，他害怕等到天亮时，看到父亲母亲的表情，他会无法控制住情绪。他已经过了流泪的年龄，他不能再像小时候那样，受了委屈就扑到母亲的怀里，痛痛快快地哭上一场。

打开房门，他看到父母房间里的灯也亮了。父亲很快就穿戴整齐地出现了，或许，父亲压根就没有睡？父亲走进院子里，吸着烟，一红一暗的烟火告诉他，他离他很近。他不明白，父亲这样做还有什么意义。天太暗了，他看不清父亲的表情。

路晓北看了看天空，院子里，漆黑一片。这是黎明前最黑暗的时刻，没有月亮，只有几颗星星，若隐若现，像捉迷藏似的，刻意躲避伙伴们寻找的目光。

"爸，您与妈要保重身体。"黑暗中，他努力让自己的声音听起来平静。

"你呀，这么多年了，还是那么争强好胜，什么时候才能让人放下心来？"父亲叹息了一声，话语中充满了怜爱。

路晓北没有说话。

"昨天的事情向东不对，他是做哥哥的，理应让着你。可你也有责任，你读过这么多书，也在大城市里生活，你应该比他更有度量。你们两人要是有一个能够退让一步，也不会发生那样的事情了。"

父亲这样说时，让他感到了愧疚难当。可是，现在已经没有办法了。在昨天的挥拳相向中，他与哥哥的兄弟之情已经走到了终点。

"向东，他人并不坏，而且我也能使得动他。这些年你不在家，我与你妈都老了，田里的许多活，还是向东帮忙干的。"父亲说，"只是，怎么说呢，主要是你嫂子……你知道，她原本就是市集上的人，善于斤斤计较。但逢年过节，向东总会偷偷地送些肉给我们……"

给父母送点肉还要偷偷摸摸地，路晓北在心里冷笑一声，男人做到这份上，也真够令人瞧不起的！

在黑暗中，父亲似乎看出了他在想什么，继续往下说："其实，为人父母的，也不在乎这一口肉吃，只希望子女能够过个安稳的日子。我曾给他说过，没必要为了这几斤肉，与你嫂子生气，可他不听……你不知道，每次他来陪我喝酒，醉酒后总痛哭不止，说自己过得窝囊，说对不起我们二老，也对不起你。"

"他活该！"路晓北心说。

"但他是个死要面子的人。原本我想着，你们哥俩喝杯酒，相互一笑，以前的事情就一笔勾销了……"

路晓北突然说："爸，别说了。"

父亲住了口，沉默了好一会儿，路晓北说："爸，有时间您带上妈去城市，我与雅洁会好好地孝敬你们的。"

"你真的做了决定了吗？"

"是的。"

"那好，给你妈说一声吧。"父亲说。

路晓北没有进屋，他走到父母的窗前，透过房间内亮着的灯，看到母亲衣着齐整地坐在床上，他的喉头一哽，赶紧把头扭了过去，惟恐自己这么多年维持的坚强形象，会在顷刻之间分崩瓦解。"妈，我走了，以后家里有事，我再回来。"

母亲没有说话。路晓北等了一会儿，看到的夜晚是一片混沌。他转过身，把背包挎上肩，趁着父亲明显的烟头，走到了父亲的面前。

"爸，你进屋吧，外面冷，别冻着了。"路晓北说，"以后家里有事，你打电话给我，我会回来的。"

"我送你。"

父亲的语气很坚定，没有任何商量的余地。但路晓北害怕泪水会泛滥成潮，尽管是在黑夜里，这股潮水也能把他淹没。在父亲转身走进车库，去推电动三轮车时，他走出了院子。

一声狗叫传来，更多的狗跟着叫起来。这是多么幸福的动物，它们永远都没有烦恼，更不会设计陷害同类，它们不会因为面子问题，而半夜里离家出走。路晓北想着，突然发现自己竟不如一只狗幸福。

走出村子时，父亲没有跟来。这样也好，就让自己静静地离开吧。他心里明白，这一次离开，有可能他这一生都不会再回来了。既然是不会再见的告别，最好还是不用告别，免得再徒增伤悲。不过告别现在已经并不重要了。他的身后没有传来电动车的声音，也没有灯光照过来。

他匆匆地走着，他的步子迈得很大，他自己也不明白，是不是想尽快地逃离这里——他在尽可能地加快步伐。夜风阵阵吹来，吹在他的脸上，伤痕处如被砟石的锋棱再次划过一般疼痛。已经进入深秋了，空气更凉，也更稠了，湿漉漉的。他身上穿的还是昨天那件长袖T恤，他的牙直打哆嗦。他双手抱肩，脚踩在地上，发出啪啪的响声。这种响声很快就被他留在了身后。

幸好公路是笔直的，平整的，即便是漆黑得伸手看不到五指，也不用担心路面上会有障碍，这无疑让他放心。他快速地穿行其间，犹如黑夜中的幽灵，因为这时他就如行尸走肉一般，没有了任何思想——他的思想已被这迎面扑来的寒冷凝冻了。

背后突然传来一声沉闷的咳嗽声，好像咳嗽者害怕惊醒别人，立即掩住了嘴。路晓北止住了脚步。他转过身后，看到有一个红红的烟头，从远远的后方赶过来。那烟头移动的速度很慢，就像是一个蹒跚的老人，在慢慢地一点一点地往前挪。那一定是父亲！路晓北不敢相信，父亲就这样，一直跟在他的后面。

过了很久，父亲才走到他的面前，喘着气说："昨晚，电动车没充电。"

路晓北什么话也没有说，他什么话也说不出来了。

一路上，父亲与他什么话都没有说，他们只是慢慢地走着。如果不是一明一暗的烟头，谁都不会发觉公路上，有两个人在行走。

　　他们走了一个小时，天近黎明，才抵达市集。市集上没有出租车，只有公交车，路晓北搭上了第一班公交车，他要在县城乘坐出租车，前往机场。

　　"您找个地方先避避风，等天亮再乘别人的车回去。"坐在车上，他对父亲说。父亲快七十岁了，能否经受得住这寒冷的侵袭？他的心里非常难过。

　　"你就放心地走吧，"父亲说，"我知道我们这个家欠你太多，你也不要怪你哥哥，都是我没本事，我没有办法赚到足够多的钱。你的学费也是靠你自己挣的，你买房也没有帮你什么忙……在外面工作不容易，以后更要全靠你自己了。你离开的这些年，我常常想，如果你哥俩相亲相近，都在我身边，那该有多好哇！我这是真话。我并不奢望你能取得多大成绩，实现多大抱负，我只希望你平安，快乐。我也不是那种鼠目寸光的家长，我知道你有理想，这个贫穷的家根本就留不住你。不过，我仍想对你说，在外面，你一定要慎重忍让，不是什么事情都值得去争取的。这是我的心里话，我害怕再不给你说，就没有机会了。经过昨晚的事情，你也看到了，现在我已经开始犯糊涂了……"

　　"爸，您别说了——"他制止了父亲说下去，"以后，我还会回来看你们的。"

　　"去吧。我与你妈你就不用担心了，我们身体都好。等你结婚生子了，我们去看你们，你妈还想着帮你把孩子带大呢……"

　　"到时候，我回来接你们。"

　　公交车启动了，缓缓地向前驶去。路晓北坐在位子上，倔强地把头扭向窗外，泪水在他的眼眶内直打转。

　　深秋的晨光倾泻到田野之中，到处是枯黄的景象，路晓北的心里有如这景色一般，满目萧瑟。早起上学的孩子背着书包走出家门，不时传来父母在身后叮嘱要小心的声音。踩着单车，或开着电动车的小商贩，这时已经起床，载着满满的商品，往市集赶去。路晓北看着他们，心境前所未有地陷于一片沉静之中。不久之后，他突然发现，对哥哥的怨恨竟然在慢慢消退，车窗里浮现出他微笑的脸。这个发现连他自己也吓了一跳，为什么会这样？

他反复地思考着，好像执意要寻找出答案，以证明自己没有精神错乱。最后，他若有所思地低声自嘲："怜悯，或许这就是怜悯的力量？不过，这也的确奇怪，为什么它能够让天大的仇恨化为云烟？"其实，他早就知道这句话里饱含着的深意，只不过不愿承认罢了。

路晓北是个聪慧的人，他在一连串的"灾难"事件中，领悟到了人生的真谛，这让他对所有的一切，有了不一样的认识。

他抬起头望向前方，公交车正在飞快地向前行驶。前方的路还有多远，他无从知晓，但他相信，很快他就将抵达目的地。

公交车抵达县城时，天已大亮，公园里有不少老人在晨练。路晓北下了车，准备登上一辆机场大巴时，他背包里的手机响了起来。他掏出来一看，手机屏幕上显示的名字是他的恩师雷鸣老师。

"晓北啊，你这回来一次，怎么能不来见我一面，就走呢？"老师的话语从听筒里传来。

"我……我……公司里有急事，要我立即回去。时间很急，就没敢联系您。"

"事情再急，也不急这几分钟。过来吧，我在人民公园晨练，过来陪我喝早茶。"

说完，没等他找借口，对方就挂断了电话。路晓北知道，一定是父亲打电话通知了雷鸣老师，让他同自己谈谈，不要有什么心结。他从小就争强好胜，对什么事都爱较真，如果昨晚这件事不及时化解，他与哥哥之间就一辈不可能和解了。想到父亲，都快七十岁的人了，竟然还要为自己操心，他的喉头又是一哽。

不过，既然连恩师都被惊动了，路晓北又怎能再推辞？他只有乖乖地来到人民公园，在大门口等老师。

公园大门的对面，就是一个早餐店。雷鸣老师走出来时，刚同一群老人挥手告别，他突然发现，老师的头发竟然也白了许多。岁月不饶人呢！路晓北这才想起，当年他还在读大学时，老师就曾告诉过他，他退休了。

老师没有正视他，走过他面前时，挥手拦了一辆出租车："走，我带你去一个地方！"

路晓北颇感蹊跷地问："要去哪儿？"

"哦……去一个你没有去过，但很有趣的地方。"

不一会儿，出租车将他们载到了一片繁茂的绿树之中，前方露出了一道上了白漆的简陋大门。看了这道门，路晓北满心疑惑，这是什么地方，在这种地方会有什么呢？

出租车到此停住了。下了车，雷鸣老师用力地拍了几下那道大门，不一会儿，大门便戛然而开。一个同雷鸣老师一样，满头白发的人冲他们微微笑了笑，什么话也没说，又把大门关上了。

"进去看看吧。"说完，雷鸣老师向前走去，路晓北紧紧地跟着他。

第十八章　恩师的劝诫

院子里，绿树环绕，与院子外判若两个世界。现在已进入深秋，外面的树木枝叶已开始泛黄，再过不久，落叶就将覆盖大地。但这里，栽种了不少南方才有的树木，尽管因气候及地理的原因，那些树木还很矮小，但俨然已经翠绿一片了。一条青石板小路蜿蜒曲折，直通向院子深处。在这些树木中间，路晓北嗅到了桂花的芳香。

"我知道在南方这样的院子根本就不值得一提，你更不会因此而驻足，但在我们这里，它就显得特殊了。"雷鸣老师说，"说实话，在建这里时，我并没有想过会成功。可这些生命，它让我看到了奇迹。你也觉得这是很不可思议的事情，对吧？"

看着恩师，路晓北不知道该说些什么了。老师面容消瘦，气色很差，连胡子都未刮，只是和善的目光还如以前，还是他所熟悉的。

"是的，我的确不敢想象。"他说。

"到里面去看看吧。"雷鸣老师一边提议，一边在前面走着。"夏天的清晨来这儿，可听到各种鸟儿歌唱呢，现在，它们都飞走了，去南方过冬了。"

路晓北没有说话，他满是疑惑，到现在还不知道，这是什么地方，老师为何带自己来这里。但是看到老师并不着急的样子，他也没有将问题说出来。

他们如同走在陶渊明的世外桃源里。路晓北一边走，一边想到，或许，这就是恩师的世外桃源呢。一会儿，雷鸣老师突然站住，神情笃定地说："你知道这里以前是什么地方吗？"

路晓北摇摇头。

"这里以前是耕地，地那头，是我雷家的墓地。我托人找了关系，把这几亩地变换了用途，就建了这片园林。"

"可是，可是……"

"你是想问我，为什么要建立这个园林是吧？"雷鸣老师说，"你知道你师母是南方人吧？"路晓北点点头，他又继续说下去，"大学毕业后，她与我一起来到我们这里，我们结了婚之后，她就把所有的心思都用在了我身上，后来，有了孩子，她又把精力花在孩子身上。这么多年，一直没有再回过南方。她是做梦都想回去呀！"

雷鸣老师陷入了无限的伤痛之中，路晓北不知道发生了什么事情，一时间也不知该如何安慰他的恩师了。

过了一会儿，雷鸣老师止住了悲伤，才继续说下去："几年前，你师母被查出来是乳腺癌晚期。我当时就想带她回去一趟，她却阻止了。她是害怕自己回不来了，她对我说，自从我嫁给你，就是你雷家的人了……我用了两三年的时间把这里建起来，可是，假山还没有开始建时，她就已经……临走那天，我把她带到这里，她一句话没说，只是不停地流泪……"

"我真不知道师母已经走了，很抱歉，我一直没有回来看望过你们。"

这是路晓北发自肺腑的言语。他没有想到，在他追求城市生活的时候，却错过了家乡太多的事情。对此，他只有满心的懊恼。但生活往往就是如此，它在给我们打开一扇门时，却也关闭了一扇窗。路晓北是属于城市的，尽管他暂时会因为错失太多而痛苦，但早晚他会走出这种痛苦，以他的聪慧机敏，创造出非同一般的城市生活的。

"都已经过去了，你根本没必要为此悲伤，"雷鸣老师说，"你师母刚去那段时间，我以为我会非常难过，会撑不下去……但事实是，她走时我并不伤心，我反而认为她终于结束了无休止的苦难。现在，我退休了，时间一下子多了起来，我就会常来陪陪她，同她说说心里话。有时候，我还会带酒过来，让她陪我喝两杯呢！"

说到这里，雷鸣老师笑了。路晓北吃惊地望着他。但他马上又放低嗓门，亲昵地说："在这里，我常常思考一个问题。我想，我们忙忙碌碌一辈子，到底是为了什么？你不要有什么想法，这是我临老了才思考的问题，当然，现在想这个问题有些晚了，可我一直想弄清楚，我们到底是在同什么较量。晓北，你是个聪明人，我想这个问题，你一定思考过吧？"

路晓北点点头。他想告诉老师，其实这段时间，他一直被这个问题困扰，可是话到嘴边，他却踌躇了，不知是何缘故，或许他不愿再拿自己的问题，去打扰恩师吧。

"要说忙，我们做老师，总还有暑假与寒假，可是我却从来没有与你师母回去过，是什么原因？我想，我们还是太在意现实。学校里，老师也是论资排辈，我们总担心稍微一不注意，就会被别人取而代之。现实就是这样，各个行业都勾心斗角，一边应酬巴结、满脸堆笑，一边却在等着对手失足。或许，我们把这些看得太重了，也或许，我们把自己看轻了，没有真正地认清自己。"

路晓北"嗯"了一声，没说什么。雷鸣老师没有再把他当成学生，反倒当成了知心人那样来对谈，这让他感觉怪怪的。他的脸看上去冷淡平静，可心却扑通扑通直跳，他真害怕老师会就这样的问题听取他的想法。

还好，雷鸣老师并没有就此话题继续讨论下去。路晓北跟着恩走到师母的坟墓前，恭致地鞠了几躬，然后，他们开始往回返。

"听我说谈这些，你一定会感觉乏味极了，"雷鸣老师说，"走，我们喝早茶去。"

说完，他们朝来时的大门走去。路晓北这才发现，在大门的一侧，有一个工棚似的木板房，房门前是低矮的冬青树。这是一种四季常青的植被，在南方城市里，到处可见。木板房的门关着，雷鸣老师走上去敲了两声之后，才听到有人过来开门的声响。还是刚才那个开大门的老人，笑容可掬地把他俩让进屋子里。这屋子俨然是一个温暖的家园，各种生活用品一应俱全。靠门的木板墙壁旁放着一张双人沙发，对面是一个小桌，桌子的另一侧是两张藤椅。雷鸣老师走过去，坐在其中的一张藤椅上，那位老人在他身旁坐下，路晓北突然发现，他们两人的面容竟然极其相似。

　　"这是我弟弟，他叫雷啸。"待路晓北在沙发里坐下，雷鸣老师说。

　　弟弟？路晓北不禁疑惑地看了看那位老人。他认识雷鸣老师多年，可从来没听他说过，他还有一个弟弟呀。

　　雷啸微笑着向路晓北点头致意。雷鸣老师让弟弟拿早餐出来吃，不一会儿，小桌上就摆上了煎饺，油条，包子，胡辣汤，还有一碟腌萝卜。

　　雷鸣老师说："这都是刚从外面买来的，赶紧趁热吃吧。"

　　路晓北拿起一个煎饺咬了一口，味道不错。上学时，这些食物是他的主要早餐，而在城市里，能够吃上这些，似乎是一件很奢侈的事情。他看了一眼雷鸣老师，他正盯着他脸上的伤痕看，一见学生看他，便马上调整目光，好像心虚似的。

　　路晓北马上装作毫不在乎的样子，他突然间想起，到了现在，还没有向老师问安，于是说道："雷老师，您现在身体好吧？"

　　"退休了，人也就闲了。每天早晨，到公园练练身体，同几个老朋友要耍剑，呼吸呼吸新鲜空气，或者是来这里静坐一会儿，别提我的身体有多好了！你呢？工作还顺利吧？"

　　"还好。"

　　老师不停地往他的碗中夹食物："快吃吧，凉了就不好了。"

然后，他也夹起一个包子，慢慢地吃下去。一个包子咽下去，老师才缓缓地开口说：

"我给你讲个小故事吧。一个人得了难治之症，终日为疾病所苦。为了能早日痊愈，他看过了不少医生，都不见效果。他又听人说远处有一个小镇，镇上有一种包治百病的水，于是就急急忙忙赶过去，跳到水里去洗澡。但洗过澡后，他的病不但没好，反而加重了。这使他更加困苦不堪。有一天晚上，他在梦里梦见一个精灵向他走来，很关切地询问他：'所有的方法你都试过了吗？'他答道：'试过了。''不，'精灵摇头说，'过来，我带你去洗一种你从来没有洗过的澡。'精灵将这个人带到一个清澈的水池边对他说：'进去泡一泡，你很快就会康复。'说完，就不见了。这病人跳进了水池，泡在水中。等他从水中出来时，所有的病痛竟然真的消失了。他欣喜若狂，猛地一抬头，发现水池旁的墙上写着'抛弃'两个字。这时，他醒了，梦中的情景让他猛然醒悟：原来自己一直以来任意放纵，受害已深。于是他就此发誓，要戒除一切恶习。他履行自己的誓言，先是苦恼从他心中消失，没过多久，他的身体也康复了。"

路晓北不知道老师为何会讲这个故事，但他明白，他一定会有所指。

"我与弟弟之间，也是结了几十年的宿怨，你刚才不是还在奇怪，我怎么还有个弟弟吗？"雷鸣老师说，"在'文革'期间，我就已经是老师了，但弟弟却因为没考上大学，就认为命运对他不公。我不知道他为何会埋怨我的，但有一天，他带了一帮造反派，抄了我的家，并把我定为右派分子。你师母气急了，卧病在床一个多月。我们因此就结下了仇怨，我从此就不再认这个弟弟了。但前些年，你师母病重，雷啸知道我要为你师母修建这个园林，就主动过来帮忙，这一帮就是这么多年。现在，他吃住都在这里，我劝过他多次，他都不听。"

"我前半辈子造了太多孽，后半辈子就要想办法补偿。"雷啸接口说道。

老师继续说："其实，我早就不怨恨他了。从你师母生病起，就已经不怨恨他了。人生在世，我们总会被人说长道短，或被当作笑料，总之，会遭人恨，会讨人嫌，尽管这一切来得有些莫名其妙。但归根结底，都是追求功名利禄的使然，它常常会使我们失去道德的能力，甚至丧失人性。看透这些，抛弃这些外在之物，所有的仇恨、烦恼也就不存在了。"

路晓北未加思索地脱口说道："抛弃是治疗百病的万灵之药，我们之所以有很多难缠难以解决的问题，就是因为在大多数情况下，舍不得放弃。放不下情感，放不下仇恨，宁愿背负着它们，痛苦地度过一生。其实，我们只需要把它抛弃，一切都会好起来的。没有了仇恨，也就不会再被烦恼纠缠。"

"正是这样。"

路晓北抬起头，发现面前的这两位老人都在向自己点头微笑，他突然间觉得自己的世界变得明朗起来。

抛弃，抛弃。

三个小时后，当他告别恩师，登上返程的飞机时，口中还在念叨着这个词。这段时间以来，他好像在漆黑的暴风雨中，遭遇了"鬼打墙"，虽然四周一片漆黑，到处都是墙壁，但他没有惊慌失措，只要有一个闪电，或者是一束亮光，他就能够顺利走出困境。雷鸣老师的话，就是闪电，就是亮光，他发觉自己不仅走出了困境，内心也正变得强大，真正的强大。

飞机起飞了，把他又一次载入蓝天之中。机舱内空调开得很低，有几位乘客用毛毯盖住了身体，但是他全然没有感觉到凉意。他已经退回到自己的内心世界，哥哥、父亲、安伯、母亲、恩师，以及刚刚离开的光秃秃的一片萧条的乡村景色，都从他的意识中消失了。他已经处于另一个时间和另一个地点了。两个小时之后，他起身去了一次洗手间，在那里，他换上了一件洁白的衬衣，认真地刮了脸。

第十九章　静怡咖啡馆

　　路晓北从房间里走出来时，楼下花园里的桂树又开花了，那稀稀疏疏的花朵——说花朵并不合适，花粒或许更恰当些——散发着浓郁的香味，从中走过，他感到心清气爽了。花园小径蜿蜒曲折，两旁种植着四季常青的葵扇树，走在下面，叶子轻轻摇动，就像是仆人在为他打扇。每隔两百米远，小径旁就会有一座木亭，供人休息纳凉。他走过一座亭子时，有两位五十开外年纪的妇女，各自牵着一条小小的毛茸茸的狗在交谈，狗的脚上由于穿上了用棉布制成的"鞋"，在地上不停地磨擦着。还有一位更年轻些的妇女，大约四十岁年龄，皮肤保养得很好，身材丰满，此时她坐在亭子里，背靠亭柱，看一本大部头的书，他瞥了一眼那书，应该是本会计实务手册。学到老，才能活到老，这是现代都市人的特性。他从亭子旁走过时，这三人都停止了正在进行的事情，盯着他看。他也不和她们说话，像一个无所事事的流浪汉那样，漫不经心地走了过去。他依稀记得小径尽头的那幢楼下，有一间咖啡馆，好像是静怡咖啡馆。有几次，他陪着潘雅洁在花园里散步，曾远远地看到过那间咖啡馆。在最后一段小径上，没有了树木遮荫，太阳炙烈地烘烤着一切，从头顶直射下来，穿过他的衣服，将他的肌肤置于一个蒸笼之内。走完最后两百米的小径，汗珠已经开始在他的面颊上滚动。他现在最需要一杯冰咖啡，一杯能补充能量，又能让他冷静下来的冰咖啡。他目标明确，径直朝那间咖啡馆走去。

从老家回来，他在房间里又睡了一天。这一天对他来讲，是混沌蒙眬的。他把窗帘拉得紧紧的，手机也关掉了。他让自己独自处在黑暗与孤单中。他一连睡了二十一个小时，现在终于醒过来了，他的头脑出奇的清醒，他的思想像烈火一样在熊熊燃烧。他感到饿极了，他需要补充能量。他拉开窗帘，把阳光请进屋里来。他走进洗手间，洗了澡，把脸上的胡子刮干净。出门时，他打了电话给保洁员，让她来打扫房间，他告诉她，把房间里的酒瓶全都清理出去。

静怡咖啡馆只是一家很小的铺面，它与别的铺面明显不同，纯木的装修使它在满是钢筋水泥与玻璃构成的建筑物中别具风格。只要关上屋门，就能将车水马龙声响与岁月时光完全阻隔在外头，让人在这种木质的构造中，感受沉重沧桑。屋内摆放着一台古旧的留声机，还有几件上世纪八九十年代的旧饰物，他感觉到好像一下子穿梭了时空，又回到他孩童的时光。

走进屋内，一股很足的冷气迎面扑来，他忍不住打了个冷噤。空气中有一种淡淡的香气，不是外面桂花的浓郁的香味，也不是别的咖啡馆里那样香浓的咖啡香，而是一种淡淡的若有若无的芳香。他弄不明白这香味是从哪里来的。他走进去，看到屋内只有一两个顾客，其中的一个面对着一台笔记本电脑，指尖飞速地在键盘上移动，好像蝴蝶在花丛中跳舞一样。放在他身边的咖啡已经被喝去了大半杯，快要见底了。另外一个，则坐在靠窗的桌子旁，眼睛始终向外看着，偶尔会回转头，看一下手机，然后迅速地又将眼睛移向了窗外。这位应该是在等人。他心里想到。一个女店员坐在柜台后面，头始终低着，好像看什么入了迷。他找一张桌子坐下来，提醒她似的轻咳了一声。

女店员摇曳着好看的身材来到了他面前。他抬头一看，脸瞬间红到了脖根。是她，那个每天早晨在游泳池里游泳而他总会偷窥的美女！路晓北没想到会在这种情况下遇到她。从昨天上午到

155

现在，滴水未沾，面容消瘦，虽刚刚洗了澡，刮了脸，但仍掩盖不住他的憔悴。又加上刚才在太阳下行走，满脸的汗水模糊了他的眼睛，刚换上的干净的T恤也被汗水打湿了大半，正黏黏地粘在他的脊背上。在这种狼狈的样子下，与这么漂亮的可人儿面对面，他甭提心里有多么懊恼了。

美女显然也认出了他。一句"是你"让他的脸红得更加厉害了，他恨不得找个地缝立即钻进去。不过，美女是个大方的人，她露出两个好看的酒窝，对他说："欢迎来到静怡咖啡馆。请问来杯什么咖啡？"美女的声音十分清脆，好像百灵鸟。她站在他的面前，手里没有别的咖啡馆里店员所拿的记录顾客吃什么的单据，她只是站着，歪着脑袋，嘴角微微翘起，盯着他看，好像在打量一件十分好玩的物件。

他仿佛不敢抬起来脑袋。他"嗯"了一声，疑惑地问："没有菜单？"他的头低垂着，心在扑通扑通地跳，想赶紧找个理由让面前的这位美女消失。"你是第一个不了解我们咖啡馆就走进来的男人。"美女倒没有考虑到他的想法，在他对面的椅子上坐了下来。她说："看来，真有必要给你介绍一下了。我们咖啡馆不同于别的咖啡馆，我们这里没有菜单，客人能吃到什么，喝到什么，说句实话，全要看本姑娘的心情。"

听到如此的言论，路晓北知道她根本就没有介意他每天的"偷窥"，心也就放了下来。他抬起头，但目光仍躲躲闪闪的，问："你就是这里的老板娘？""是的，如假包换，徐静怡。"美女仍没有放过他的意思，盯着他，问："要不要拿出身份证给你看一下？"她的目光里充满了挑逗，好像在说，我的身体你都已经看了，身份证要不要给你查验一下？他的脸不禁又是一红。

"岂敢，岂敢。"路晓北连忙说道，他想让她快点离开的愿望看来是无法实现了，现在，他开始想着，快点喝上一杯咖啡，赶紧走人了。"那么，老板娘，咖啡你这里总该有吧？我要一杯冰咖啡？""那是自然。"徐静怡答道，"不过，我这里今天推出的有冰镇杨梅汤，是我亲手做的，你要不要尝尝?""这个……"路晓北有点迟疑了，不知道该如何回答。"别这个那个了，看你是第一个不了解我的店就走进来的客人，今天免费，算我请你了。""那怎么好意思?""切，我还不知道你们这些人，嘴上说不好意思，心里准正喜欢呢!"说完，美女乐呵呵地离开了，笑声在整个小屋内回荡，路晓北竟有一种甘之若饴的感觉。

经过那位片刻也不舍得让双手离开键盘的男人身旁，徐静怡冲他说:"大作家，你的咖啡喝完了，我再给你加一杯。""好的。"作家头也没抬，双手仍在键盘上飞舞。路晓北注意到，徐静怡并没有征求他的意见，那语气仿佛只是告知他一声似的。这真是一个有意思的地方。老板娘与客人之间的关系，看起来十分融洽。路晓北心想。

徐静怡返回时，除了冰镇杨梅汤，还带来了一小碟香酥脆口的杏仁瓦片。路晓北诧异地望着她，却见她面露微笑，好像对熟人一样，道:"今天，你好口福，这种杏仁瓦片酥我可不常做的。也免费招待我们的贵客。"路晓北感到汗水就要滴下来了，他忍不住问:"像你这样做生意，既没有固定的菜单，又搞免费送吃的，你不怕赔本么?"

"做点心本来就是我的爱好。能够让来的客人分享到我做的美食，难道不是一件开心的事情吗?"徐静怡微笑着，说:"说实话，我压根儿就没有想过自己的店能够开起来，但到现在，也有两年的时间了。你别不信，细细地算下来，我还真没有赔过本。"

徐静怡的话，路晓北相信。合水镇就是这么一个地方，只要你付出了，总能得到回报。只要你拼搏了，你的梦想就有机会实现。当年，他来到这里，不就是因为这是一座寻梦的城市么? 只是，面对这么一位貌美如花的女人，能够将自己的梦想进行到底，该需要付出多大的努力啊! 路晓北发觉自己看她的眼神已经有些不同了。他的声音里充满了怜爱，问:"那你一定会辛苦吧?"

"体力上会很累，但是精神上很充实，这就是我想要过的生

157

活，所以，可以撑得过来。"徐静怡说，从早上大清早起床，游泳之后就急匆匆地出去采购食材，开业时间内煮咖啡、做点心一直到打烊收工，都是她一个人，忙得跟陀螺似的。不过，她转而一笑，道："你也看到了，我店里差不多都是熟客，看到他们能在这里安静地享受生活，我也就有一种满足了。"

路晓北刚想开口说些什么，耳旁却响起了另一个男人的声音："怡妹，你过来看一下，我写出了一个好句子，来，我读给你听一下。"是那位作家在喊老板娘。"来了。"徐静怡站起身，压低了声音对路晓北说："他总以为自己年龄很大，天天喊人家怡妹，谁不知道，他今年才刚奔三。人家还大过他呢！"路晓北知道她是在说那位作家，总是用一副老气横秋的语气说话。但听着面前这位美女娇嗔的话语，他止不住乐了，似乎与他们非常熟络。

他坐在靠窗的位子，目光穿过玻璃径直向窗外望去，外面依旧是酷热难耐。或许是时近中午了，有些人开始急匆匆地从小径上走过，然后走入大楼之中。他喝了一口冰镇杨梅汤，顿觉一股酸酸甜甜的冰凉从口腔直抵胃部，人也不觉精神了许多。书上说冰镇杨梅汤不但能降肝火，还能帮助脾胃消化，滋养肝脏，当熬夜工作或觉得精神疲惫时，喝杯杨梅汤可以起到很好的提神作用。在这种酷热难耐的天气推出特制的冰镇杨梅汤，看来这位年轻的老板娘很会做生意，也难怪这里的客人都是回头客了。路晓北微微地笑了一下，一边享受着这美味的琼浆玉液，一边无目的地观察着窗外的人群。

三个青年男子走了进来，十有八九是刚下班，神情有些疲惫。路晓北看见他们直接走到最里面的一张桌子旁坐下，其中的一位离开了伙伴，走到柜台边的留声机旁，从唱片盒里挑选了一张黑胶唱片，放入唱针。随着唱片的旋转，唱针微微地跳跃着，发出沙沙的声响，紧接着一个动听而熟悉的旋律响起。路晓北仿佛醉了，跟着旋律小声地哼了起来：

你问我爱你有多深

我爱你有几分

我的情也真

我的爱也真

月亮代表我的心……

　　路晓北用左手在桌面上敲着节拍，轻轻地跟着哼完了歌曲。等唱片放完，漂亮的老板娘又走了过来。他赶紧用手背抹了抹眼睛，手背上湿湿的。徐静怡在他面前坐下，微笑着问："怎么样？味道如何？"

　　他赞不绝口地夸奖了一番，然后，指着刚才进来的三个人，低声问道："他们都是你的熟客？"徐静怡知道路晓北所指，头也没回，也压低了声音："是啊，他们就在附近上班，每天中午都来我这里，喝杯咖啡，吃些点心，就算是午餐了。在这座城市，生活下来都不容易啊！想到这些每天拼命工作的人，我的心里就不好受，只有尽量多做些可口的点心，满足他们的需求了。"说到这里，徐静怡的语气一转，"如果你肯留下你的联系方式，有什么新产品推出时，我会第一时间通知你过来品尝的。当然了，到时候会收费的！"

　　路晓北呵呵地笑了笑，他从钱包内掏出一张名片，递给了她。又过了一会儿，他冲她道了声"再见"，就离开了那里。他在小径上闲走时，又与刚才那三人不期而遇了。他们的脚步急匆匆的，走过他身旁时，仿佛认出了他，用眼睛同他打了声招呼，就朝小区的门口走去。

　　路晓北走到木亭时，那三个女人已经不见了，应该是回去吃午饭了吧？他走进去坐了下来，燃起一支香烟。他把烟蒂熄灭后，决定了返回房间去，在他的床头，有一本书他很久都没有打开了，今天是周五了，他要利用这剩下来的时间，把那本书读完。

第二十章　好事从天而降

　　傍晚，路晓北的电话响了，是赵长盛打来的。"你没事吧？这两天打你电话，你一直关机。"赵长盛的话语里充满了关心。

　　"没事。我只是回了一趟老家。"路晓北平静地说。这次返回故乡，虽然经历不大愉快，却让他更加了解自己了。小时候，他听过一首歌："世间自有公道，付出总有回报"，他不大相信付出与回报是成比例的。在建筑工地上，他见过太多的建筑小工，流血流汗，所获得的却很有限，而又要担着工头卷款潜逃的风险。他也见过很多建筑商，投机倒把，偷工减料，赚了不少黑心钱。但他还是坚信，世间还是存在正义的，世界还是公正的。几年前，他参与四川大地震后的对口援建工作，那场灾难让他相信，生命是平等的。其实，这么多年，他不就是一直凭着对这种信念的坚守，才走到如今的地步？现在，他又怎能因为一点不如意的阻碍而心灰意冷呢？整整一天的沉睡与孤独，或许让他抵达了漆黑夜雨中的那道闪电，他醒来时，面前的黑暗与墙壁都没有。

　　"你现在来洪记，今晚请你好好吃一顿。赶紧来，别迟到了。"说完，赵长盛挂了电话。

　　一切都要坦然面对。与赵长盛之间，可能也只是一个误会，把它问清楚不就行了？他微笑着走进卧室，洁白的牙齿在镜子里闪着光芒。在衣柜前，他换上了一套白色的阿迪达斯运动短装，冲着镜子里的自己笑了笑。镶嵌在衣柜里的镜子有一人多高，一个富有青春朝气的年轻人站在了他的面前。他走到床头柜前，从抽屉里拿出一支签字笔，在便条纸上写道："我相信，一切都会好起来的，诸多的不顺利只是暂时的。"然后，他走出房间，在小区门口乘上了电话招来的出租车。

出租车将他载到洪记酒楼门口。这是一家位于中心商业区的众多酒楼中并不十分抢眼的特色餐厅，据说酒楼的老板十分了解食客的口味，也更懂得如何把生意做好。这从许多细节中就可以看出：出租车刚停，漂亮的服务小姐就已经打开了车门，恭请他的光临。路晓北走下车，冲服务小姐微笑着点了点头，在她的引领下，走进了二楼的一个包厢。

"嗨，路工，你好！我们又见面了，"路晓北刚走进包厢，一个在沙发上坐着的胖胖的男人站起身迎了上来。这个人路晓北认识，是赵运发，运发建筑公司的老总。路晓北知道他与赵长盛有着非同一般的关系，但没有想到，赵长盛约自己出来吃饭，他也会在场。在刚才的电话中，他并没有提到赵运发。不过，既然见了面，礼数不能失。路晓北也露出好看的笑容，伸出手同赵运发亲热地握了握。然后，同赵运发一起在沙发上坐下。

"路工是怎么过来的？"赵运发问，"我听赵经理讲过，路工现在还没有买车？以后需要用车时，随时打个电话给我，我开车去接你，我们兄弟之间，完全用不着客气。"

"谢谢了。我还没打算买车。"路晓北回答说，"房贷现在还没有还完，压力还是蛮大的。"

"路工真爱说笑，像您这样身份的人还嫌压力大，那别人还怎么活啊？"

赵运发的质疑是有理由的。路晓北的薪资虽算不上很高，但也算是金领阶层了。三十万元的年薪，是许多普通打工者十年的总收入。但富有富的活法，穷有穷的生计。路晓北收入虽高，每个月的开支也不低。除去房供，工作应酬，生活开支以及每月按时寄给父母的，他能够存下来的也并不多。

"我并非说笑，这都是事实。"路晓北掏出烟，递给赵运发一支，自己点燃了，自嘲地笑着说，"你也知道，现在的生活成本是越来越高了。就好像这气温一样，一年比一年高，却总也降不下来。"

"这倒是事实。"赵运发也将烟点燃了，"就拿我们做生意的来说，虽然也赚到一点钱，但各方关系打点，也需要投入，并且是不低的投入，有一个环节没打点到位，就有人会不高兴，那生意就难做了。在许多人眼里，我们过得非常光鲜，人五人六的，但我们自己清楚，天天累得跟狗似的，如果再有一点意外事故发生，那真的里外不是人了。"

"赵总这话就有些见外了。谁不知道，你们这些中间商，只是一转手，就赚取了巨额利润！可以这么说，现在的房价之所以这么高，你们的'功劳'也不小啊。"路晓北揶揄道。

虽是天风建筑集团的高级工程师，路晓北对这些建筑商恶意抬高房价的行为却有些不耻。他有一位同学，本科毕业后也来了这座城市，找到了一份每月五六千元收入的工作。几年下来，倒也存下了近四十万元。本以为这些钱能够使自己与女友过上幸福的生活，能够结婚、生子，组建一个完美的小家庭，然而房子却使他的梦想最终破灭。每次同学聚会时，这位同学总用一种怨恨的眼光看着路晓北，好像他与女友分手不是因为买房，而是因为他的缘故。那目光令路晓北一阵阵战栗，感到脊背发凉。

"路工这样说，就有些抬举我们了。"赵运发把烟灰掸落在烟灰缸内，说，"我们要有那本事，也就不必累得像狗那样了，天天坐在空调开足的办公室里，动动嘴皮子，钱就会源源不断地来了。房价这一块要说大头，肯定是开发商与政府。不过，现在许多开发商也都感慨，钱也很难挣了，大部分都让政府赚去了。举个例子来说吧，以前每平方米卖到八千元，除去建筑及成价各种成本，开发商每平方米可以赚到五千元左右，现在，卖到三万元，恐怕也很难赚到五千元。年初，有媒体还报道，说房价的六成以上，被政府赚去了，其实，据我所知，远远不止六成。"

"那个报道我也看到了。"路晓北说。恶意抬高地价，从中牟取暴利，这是违反市场规律的行为，但是，政府降低地价，开发商能够低价拿到地，房价就一定会下降吗？这也未必。对这样无能为力的问题，讨论恐怕也没有什么意义，他决定转换个话题，于是问道："赵总近来生意如何？"

"还凑合吧。"赵运发把烟屁股在烟灰缸内熄灭，道："你看我，问你买车的事情，我们竟然聊到房价上去了。不知道路工有没有买车的打算？"

"我连牌照还没考呢。"路晓北答道。

"这个好办。我有一朋友搞了个训练场，你要是需要的话，随时过去尝着开几下，能上路就行。牌照的问题，包在我身上，你请放心好了。"

"这怎么好意思呢？"

"兄弟之间还客气什么。"赵运发说完，立即拿出手机，拨通了一个号码，说道："我有个兄弟想学开车，你给安排一下，牌照你帮他搞定。"通完电话，他告诉路晓北，最长需要一个月就可以拿到驾照了。他还说，到时候买车，告诉他一声，他在车行也有朋友，到时能以低价拿到好车。路晓北像不认识他似的盯着他看。他周围有些同学，想考驾照，结果报名了一年，考试都没有安排完，而到赵运发这里，一个月就能拿到驾证了。路晓北这才意识到，赵运发的关系网着实密广，他想起上次见面时，赵长盛曾说有什么事可以找他帮忙，现在看来，这话很有道理。

真是说曹操，曹操到，刚刚想到他，赵长盛就在服务员的引领下走了进来，他边将公文包放在沙发上，边说道："在聊什么呢，这么尽兴？"

"没什么。"赵运发抢先说道，"我在唆使路工学车、买车呢。"

"这个很有必要。"赵长盛在沙发上坐下，道："作为一名高级工程师，竟然没车，也着实有些不像话。赶紧买。"他转头对赵运发说，"路工如果买车，三十万以内的，你让车行半价卖给他，三十万元以上的，最少要打七折。这个你去搞定，我知道你有办法。"

"既然是领导下了死命令，只能坚决完成了。"赵运发回答说。

"别贫了，我还不知道你的能力！对了，点好菜了没有？"赵长盛问。

"已经点了。"赵运发说，"这样，我们上座吧。"

上了座，菜很快就陆续上桌了。有几道菜路晓北很熟悉，以前每次同赵长盛来这里吃饭，他必点的。用热毛巾各自擦了擦手，赵长盛问起了他与潘雅洁的事情。路晓北含混地回答，还没有进展，过段时间再看吧。赵长盛哦了一声，没有继续问下去，他招呼服务员倒上酒，还说今晚不醉不归。

路晓北率先举起了杯子："感谢赵经理，不然，我还真头疼晚上要吃些什么呢？"

"好兄弟就不要太客气。"赵长盛举起了杯子，他们同时将杯中的酒一饮而尽，五十三度的白酒流到胃里，热热的，辣辣的。服务员将酒倒满。赵长盛又说道："当然，如果你要感谢这顿晚宴，还是同赵总干一杯吧，今晚是他做东，特地邀请你共进晚餐，我只是作陪。"

"是我的荣幸。"赵运发忙不迭地举起酒杯，同路晓北碰了一下，说，"刚才我还一直担心，怕路工不给面子呢。"

"这倒令我有些不好意思了。"路晓北再一次将杯中酒一饮而尽。他们重新坐了下来。这时，路晓北的手机突然响了起来。

"路工应酬倒是很多的，吃饭时间还有人找。"赵长盛说。

路晓北掏出手机看了看，屏幕上显示着十一位数字，这个号码不在他的通讯录里，是一个陌生的号码。赵运发微笑着打量着他："都用苹果手机了。年轻真好，可以享用各种时尚的东西，不像我们这些老古董，用这些东西用不习惯，也不知道怎么用。"

"赵总见笑了。你是不屑于使用这种手机。你的通话平板电脑一体化的手机才更为时尚呢，虽是国产机，但也代表着一种潮流。"路晓北看了看手机，仍在倔强地响着，显得有些困惑，不知道是谁在这个时间找他，"对不起，我先接个电话。"

他摁下通话键，向已开始说话的赵长盛及赵运发点了点头，他们两个的声音放低了许多，好像是在说悄悄话。路晓北没有在意这些，他的耳旁响起了一个女人的好听的声音："路工，你在哪里？有没有时间，晚上一起吃个饭？"

"不好意思，我正在吃饭。请问你是？"对方的声音似曾相识，他一时无法想起是谁。

"路工真是贵人多忘事啊！我是余思琴。你要多久吃完饭？我有急事要同你讲。"

"哦，是你啊，"路晓北觉得不大方便把她的名字说出来，只好含混地说，"今晚恐怕没时间，明天我再联系你吧。"说完，他摁下了结束键。抬起头，看到赵长盛他们两人正在似笑非笑地盯着他看。"是一位老同学，很多年没有见过面了。她突然来合水镇了，约我见个面。"路晓北也不明白，自己为何会撒谎。

赵长盛未置可否地嗯了一声。接下来继续他们的话题。他向路晓北说道："昨天快下班时，黄总来了我们项目部，问起了你。"

路晓北等待着他说下去。周三，黄总找他聊过之后，他就一直忐忑，不知道会发生什么事情，紧接着，他就被放假了，虽然赵长盛告诉他，是要他完成爱情任务，但路晓北知道，绝非如此。现在，黄总又一次问起他，难不成会……路晓北清楚，像天风这样的集团公司，老总并不经常到下面各部门了解情况，如果对某个人有了不好的看法，可能就会使这个人前途黯淡。不得不说，这几天，他思考了许多，包括上次余思琴对他说的话，他都一一想了一遍。只是，他始终无法弄清楚，为什么要小心赵长盛。在他的印象里，他始终是赵长盛最得力的助手，虽不说是言听计从，但他专业的技能、敏锐的市场捕捉能力，也令赵长盛在各项工作中，都离不开他，尤其是在做出各种决策的时候。黄总又一次问起自己，赵长盛会为他说好话吗？此时，赵长盛好像在有意吊他的胃口，故意不说下去。路晓北的大脑高速运转着，各种最坏的结果在他脑子里交替出现。他甚至想到了鸿门宴，在这种情况下，他发现自己就是"人为刀俎，我为鱼肉"的鱼肉沛公，而赵长盛显然就是要将自己杀之而后快的楚霸王项羽。只是，为何要将自己"除掉"，他想不通。

"我把你的情况向黄总讲了。我告诉他，这段时间你太辛苦了，需要休息。"赵长盛举起酒杯，"我是真心地希望你能够休息好呀。"

这次，路晓北并没有举起杯就一饮而尽，他举着杯子，同赵长盛碰了一下之后，就端在手里，看着赵长盛，说道："我很感谢赵经理这些年来对我的关照。不过，我想赵经理今晚约我出来，也一定有话想对我说吧？"

"的确。"赵长盛慢吞吞地说："今晚叫你出来，的确有些事要对你说。不过，你还是先把杯中酒喝了，我才能告诉你。"赵长盛干脆把杯子放在桌子上，意思是路晓北喝了一杯之后，他才会同他把杯中的酒喝了。他不会介意路晓北的抗议"我不怎么能喝，赵经理就饶了我吧"，他不会饶恕任何人。在酒桌上，他很乐意看到别人喝醉，他会想方设法，让别人多喝几杯。再说了，他也清楚，路晓北是喜欢喝酒，并不会那么容易醉。所以，他看都没看路晓北一眼，把眼睛瞄向了墙壁上的电视机，看里面播放的第一现场的新闻。他镇定自若地等着路晓北把酒喝完，他知道嗜酒的人，从不愿意浪费一滴酒，也不愿意错过任何多喝一杯的机会，他对他的了解是各个方面的，他以为他是自己手中的齐天大圣，无论怎么折腾，都逃不脱自己的手掌心。

显然，路晓北不会让他失望。他将杯中的酒往口内一倒，咕咚一声就咽了下去。服务员把酒又给他加上。他掏出一支烟，递给赵长盛，脸上挂着笑容，道："赵经理，这下你可以告诉我了吧？"

"我要告诉你的是一个天大的好消息，一杯酒怎么成？要连喝三杯才行！"赵长盛点燃了烟，使劲地吸了一口，慢慢地将烟雾吐向天花板。

路晓北意外地睁圆了双眼。他不明白赵长盛话中的意思，在这个时候，还会有什么好事落在自己头上？但显然，他不得不继续再喝两杯，才能听到赵长盛口中的好消息。路晓北喜欢喝酒，有事没事，他都会喝上几杯。但他绝不是嗜酒的人，甚至他有些讨厌那些每喝必醉的人。很多时候，他都不喜欢酒场上的应酬，只是，出于某种目的，或者说在这座城市，为了工作与生活，他不得不让自己适应这种应酬。或许，这就是自己向雷鸣老师说的，妥协。他端起杯，一连饮下两杯，酒精在胃部似燃烧一样。

赵长盛终于将他的视线从电视屏幕上收回，他将手中未吸完的半截烟摁灭，用欣赏的目光看着路晓北。"那好吧，我就告诉你。不过，这个消息你暂时还不能对别人说，任何人都不行。我要你保证这一点。"等路晓北点了点头，他才继续说下去，"黄总告诉我，你的假期结束之后，也就是下周，将会被正式任命为第三项目部的经理。"

因祸得福？路晓北怎么也不敢相信，这样的好事竟然会发生在自己的身上。在集团公司里，高级工程师再往上升就是项目经理了，但很多高级工程师在跨过这一级别却用了很多年的时间。尽管赵长盛一再告诉他，他将是他的接班人，但无论如何，他也不敢相信，自己才刚刚做了两年的高级工程师，就将荣升为项目经理。自己做了经理，那么赵长盛将任何职位？路晓北的大脑高速地运转着。在这种情况下，任何一位职场人都不可能镇定自若，而没有任何一点意外的兴奋。路晓北还没有思考出结果，赵运发却端着他的酒杯站了起来，他举着杯，说道："我建议，我们共同为路工，不，为路经理干上一杯，祝贺他荣升经理！"

路晓北再次举起酒杯，大方地将杯中酒喝完。尽管大脑内仍有许多谜团缠绕着他，不过，今晚的宴请，他似乎明白其中的原因了。

第二十一章　余思琴的心事

　　上午，路晓北拒绝了好几个人的宴请，那些人都是建筑公司的老总，与天风集团有着非常紧密的合作。路晓北在电话里告诉他们，自己着实太忙，以后有机会再说吧。任何一个圈子都是如此，任何的风吹草动，一夜之间都会传入圈内人的耳中。这些人无一例外，在电话中先是客套一番，接着是恭贺他荣升项目经理，最后才说请他吃饭。他平时就讨厌应酬，就随便找了个借口，全部都拒绝了。

　　中午，他简单地煮了一碗鸡蛋面，坐在沙发上，边吃边看书。昨天下午，从静怡咖啡馆出来后，他去了一趟商场，采购了不少食物。生活还存有希望，还要继续下去，他不会让自己轻易地就丧失了信心。这顿饭他吃了很久，直到把书本的一个章节读完，他才把最后一根面条吸入嘴中。这本书写的是一个奇丑无比的男人，爱上了貌若天仙的女子，并为了他这个不可能实现的梦想，付出了他的所有。路晓北还没有把书看完，还不知道故事的结果如何，不过，他能想象，当爱情失去理智时，最终会造成两个人的毁灭。从他已读的章节来看，这位男主人公正在失去理智。

　　他把碗泡在水槽里，在阳台上的长椅上躺下，太阳直射下来，照得他的眼睛都无法睁开，对面是望不到边际的大海，海风吹来，带着一股咸咸的味道。这不就是自己梦寐以求的生活，面对美丽的风光，迎着太阳无拘无束地睡觉？他躺在那里，一动不

168

动，只是不时地把香烟送到唇间，吸上一口。两支烟燃完后，他想好好地睡上一觉，就这样面对着太阳，他真的很快就睡着了。海风穿过阳台，翻着他放在茶几上的书，哗啦啦地响，他一点都没有听到。

他醒来时，太阳已经西沉了，他的身躯展开着，每一寸肌肤都接受了阳光的洗礼，他的全身汗渍渍的。他又点燃了一支烟，站起来，舒展了下四肢，他面向大海，海与天都被他揽在了怀里。这真是件幸福的事情。他迎着太阳又站了一刻钟，细细地观看着天空和大海，他真高兴这一刻是属于自己的，没有人会突然闯进来。从他成为了工程师之后，这已经是比较少见的事情了。

余思琴打来电话时，他才突然想起他们的昨日之约，他拿起电话，用玩笑的口吻说道："美女，你好呀！"

"你还在忙吗？"余思琴的声音有些失落。

"不忙。有什么事你说吧。"

"你现在哪里？我去接你。我想让你陪陪我。"

"在家。"

余思琴说了一声半小时后见，便挂断了电话。路晓北走进洗手间，简单地洗了个澡，又换了一套运动短装。与余思琴在一起时，他有一种特别的轻松感，这是他在这个城市所没有过的，即便是与潘雅洁一起，也从没有过这种感觉。他们认识的时间不久，也只是在上个星期，一起度过了周末，但他感觉他们已经认识很久了，他甚至可以同她无拘束地开起玩笑来。因此，当他接到她的电话时，他没有为自己的失约而感到愧疚，反而，他有一种故意的恶作剧般的感觉。

他走到地下停车场，一眼便看到了余思琴。她仿佛有满腹的心事，坐在方向盘前发呆。她没有注意他走过来，待他恶作剧似的大声敲响了车门，她才猛然一震，看清楚了是他，赶紧按下了开锁键。他坐在了副驾驶位子上，边扣安全带边问道："美女，准备拉我去哪里？"他突然想起了一个对联，朋友告诉他，那是一个绝对，至今没有人对出下联来。他在心里默默地念了一遍那个对子：安全套安全带皆为安全着想，他差一点笑出声来。

"陪我去海边走走吧。"余思琴静静地说。她说话时嘴唇没动，好像声音是从喉咙里发出来的。说完这句话，她的嘴巴便紧紧地闭上了，好像不想再开口说出任何一个字。她拧开了车载音箱的按钮，紧接着，一个年轻的略带感伤的男人的声音在车内回荡起来：

> 这个时候，我的朋友
> 有谁还是闲着的
> 手机整整一天没有响过
> 是不是你们全都忙得忘了我⋯⋯

这首《去走走》的歌曲他是熟悉的。在读高中的时候，几乎每位同学都能随口哼上几句。只是，想起了昨天在静怡咖啡馆听到的《月亮代表我的心》，他不禁怀疑，现在的人开始流行怀旧了？这都是多年前的歌曲，但现在，街头巷尾，几乎随时都能听到。不过，他没有把他的疑问说出来。车已经驶出小区，驶上了公路，他看到，余思琴选择的这条路，他没有走过。

车一直前行，已经有一个小时了，余思琴仍然没有要停下来的意思。唱片已经播放完了，两人都没有说话，依如第一次见面时，彼此都保持着沉默。应该是下班的时间了，路晓北看到，四车道的公路此时熙熙攘攘，车辆像蜗牛一样，在慢慢地向前爬行。他不由重新考虑起他买车的事情，显然，在这座城市，车辆早已达到道路的承运极限，他有没有必要，再为这种极限增添一点不安全的因素。

拐上了一条车辆较少的公路，车的速度快了许多，余思琴并没有因为道路顺畅而喜形于色，她依旧一语不发，在这条只容下两辆车行驶的水泥路上盯着前方。最后，她把车停在了一片美丽的海边。这里人迹稀少，一条只能走下一辆车的车道弯弯曲曲地通向海边。当他们抵达海边时，他惊异地发现海水竟然呈现出深蓝色。这是多么不可思议的事情，他根本就没有想到，在合水镇，以及在这座改革开放前沿城市里，还有这样一片没有被各种垃圾污染的海域！他站在她的身旁，而她只是盯着大海，眼眶内有液体在流动。

"你，没事吧？"或许是受到环境的影响，路晓北的语气温柔起来。

余思琴的身体蓦然一震，但她很快便恢复了自然。她用非常轻柔的声音说："很抱歉，让你这么无聊。只是，我也不知怎么了，就是想约你出来，让你陪陪我，你不会介意吧？"

只是陪你？他感到很意外。与这位美女，相识才不过一周，但怎么就成为她的倾诉对象了？或许，她也像自己一样，对对方充满了别样的感觉？"既来之，则安之。悉听尊便了。"他用调侃的语气答道。

余思琴缓缓地转过身来，仔细地朝四下看了看，看到了不远处的草地上，有几张石凳。她用手指向那边，说道："我们到那边坐坐吧！"说完，没等他表示同意与否，她在前面已经走了过去，而神情又恢复了她刚才的那种落寞。

他紧跟了上去。他知道，从她昨晚的电话以及现在的神情来看，绝对不是只陪陪她那么简单。沿着岸边走了约一百米的距离，他们在一张石凳上坐下。那是带有椅背的石凳，专用来供游人休息。他把胳膊搭在石凳的椅背上，顽皮地问余思琴："如果有熟人看到我们两个这样，你认为会发生什么事情？"

这个三十五岁左右性感妩媚的女人让他感到无比亲切，他说话好像不再需要经过思考，就能够开口即来。难道不正是因为这个原因，他才答应同她见面的吗？即使在赵长盛面前，或者与潘雅洁单独相处时，他的大脑也绝对不会比现在放松。正是因为这个女人充满了神秘的魔力，能让人放松，他才能够像一个孩童那样，肆无忌惮，开些不荤不素的玩笑。

"你有没有觉得，在这座城市里，能找一个放空自己的地方着实太难了，"余思琴说，"到处是人。金庸说，有人的地方就有江湖。我看是，有人的地就会有是非，其实，我们又何必太计较别人的看法呢？"她的目光盯着面前的大海，深邃而让人无法琢磨。她小声地叹了口气，接着说："只是，说得容易，谁又能真正做到呢？"

"别感慨了，美女！"路晓北制止了她继续说下去。海面上不时有货轮驶过，灯光照亮了深沉的大海，也将这黑夜照亮。他这才发觉，天已经逐渐黑了下来，已是夜晚了。趁着这瞬间的光亮，他看到她的脸上似有泪痕。"你没事吧？"他诧异地问。

余思琴摇了摇头，那艘货轮驶过去了，却蓦然响起汽笛，清脆的声音在海面上颤抖。在几秒钟内，她都惊呆了。

"哦。"路晓北不知道该说些什么了，只好坐着，陪她一起，盯着面前的大海。大海的另一边，是许多人向往的城市香港，香港素有东方之珠的称号，它的夜景据说是世界三大夜景之一，入夜后摩天大厦都会亮起五彩缤纷的灯光，加上大厦外墙的广告牌及附近住宅的照明灯光，旖旎诱人。现在看来，的确如此。

"在想什么呢？这么入神？"余思琴突然问道。

他无声地笑了笑，用手指了指彼岸。海对面的城市，此时灯火通明，霓虹灯燃亮了另一方天空。"的确很美丽。遗憾的是，每次去那里，总是急匆匆的，从没有完整地看全它的美丽。今晚，如果不是在这里，我想也感觉不到它会如此美丽。"余思琴轻轻地说着，眼神中流露出一种迷恋的神情。

路晓北依旧无语，他在尽情地享受这迷人的时刻。他不知道，余思琴将会同他聊些什么，但看到她刚才脸上的泪痕，显然不是什么轻松的话题。此刻，她还没有开始谈论，但他相信，用不了多久，她就会主动地讲述起来。

他将目光从远处收回来，仔细地打量着身旁的这个女人。或许被海风吹的缘故，她的头发稍显凌乱，有几缕不时地遮盖着她的眼睛，她要用手把它撩开。她穿了一件黑色的连衣裙，就像美国电影大片里的贵妇人，有着一种高雅的风度。他喜欢她说话时的神情，更迷恋她微笑时两颊泛出的小酒窝。上次见过她之后，他就感觉到她会成为自己的好朋友，她身上具备了许多成为知心好友的品质，但他一直努力不让她觉察到这一点。不得不说，他们之间的关系很微妙，而太融洽的相处会落下很多不好的口实。有人说，同事是冤家，总有人在紧盯着你的举动，伺机在背后搞些小动作。他还很年轻，前面的路还很长，他不能让那些小人毁了自己的前途。

但这种心情却是令人极端痛苦的。或许是出于弥补内心的愧疚，他还是开了口："最近你过得还好吧?"

"有许多事情，你根本就不会了解。"余思琴摇了摇头，她的神情有些不安，和往常不大一样。

"发生了什么事?"

"现在还不能说，我以后会解释给你听。在此之前，如果你能好好地保护自己，我将非常高兴……"

他更有些摸不着头脑了。他没有想到，她的不安竟与自己有关，只是，自己有什么事情，令她如此心事重重呢? 他还没来得及开口，却见她已站了起来，她向前走了几步，来到海边，把鞋子脱在岸上，让涨潮的海水拍打着自己的双脚。路晓北惟恐她出事，连忙跟了上去，脚上的阿迪达斯运动鞋也没有脱，就走进海水里，站在了她的身边。"我以前有个弟弟，"她缓缓地说，"他同你一样，名字也叫晓北，身高有一米七五，长得也很帅气，阳光……我见到你就好像看见了他一样，那时间，我们的关系是多么融洽啊。我知道，我不该这样，你是你，你毕竟不是他，可我总是制止不住自己!"

"余小姐，"他快速地整理了自己的思绪，关切地问："现在，你弟弟在哪里?"

她抬起了手臂，伸出食指，指向了大海深处："我没有想到，他会如此想不开。他是多么年轻啊，他本该有着十分美好的前程，像你一样，他也是那么优秀……"她想尽量让自己平静下来，但声音里的颤抖连海水都随着泛起了涟漪。

"节哀顺变！"他把手搭在她的肩上，轻轻地捏了一下，"但这又是为什么呢？"

她感受着从肩上传来的他的体温，一动不动地。海风呼呼地掀起波浪，似乎在同他们争夺脚下的这块领地。余思琴又沉默了一会儿，对他露出害羞的微笑。她拉起路晓北的手，走回岸边。"今天真不好意思，让你这位大忙人，陪我吹海风……"她含糊其辞地回答道。

路晓北无奈地摇了摇头，女人，就是这么不可理喻，她们想什么，或是要干什么，让人总是无法把握。既然她有许多事都不想说，那么就不要说。他陪她在石凳上坐下。他把鞋子脱下来，鞋里的水把面前的水泥地弄湿了一大片。洁白的袜子上沾了不少海砂，他脱下来，把它丢在旁边的草地上，然后，冲着黑夜嘿嘿地笑了起来。

"你笑什么呢？"余思琴不解地望着他。

"这真是一件好玩的事情——请不要介意我这么说，"他努力不让她误会，紧接着说道，"今天我拒绝了所有人的宴请，只想安静地度过周末，结果，你一个电话，我就跟着你跑了这么远，然后，跟着你下了海——我常常以为自己是个很有原则的男人，但现在，我发觉，我平常坚守的所谓原则，在今晚都被破坏掉了。"路晓北没有把所有的事情都说出来，不是他信不过她，而是有许多事情，不方便让别人知道。商海如战海，谁能知道自己不会被暗算，被弄得头破血流以至死去活来？

"你不要误会，我找你出来，并没有别的意思——"余思琴赶忙说道，但路晓北却阻止了她："你没有明白，我刚才的话。今天晚上，我突然明白了许多，以前我从没有想过的事情，今晚

174

也都一股脑地涌来了，好像突然醍醐灌顶了一般，许多事情都明白了。其实，就是这么回事，我们明白了自己，就明白了整个世界。"他告诉她，他小时候就有一个梦想，用自己的双手建造出令人羡慕有魅力的房子，但长大后，他发现所谓的魅力逐渐被富丽堂皇与大而无当所替代。他的梦想发生了改变，他变得现实了许多，"只要人们都能够住进我设计的房子里，不也是我的成就么？"他这样想着。但是，当越来越多的情侣因房子而走到尽头，越来越多的恩爱夫妻本应该享受美好而浪漫的年华，却不得不为了房子而省吃俭用，甚至一生从来都没有制订出外出旅游的计划，他发现，他的房子大部分都在空着，寂寞地孤独地空着，即便被装修得富丽堂皇，仍然只是空着。

海风吹过，吹在身上，凉凉的，很是舒服。她把头靠在他的肩上，身子若有若无地贴着他，虽然隔着衣服，但是，他仍然能感到她纤细腰肢上传来的丰腴柔软。过了一会儿，他猛然说道："好了，你把我叫出来了，晚饭你要负责，现在我饿了，快说，要请我吃什么！"

她先是一愣，接着便笑了："饿不着你，放心好了！"她接过他递给她的鞋子，套在脚上，两人向车子走去。

第二十二章　年轻的追梦者

与余思琴分别后，路晓北一个人坐在沙发里，用遥控器对着电视无聊地转换着频道。房间内冰冷、空荡、寂静。他不时地盯着放在茶几上的手机看，希望会有人来打破这种寂静，然而，他却又打心底里反感那无休止的宴请。从赵长盛告诉他，他将要荣升项目经理时，仅一天时间，打来邀请他吃饭的电话不下于二十通。他没有答应任何一个人。此刻，房间内只有他一个人，空空荡荡的。他突然意识到，每个人穷其一生所追求的房子，到头来不过是一个孤独的空匣子，只不过，有的匣子大些，有的小些。

他的眼睛盯着那无聊的电视节目，希望能够从中得到瞬间的乐趣。失望是肯定的事情。无论是那些故意装嗲卖萌的搞笑类节目，还是那些狗血的电视剧，抑或是情节东拼西凑却四不像的所谓的电影大片，在他看来，不过都是扼杀创意的垃圾。有时，他会想到潘雅洁，她能够坐在电视机前，看上很长一段时间，甚至眼泪也能随着剧情不停地往下流。每到这时，他总是会嘲笑她，看那么弱智的电视剧也能流泪，真的是更加弱智了。但当他想让自己也"弱智"一些时，他却发现，自己没有办法做到。

当然，他完全可以走出去，不必在他的"匣子"里，像一具尸体那样一动不动，面对冷冰冰的四壁。他可以到外面去走走，到静怡咖啡馆坐坐，同那位年轻漂亮的美女，聊聊他的孤独，或者静静地听她描述她的梦想。前天中午"误入"咖啡馆，他相信是老天的安排。在那里，他待了有三个多小时，这完全超出了他的想象。他不得不承认，那位漂亮的老板娘，似乎有一种魔力，一种让人为之沉迷的魔力。最后的离开，他下了多大的决心啊！从桌子旁走向那扇木门，每挪一步，他的内心深处都发出一声尖叫。不得不说，那张漂亮的脸颊，像一块橡胶，已将他的心紧紧地粘住了。她说，来我喝咖啡的人，都把我当成知心姐姐，你也可以。但他会么？虽同是生于八十年代，但她的年龄明显的小于自己呵。当然，如果他愿意，他也可以将自己的午餐，安排在她的店里，像那些年轻的上班族一样，用点心与咖啡应付。只是，他害怕自己的心脏承受不了，害怕他每饮一杯咖啡，都是饮下了一种慢性毒药，慢慢地，他会完全地沉迷于这位漂亮的女人。

手机突然发出"滴滴"的声音，有新短信。他拿过手机，正是那位漂亮的徐静怡发过来的。

尊贵的晓北友人：

感谢你日前光临静怡咖啡馆。今晚八点钟，我咖啡馆将举办一场诗歌朗诵会。这是一次年轻人的聚会。这个夜晚也将因此而充满诗意。诚邀你的参与，今晚，我们不见不散哟！

静 怡

这条短信就像一根导火索，将路晓北心底想走出去的欲望燃烧起来。

路晓北没有回复短信。他不愿使自己看起来有些迫不及待似的。他起身，走进洗手间，用半个小时的时间收拾了一下自己。镜子里，他的面容像平时他呈现给别人的一样，自信而充满魅力。他满意地走出房间，在花园小道上，不断地调整步伐，让自己慢些，再慢些。但花园小道尽头，咖啡馆里叫嚷的声音依稀可辨，对他来说，那声音充满了魔力，让他的脚步不自觉地一次次加快。

　　静怡咖啡馆不同于许多别的店铺，争相在最显眼的位置开放。它坐落在花园小区的最深处，用自己独特的风格吸引着客人。刚见到它时，路晓北还曾怀疑过，它能够持续多长时间。但昨天中午，他在那里度过了温馨而又欢愉的三个小时。那是在任何一家店里都未曾拥有的感觉。他很喜欢那种感觉，在深圳这个处处是厚重的混凝土墙壁的城市，他喜欢那里的木质构造，喜欢那里陈旧的物件，喜欢那里的一切。

　　当他在咖啡馆前停下时，他惊奇地发现小路的尽头竖着一块大牌子，上面写着：慢——让我们在咖啡的浓香中享受时光。这真是一个绝妙的创意。他常常在项目会议上说，我们要有自己的创意。我们要让我们的每一栋房子都与众不同。但在这里，他看到了创意与生活绝佳的结合点，这是他策划团队寻觅许久的灵感。怀着一种寻到宝的兴奋，路晓北绕过那个用毛笔字写的牌子，径直朝大门走去。大门虚掩着，从中不时传出掌声。活动已经开始了。路晓北知道，时光不会因任何人而停止。

　　他推开木门走了进去。房间内的木桌子拼在了一起，成为一张长长的会议桌，桌子两旁，坐满了人。路晓北惊奇地发现，这间只有三十多平方米的小屋，容纳下二十余人，竟也宽宽绰绰。

　　拼凑的长木桌正处在屋子的正中央。木桌的一头靠近柜台，留有两三平方米的空间。那里支着一支麦克风，朗诵时，朗诵者站在那里，面向木桌两侧的听众。有一个戴着帽子的青年拿着一台相机，不停地按着快门，好像要把这欢乐的时光牢牢地捕捉着一样。路晓北走进屋来，徐静怡微笑着安静地把他引到一个空位子上坐下，然后，为他端上了一杯浓香四溢的咖啡。

　　作家正在发表他的演说。那是一个瘦瘦高高的男人，一头自然的卷发让他看起来，更具有作家的风范。他不时地用手扶正眼镜，路晓北很快便被他清脆纯洁的话语打动了，他仔细地聆听着他说的每一句话，那些话，句句抵达他的内心深处。

"许多人都知道，在我们这个快速发展的时代提倡慢是不合时宜的。因为时代的发展，要求我们每个人快速行动起来。要快速地学习和接受新鲜事物，要快速地工作和创造，我们要讲求效率，创造财富，过上优裕的生活。

"我们研究慢，并不是否定快的作用，而是正确看待慢与快的关系与它们相互之间的作用。

"让我们快速生活的有两个对象，一个是别人，一个是自己。

"别人是一个庞大的集体，我们说，大家都那么争先恐后，别人都那么争分夺秒，你自己慢了，只配穿别人淘汰的衣服，吃别人的残茶剩饭，用别人不用的东西，你跟不上时代了，你就会处在社会的最底层，被人瞧不起。傻瓜也不想过这样的生活。我们会认为，能够快速行动的，往往占尽先机，获得更多。

"自己是一个孤单的个体，我们会感到自己非常忙，要做的事情有许多，即使有四条腿，像牛马一样，有许多只手，像蜜蜂一样，也会有做不过来的一些事情。在我们休息的时间，思考的时间，那时候我们就会想，我这样生活，究竟是为了什么呢？

"为了什么，其实我们是非常清楚的。我们是为了生活得更好，生活得更多。然而我们生活得真正好吗？我们的生活被工作，被赚钱的事儿占去了许多。我们还没有来得及思考人生，享受自己真正想享受的生活，我们就变老了。当我们老了我们也许会发现，其实，我们慢着去生活，或许可以获得更多……"

屋内一片寂静，显然，作家开了一个很好的头，将大家的思绪都引向了他想要的方向。徐静怡也安静地坐着，以至于忘了给大家续上咖啡。直到掌声响起，作家从上面下来，走到位子上坐下，另一个有些谢顶的年轻人走上去，她才从恍惚中醒悟过来，嘿嘿地笑了两声，一溜烟地跑到柜台后面，开始不停地煮咖啡。

人，一个接着一个，走上去，朗诵自己的作品，下来。掌声响起。歪戴着帽子的摄像师不停地按着快门。路晓北的耳朵里，时而是慷慨激昂，时而是低沉舒缓；时而是清脆的鸟鸣，时而是沙哑的厚重。不同的声音里包含不同的人生感悟。他在这些人的感悟之中，思绪也像梦幻似的飘来飘去。像一位诗人那样，他的脑海里浮现出这些句子：

我摧毁了整个世界
摧毁了你的爱、炉灶与空中的家
我默不作声，由面庞担负沟通
我把我的语言授予时光
我的热情，我的焦躁
在落日的时刻才具备意义

房内无人进来
我的幸福在杯盖的一侧
东倒西歪
窗外，一声蝉鸣
惊醒书中沉睡百年的魂灵
孤独在此刻，被拉得
老长，老长——

　　路晓北自然不会将这些句子念出来。他是一个内向的男人，不会轻易表达他的看法。当然，工作中的事情除外。在生活中，他是一个沉默的人，他常说，沉默才能有助于思考。这话是对潘雅洁说的，与潘雅洁在一起的时候，他常常把自己深埋于一本书中。他阅读的书籍很多也很杂，但大部分都是国外引进的。他说，国内的图书，由于受体制所限，总是不能让人酣畅地读完。不可否认，这与作者也有很大的关系，很多人总无法突破一些框架的限制。
　　这个晚上，他只是充当一名听众。在每一个人的诗歌及朗诵中，他思考着别人的感悟。然而，欢快的时光总是很快过去。不知不觉，已经是夜里十一点了。人员陆陆续续地离开，每一个人都同作家握手，告别，相互道珍重祝福的话。路晓北依旧坐在位子上，没有走。在为他添加咖啡的时候，徐静悄悄地让他留下一会儿。

"晓北，"她操着好听的普通话说，"我还没有介绍作家给你认识呢。我相信，你们一定会很高兴认识对方。"

作家把所有的人都送走之后，重又返回了咖啡馆内。不得不说，这是一次很成功的活动，每个人都在与别人的交谈中，有了新的收获，对生活、工作中快与慢也有了全新的认识与感悟。路晓北参加过各种各样的座谈会、交流会，但像这样的诗歌朗诵会他还是第一次参与。成本不高，所有的消费每人平摊，也就是几十块钱，但收获却能令人受益一生。从整场活动下来，路晓北看出，这次活动的策划显然是作家所为。作为一个项目团队的负责人，他知道人才的重要性，因此，也有些迫不及待地想认识一下这位人才了。

"今晚，你辛苦了。"好像是在自己的家里一样，作家走到柜台里面，从冰柜里拿出一支啤酒，边喝边对漂亮的老板娘说。

"看你说的什么话。"徐静怡高兴地回答，"我这个小店还不是多亏了你们这些人的关照。"她把长桌上的咖啡杯用一个大的塑胶框收起来。路晓北这才发现，这么多人，这整个晚上，却没有一个人在咖啡馆内抽烟。老板娘也因此不用像别的店员那样，收拾客人吸剩的难闻的烟屁股。待作家把一支啤酒喝下去大半，老板娘也迅速地将咖啡杯收拾完毕，放在了柜台里面。"我要介绍你们两人认识，你们都不会介意吧？"

"不。这是一件好事情啊。"作家先开口说道。

此时，他们三个人相视而坐，在长桌的一头。路晓北与作家相互打量着对方，然后微笑着相互握手。"请不要介意我的鲁莽。我感觉你们都是非常优秀的人，有必要认识一下对方。这座城市虽说有些冷漠，住在对门的邻居也十有八九相互不认识。但我感觉，同为追梦者，同为新一代的年轻人，我们应该让自己跨过这道坎，伸出双手，去拥抱别人，拥抱社会。这样，我们才不会觉得孤单，无论在任何情况下，我们总会有许多好朋友陪在身边。"老板娘的声音莺莺啼转，在路晓北的心中流转。这一段时间，他生活在一片空茫之中，就好像他的那个梦一样，身陷在泥沼之中大声呼喊，却没有一个人伸出援助之手。而面前的这个女人，却用一种非常甜美柔和的声音将他的空茫填充。路晓北如一个在黑暗中的人，似乎看到了一个全新的出口。

"不，没有。没有那回事儿。你说得很正确，我们的确都需要走出来，不能在自己营造的一个厚厚的茧中生活。我们要走出来，要看到外面精彩的世界，要用心去拥抱人生。"作家显得有些激动，他的声音有些急切，但每一个字都清晰地落进路晓北的耳底。

漂亮年轻的老板娘慢慢地说："那好，让我来为你们做个介绍。"她将一只手掌摊开，指向作家，对路晓北说："作家，姓徐名帆。别被他的外表蒙骗了。他是一个非常有才华有名气的人，是国家级的作家，有多部作品获国家政府奖项。现在，他是我们都市日报的文化副刊主编，还是一名策划师，多次策划了热点文化事件。虽刚刚才三十岁，但绝对是我们同龄人的骄傲。"然后，她又介绍路晓北："路晓北，天风建筑公司的高级工程师。我们市里许多重要的项目都是由他负责完成的。他个人更是被省、市多次评为杰出青年代表，也是一位不可多得的人才。"

"你把我们说得太好了，我们根本都没有那么多的光环。"作家说道。他的话，也正是路晓北想要表达的。路晓北默契地看了一下他，露出赞许的目光。"正如你说的，我们不过是一名追梦者，每个人都走在自己不同的追逐梦想的道路上而已。"路晓北接过作家的话说，他掏出名片，递给作家："这两天刚刚任命，现在是项目经理了。"

"祝贺，祝贺。"作家说着，与他交换了名片。

追梦者，对他们来说，是再合适不过的词。无论是路晓北，还是作家，抑或漂亮的徐静怡，他们之所以仍在合水镇坚守，是因为这里有他们的梦想，有他们最终的目标。其实，对于每一个来这座城市的人来说，又何尝不是呢？只是，有些人在追逐梦想的过程中，迷失了自己，不知道下一步该走向何方，他们渐渐地对这座城市失望，最终选择了离开。而那些仍在这座城市坚守的人，可以说，都像他们一样，在朝着梦想的方向，不断地努力着。

第二十三章　任命正式下达

星期一上午刚过十点钟，李莉走进来通知他十点半到会议室开会。会议的内容李莉没说，只是告诉他会议是由黄总主持的。路晓北知道，如果赵长盛不是同他开玩笑，会议上关于他的任命将会正式公布。若果真如此，他就不需要作什么准备，这几年来，大大小小的会议他也主持过成百上千次，台面上的客套话自然不成问题。

李莉照例收走了他已签署的文件，然后盯着他的保险柜看了几眼，一副欲言又止的样子。路晓北看到了她的表情，问道："还有什么事？"李莉犹豫了一下，小心翼翼地问道："行政服务大厦的文件你都看完了吗？如果你看完了，我把它拿过去存档。"她深吸了一口气，好像突然意识到，其实自己完全没有必要紧张，这才笑了一下，露出两颗可爱的门牙。"上周你休息的时候，赵经理还提到这件事了，问你有没有把文件看完。"她想像朋友那样与他对话，但她发现，无论怎么努力，都无法如愿。

路晓北看了她一眼，没有说话，她的心里如小鹿乱撞一般。行政服务大厦事件，总经理已明确表态，就这样结束无疑是最好的结果，不希望他再深究下去，按道理说，他也完全没有必要再留着这些文件了。只是一想到赵长盛问起这事，他的心里顿时产生出一种厌恶来。他想告诉李莉还没有看完，但转念一想，都是工作上的事情，完全没必要私下斗气，有些事情，自己也该放下了。于是，他告诉李莉，文件已经看完了，现在就可以拿过去存档了。他转身打开密码柜，抱出了那一堆的文件夹，送到了李莉的怀中。

李莉离开了他的办公室。在她轻轻掩上房门时，他的目光飞快地看了一眼她的背影。这是个二十五岁的女孩，身穿亮闪闪的白色连体纱裙，走起路时，臀部曲线毕露。路晓北的脸上闪过一丝苦笑。他们原本是可以成为朋友，可以无话不谈，甚至他可以教会她许多有用的知识，但在公司里，那一定会成为别人议论的焦点，自己虽可以做到问心无愧，但在众口铄金的情况下，于他或者于她，都不是一件好事。每次想到这些，他只好严肃起来，保持着上级与下级的距离。他知道在一个充满人文关怀的公司，是不应该有这种距离的，但显然，天风集团不是这样的公司。

他抬起一只胳膊，用手扶了扶领带，无论等一下的会议内容是什么，他都要保持着精明能干的形象，都要事事讲究。他感到领带与衫衣的扣子在一条直线时，这才放下心来，伸手掏出一支烟，点燃了。如果会议上真的下达了任命，他将是集团公司里最年轻的项目经理，这会让别人嫉妒他的好运。他知道这些想法有点孩子气，可一想到自己的事业又前进了一步，这种感觉真是好极了。但他做了经理，赵长盛又该升任什么职务呢，是否还继续做他的上司？一想到这些未知的事情，路晓北的微笑就消失了。在任何公司里，组织架构都是呈金字塔式的，越往上竞争就越激烈。他从不想伤害任何人，也不想利用任何人来达到自己的目的。他在天风集团所取得的每一点成绩，都与赵长盛存在着极其紧密的联系，甚至可以说，是赵长盛成就了现在的他，他对他抱持的是感恩的心，他不愿他们之间有什么不好的因素存在。

显然，这个好消息来得非常突然，他自己也没有预料到。在天风公司，高级工程师最终一定会晋升为项目经理的，但每一个经理的晋升都经过了相当漫长的过程。就如赵长盛吧，他当高级工程师整整干了八年，最终才如愿荣升的。第二项目部的刘工，至今也干了五年吧，似乎仍然没有晋升的消息。而自己，仅仅才干了不足三年，就被提升，这种感觉像是美梦成真，但更多的却是如坐针毡，好像有不可告人的内幕一般。不过，欣喜的是，他一步步走过来，虽有赵长盛的帮助，但自己的努力大家还是认可的。

　　时间就这么不知不觉地过去了，开会的时间到了。李莉敲门进来通知他开会，路晓北从桌面抓起那本厚厚的记事本，走出了办公室。

　　会议室在同一层楼，穿过办公大厅就是。路晓北走进去时，发现人已到齐了，黄总坐在主位上，放眼过去两旁是一片黑压压的人头。路晓北赶紧走过去，在自己的位子上坐下了。每个人的座位都是按一定次序安排的，他的位子紧挨着赵长盛。只是，待他坐定之后，才发现除了自己项目部的人员之外，第一、二、四项目部的经理、高级工程师及部门主管也都过来了，坐在那里一语不发，面无表情。

　　会议由黄总主持。会议室里黑压压地坐了竟有六十余人。黄总通过麦克风说道："在正式开会之前，我想还是要先介绍几个人给大家认识，虽然，在座的各位来我们集团公司，最少的也有一两年了，但由于工作的原因，不一定认得他们。今天，正好趁这次机会，我向大家介绍一下他们。第一位是集团公司人力资源总监，张天佑先生。"掌声响起时，坐在黄总左边的秃顶男人站了起来。他身体略胖，约五十岁，他站起来的时候用手扶着高度近视镜，以免它从鼻梁上滑下来。他向大家鞠了一躬，在掌声中又坐下了。黄总继续介绍道："第二位是财务总监米雪尔女士。米雪尔是我们从马来西亚高薪聘请的马籍华人，不仅人长得漂亮，普通话说得也很流利。"米雪尔坐在黄总的右边，是一位鼻尖高挺的黄发美女，从她的外表上根本就看不出她的年龄。她也像张天佑那样，向大家鞠了一个躬，然后用普通话问了一句好，才坐下。市场总监刘海波与策划总监许劲，路晓北都认识，他曾与他们打过多次交道。

黄总接着往下说:"集团公司如今所取得的成绩,离不开在座的各位,是你们共同努力的结果。很多时候,虽然是董事会在作决议,但是它离不开你们,离开你们所有的决议都是一纸空文。你们作为集团公司的成员,是公司的骨干,是公司最重要的基石。你们用自己的努力和汗水使公司发展壮大,公司也一定会回报你们的,对于任何一位为公司付出辛苦工作的员工,公司都不会忘记的。上周五,我们召开了董事会会议,决定积极响应国家的号召,投身于西部建设中去。这就是说,我们将会抽调精英分子去组建发展新公司,开拓新领域,也意味着,在座的每一位,都将有更加广阔的发展空间。"

黄总的话音刚落,顿时掌声四起,如潮如雷,他的讲话让每一个人都热血沸腾,不由得在心底暗暗地为自己加了把劲。黄总伸出两手在空中做了个虚压的动作,掌声才渐渐停歇。他往下说道:"大家坐在这里,对今天的会议,我相信许多人都心知肚明,我也就不再耽误时间了。在上周的董事会上,我们通过决议,决定分别投资20亿元人民币在西安及重庆成立分公司,并通过了最新的人事任命,下面,就由人力资源总监张总来宣读任命。"

黄总的讲话完毕后,张天佑向众人点了点头,他打开一份文件,用手扶了扶眼镜,字正腔圆地念道:"现在,我向大家宣读公司的人事任命通知,请念到名字的同事站起来一下,让公司的同事都认识一下。

"根据集团公司发展需要,经董事会会议决定,成立天风西安分公司和天风重庆分公司,并对集团总部现项目部有关负责人进行调整。任命如下:

"任命陈克海为天风西安分公司总经理,全面负责西安分公司的筹备、组建、人员招聘、业务拓展及运营事宜;任命刘秋生为天风西安分公司副总经理,负责西安分公司工程技术事宜,协助总经理开展工作，确保各项工作有序开展。

"任命赵长盛为天风重庆分公司总经理，全面负责重庆分公司的筹备、组建、人员招聘、业务拓展及运营事宜；任命张健为天风重庆分公司副总经理，负责重庆分公司工程技术事宜，协助总经理开展工作，确保各项工作有序开展。

"任命肖建勋为天风集团总公司项目一部经理；

"任命路晓北为天风集团总公司项目三部经理；

"任命麦权胜为天风集团总公司项目二部高级工程师；

"任命谢云为天风集团总公司项目三部高级工程师；

"任命吴海涛为天风集团总公司项目四部高级工程师……"

这次任命一共有十二个人，每一个人都微笑着站起来，向各位同事挥了挥手。张天佑宣读完任命之后，总结道："以上人员任命即日起生效。希望大家各自在新的岗位上尽心尽力，公司一定会记住你们一点一滴的付出的。当然了，分公司刚成立，也需要大量的人手，如有主动请缨，愿同分公司一起发展的，我们也会优先考虑。"

一次任命这么多人，这在公司里还是第一次，每个人似乎都看到了更加光明的前景，在张天佑念完人事任命之后，拼命地鼓起掌来。掌声持续了十五秒左右，还是黄总不住地挥手，才把掌声控制下去。黄总说道："感谢张总为我们传达了人事任命，等一下会议结束后，办公室会将任命书发放到大家手上，各位要在最短的时间内，完成工作交接，到新岗位开展工作。接下来，还有一个短会，请西安及重庆分公司的同事留下，其余的都散了吧。"

路晓北随着人群走出了会议室，刚出门，道贺声便向他涌了过来。会议是在第三项目部召开的，这有点奇怪，像这样的会议，应该放在总部会议室召开，才合乎情理。但不管怎么着，第三项目部的同事，还是第一时间得知了荣任新经理的消息。待别的项目部的同事离开后，策划部的主管黑明走了过来："路工，不，该称为路经理了，祝贺祝贺，恭喜恭喜!"路晓北知道，策划部的这一帮同事，都非常喜欢热闹，无风三尺浪，用来形容他们，是再恰当不过了。于是，他就说道："谢谢了，我的大主管，你看起来不怎么忙呢!""忙，怎么能不忙呢! 不过，天大的事，与我们新领导上任比起来，都是小事。你说，是不是，路经理。""得了吧，我还不知道你。说吧，想怎么庆祝?"路晓北直截了当地问道。"首先，中午这一顿是免不了的……"路晓北赶紧制止了他继续说下去，"还首先呢，你就饶了我吧。这样吧，中午，我们去美味海鲜酒楼，全部同事都去。""好啊，好啊，我们还真有段时间没有去那里吃过了呢!"设计部的同事响应起来。

"现在，不用做事啊! 赶紧做事，忙完手里的工作，我们提前半个小时过去。"路晓北扔下这句话，赶紧离开了。再待下去，说不准又被策划主管给忽悠了。

他刚刚走进办公室，就有人敲门跟着进来，他以为那帮家伙还不肯罢休，又来纠缠他了，脸一沉，准备训斥他们一顿时，却看到是一位漂亮的美女。美女扭动着腰肢走到他的面前，嗲嗲地说道："恭喜你啊，路经理，成为我们集团公司最年轻帅气的经理!"说完，将一纸文件递到他的手中。路晓北看到是任命书，才知道美女是总经理办公室的，连忙说道："谢谢，谢谢。事情太突然了，没有一点准备，改天请大家吃喜糖。""喜糖怎么行? 我要吃巧克力。""好的，一定满足。"

女子扭动着腰肢又去给别人派发任命书了。路晓北关上门，走到办公桌后坐下，仔细地看了一眼任命，内容很简单，与会上宣读的一模一样，只写道:

"兹任命路晓北同志为天风集团总公司第三项目部经理。即日生效。"

落款是天风建筑集团公司，上面还有黄总的签名。也就是说，从现在起，他就不再是路工了，而是路经理了。干了这么多年的工程师，习惯了被人称为路工，这一下子改了，还真有些不习惯。不过，任何事情，都是时间久了，自然就习惯了，当初自己被人称为路工时，不是一样的不习惯吗。这一点他倒不会担心。

他突然想起，应该打个电话给潘雅洁，虽说两人仍处于"冷静期"，但一方有任何事情，都应该知会对方一声，这才是恋爱应该具有的态度。但潘雅洁好像对他的荣升并不怎么感兴趣，只是在电话里轻轻地说了一声，祝贺你，便再也没有了声音。他想继续给她说点别的，但一时又不知道该说些什么，只好说了声你好好保重，挂断了电话。

房间里又恢复了寂静，他点燃了一支烟，打量着这熟悉的房间，他也将离开这里了。工作交接完之后，他将要搬到赵长盛现在的那间办公室去，那里更宽敞些，光线也更好些。他边抽烟边等赵长盛开会归来。今天又是个好天气，阳光从窗口照射进来，夹带着海风，既暖融融的，又不会让人汗流浃背。

赵长盛走了进来，他们在茶几旁的沙发上坐了下来。赵长盛再一次表示他的祝贺："现在，你是天风集团最有前途的人了，要祝贺你呢！"

"天风人才济济，我可不敢这样自誉。"路晓北回答道，"对了，刚才一帮同事还在起哄，闹着中午聚餐，我答应了在美味海鲜酒楼。你有什么意见？"

"路经理，这事儿你做主就行了。放心，中午我一定到场。下午，如果你没有喝醉的话，我再告诉你工作交接的事情。"

以前，只要没有别人在场时，赵长盛都叫他"晓北"，今天却称"经理"，肯定是他对被派到分公司的事情有些不大乐意。一个人在一座城市苦心经营了一二十年，各种人脉、各种资源都在这里，这一下子说走就走，谁又能乐意呢？想到这，路晓北的心里也很不是滋味。

依照平常，中午吃饭大多是不喝酒的，但今天例外。刚到那里，赵长盛就让服务员送上了酒，高度的白酒。筵席开始时，他致祝辞说："路晓北是一位年轻的优秀的领导，很有才干。他凭自己的真才实学，一步步取得了如今的成绩，这是他的荣耀，也是我们项目部集体的光荣。在以后的工作中，我希望大家要像支持我那样，去支持他，呵护他。毕竟，他还年轻，有些地方可能会照顾不周，大家要多体谅他，理解他。别的，我就不多说了，大家举杯，祝愿路经理荣升，祝愿第三项目部在他的带领下，创造出更多更辉煌的成绩！干杯！"

有来就有往，路晓北自然不会忽略今天的另一位主角。待一轮酒喝完，他也举起杯，说道："说到成绩，我很脸红。我的成长离不开大家的关爱，离不开赵经理的提携。别的我也不想多说，也说不好，也只能用酒来表达我的谢意。虽说赵经理要去分公司，但我仍然希望他能够继续关注我们项目部，继续为我们的发展出谋划策。现在，我建议项目部的全体同事，共同举杯，祝愿我们的领头羊大鹏展翅，再创辉煌。"

接下来便是各部门的同事敬酒，一个接一个，周而复始，轮着敬了几遍。有敬路晓北年轻有为的，有敬赵长盛再创辉煌的，一篇一篇的祝酒辞，说得每一个人都心花怒火，热血澎湃，喝起酒来，也是毫不含糊。一杯一杯的酒，每一杯都足有一两，在这个庆祝的时刻，又容不得推脱，只好一次又一次地，一饮而尽。

几轮过后，路晓北就感到有点飘飘然了，他的全身发热，汗不住地从他的背后渗出，酒到了嘴里，也不是辣的而变成甜渍渍的了。他歪斜着身子站起来致答谢辞，舌头却不怎么听他使唤，他结结巴巴地说："感谢……感谢各……位同事的……支持和……厚爱。"一杯酒喝完时，他似乎愈战愈勇，提着酒壶为自己加满，举到了赵长盛面前："我……知道我……的成长离不开……你的关照，我只能……说一声……感谢。千言……万语，尽……在酒中。干杯，我先干……为敬！"说完，脖子一仰，一杯酒又倒入了口中。

散席时，众人相拥着，扶着他与赵长盛，把他们送到了各自的办公室休息。

第二十四章　工作交接

　　从星期二开始，天风建筑公司正式更名为天风建筑集团公司，新任的领导人员与原来的领导进行工作交接。不过，对路晓北来说，其实也没什么好交接的，无非是办公室的钥匙、保险柜的密码等，但他还是拿着记事本，坐在赵长盛面前，听他交代着每一项事务，并认真地在记事本上记录下来。

　　"你也知道，我对你工作的能力从来没有质疑过，"赵长盛认真地说，"只是，与工程师相比，项目经理更着重于管理方面的才能，在这方面，你需要有意识地加强。首先，你要明白，项目经理不是一个技术职位，而是一个管理职位。在遇到问题时，就不能再简单地用'对'或'错'来判定，而需要多角度全方位看待问题，从大局出发，寻找最为妥善的解决方法。说得更准确些，就是要学会让管理思维领先于技术思维。第二点就是你的专业技能。可以毫不夸张地说，你的技能已经是全集团首屈一指的了，但一个项目经理，不能只靠技术来支撑职业需求。除了你的技术能力之外，你还必须在管理技能和社会技能上得到提升。目前来说，你的组织、计划、分析、解决、评估问题及项目实施各方面的能力都表现得不错，但沟通却是你的主要障碍，这一点，你必须要想办法去克服。我知道，你是一个务实型人才，如果是在战争时期，你一定会成为一名优秀的将领。项目经理就是元帅，你需要克服障碍，让自己从将领成为统帅。"

路晓北不住地点头，赵长盛所说，确是他存在的问题。这是一位多好的领导啊，自己即将要离开了，还在为下属的成长着想。这样一个时时处处为下属着想的人，又怎么会处心积虑地害下属呢？想到自己以前对他的怀疑，路晓北不禁感到有些内疚。

路晓北抬起头，赵长盛办公室墙上挂满了大大小小的油画——它们均出于各位著名的画家之手——使这间办公室显得既高贵大方又具有品位。这些画中，既有女子的沉思画，也有静物画；既有装入高档画框的画作，也有露着帆布底子没经过任何装裱的画幅。这些画，是在楼盘开盘时，邀请的一些画家现场作的，据说，每一幅拿出去变成商品，都价值不菲。

"第三是领导能力，这一点说起来很虚，却很实用。"赵长盛继续说道，"领导能力主要体现在如何管理一个团队，如何带领一个团队，如何激励一个团队，如何奖励一个团队等方方面面。作为项目经理，要正确地认识团队的长处与短板，这样，才能够带领团队创造一个又一个新的业绩点。其实，领导一个团队，不是靠手腕，也不是靠权威，而是靠亲和力，一个项目经理，必须要具备良好的人际关系，与项目成员打成一片，没有隔阂。我知道，这对你来说，或许会存在困难，尤其是在人际关系处理上，你似乎不太擅长，不过，你放心，我会尽我最大的努力来帮助你。"

接着，赵长盛点评了第三项目部的骨干成员，他的点评十分到位，一下子就能够让人准确地记住每一位成员。这些人路晓北都很熟悉，都曾在一起经历过多个项目的运作，但第一次听起来，仍感到新奇。赵长盛说："谢云是第三项目部元老级的人物，从组建团队至今，一直兢兢业业，对项目部的任何指令，都会不打折扣地完成，为人也很热情，在同事间拥有较好的口碑，但缺点是，专业技能不强。现在，虽然他被任命为高级工程师，在大的项目审核时，你仍然不能放松，要时刻警惕，以免他作出错误的决定。至于如何提高他的专业技能，那是你以后要做的事情了。策划部主管黑明，这是一个难得的高才生，同你一样，也是刚从大学毕业，就投奔到我们项目部来了。有些时候，你会觉得他是吊儿郎当的，但一旦有任务交给他时，你会发觉，他的答案总会超出你的意料。只是，与别人相比，他的心容易活泛，当有更好的发展时，他会毫不犹豫地选择离开。对于他，你一方面要实施人性化管理，另一方面，要给予他希望，让他看到发展的空间，只有这样，你才能留得住他……"

不得不说，这是一次开诚布公的谈话，更是一次传经授道。路晓北不时地在笔记本上记录着，赵长盛却微笑着制止了他。"这些东西你就不要记了，记在心里就行。"赵长盛的顾虑是很有道理的，如果记录下来，被别人看到了，反倒会影响团队发展。路晓北把笔记本合起来，认真聆听着他的传教。只是，他在心里却不停地想：在赵长盛的归类中，我该是哪种人？

针对每一位骨干成员，做完点评之后，赵长盛继续往下说。路晓北知道，这才是他所要说的重点。

赵长盛说："最后一条，不用我说，我想你也应该知道了，就是与合作伙伴的沟通。一个项目实施得好坏，合作伙伴往往起到关键性的作用。合作伙伴不仅仅指发包商，还有我们的客户。在我的经验中，如果沟通不好，往往会出问题：制定的项目计划，你自己看起来近乎完美，但实际项目实施时，发现不管是客户还是发包商都没有办法配合；项目变更了，实施结束后，客户不承认实施成果，没办法验收；协调工作时，需要客户配合，但他们有抵触的想法，认为项目交给你们做，怎么来由我们实施？没办法推进工作……"

"从种种可能存在的问题来说，沟通是非常重要的，合作伙伴尤其是发包商的选择也很重要，"赵长盛总结道，"不过还好，在我们项目部运作的这么多年以来，已经拥有了一批相当值得信赖的合作伙伴，比如说运发公司，这几年来与我们的合作一直就较愉快。赵运发赵总你已经见过，应该也了解他的办事能力，你是个聪明人，其他的事情，我不用说，你自然就会明白。以后，不管是为了你自己的发展，还是别的，希望你都能够好好地利用这些资源。"

"这是肯定的，赵经理。"路晓北回答道。

"还有一个问题，你也要好好地处理，"赵长盛仔细地盯着他看了一会儿，然后，清清嗓门，用洪亮而清楚的声音说："我的小师妹，那是一个有点任性的女孩，你可要多担当一些啊！"

"我会用心对待她的。"路晓北的语气里充满了无奈的意味。潘雅洁提出了爱情冷静期，现在连见他都不愿意，他还能怎么办呢？

"那行，从今天起，你就是这个办公室的主人了。"赵长盛把一串钥匙放到路晓北手上，"明天开始，我应该不会再来这里了。以后，第三项目部要靠你自己扛起来，我能为你做的也就只有这么多了。"

路晓北没有站起来，他对这位昔日的领导吐露了他的不安："只是，想到这么艰巨的任务，我该从哪儿着手呢？"

"起初，你要以守为攻，我的路经理。你不必急着就作决定。新官上任三把火，那是对熟门熟路的人说的。项目经理，对你来说，还是一个新的职位，你必须要面对这个现实。你首先要把现在进行的项目理顺，把能够分配与使用的人员明确，然后才能够逐步地开展工作。这都需要时间。不过，你也不用太过于担心了，我相信，在适当的时候，黄总也会站出来帮你的。"

路晓北坐在沙发里，在赵长盛专注的目光下，仿佛拾获了往日的自信。尽管他的嘴唇紧闭，但他已明白，他会尽力做到最好，以回报这位恩人。不过，话已至此，他也只能起身，送赵长盛进入电梯。在走出去的时候，路晓北保证说，他会好好地利用赵长盛留给他的那些宝贵的资源。他是一个实在的人，他的承诺远远要高于他自身的利益。赵长盛深信这一点，他也知道他的这些资源，如果在某个环节出了问题，路晓北会在第一时间内通知他，于是他就放心地拍了拍他的肩膀。在电梯门口，他对路晓北说了声再见，便离开了天风集团总部。

路晓北走进自己昔日的办公室。赵长盛上周就已知道了要离开的消息，保险箱里的东西也早就收拾好，并打了包。但路晓北只是昨天在会议上，才正式接到任命。他的许多个人的东西还没有收拾。公司提供的保险箱，除了放一些重要的文件之外，他也放了不少私人的物品，比如香烟，还有他的银行对账单。

收拾物品是一件简单的事情。他让李莉找来了一个大纸箱，全部把物品都收拢进去，只需要几分钟的时间就搞定了，但要把这些物品分门别类地在另一个保险箱内摆好，则花去了他不少的时间。幸喜的是，谢云是从同一个项目部的工程师提拔起来的，尽管职位变了，但主要工作没有太大变化，不需要路晓北用太长的时间去做工作交接，这为他收拾物品节省了不少时间。

接下来的时间对路晓北来说，几乎就是往日重现。应该是在两年前，确切地说，从现在起往前推，是两年九个月廿三天的那个下午，他接到了公司的任命，从工程师变成了高级工程师，也是从那天起，他开始拥有了独立的办公室。那天下午的会议结束之后，路晓北收拾物品，搬入了高级工程师的单独办公室。那时，他的私人物品还非常的少，不过，摆放那些物品同样用去了他不少的时间，因为，这突然而来的好事情打乱了他内心的平静，每摆放一件物品，一会儿之后，他就会发现那件物品摆放的位置不正确，需要重新摆放。

项目经理办公室内的保险箱更大一些，这样，就有充足的空间让他分门别类地把物品摆好。保险箱共有五层，他用三个隔间放重要的文件，一个隔间放香烟以及他的一些私人物品，最下层的隔间里，他放了几件浆洗干净叠得整整齐齐的衬衣，几条领带。有时候，他会在办公室里通宵加班，这些衣服就是用来应付这种情况的。作为项目部的重要成员，他不允许自己穿着隔夜的衣服面对工作。

在收拾这些物品时，有几个电话打进来。昨天下午，总经理办公室已将新的人事任命通知到了发包商及客户，他们是向他祝贺的。其实，在周末的时候，他们已经打过电话了，但那时任命还没有正式下达。这次，他们都是代表公司向他表示祝贺的，他没有失礼，在电话中寒暄了几句，就以忙着交接为由，挂断了电话。与周末一样，他没有答应任何人的宴请。

在收拾完之后，他去了趟总经理办公室。找黄总谈谈是非常有必要的。黄总虽然找他聊过，但并没有说到任命的事情，如今任命已经下达，工作也交接了，也该去领命了。

黄总正在同一个人谈话，路晓北看了一下，是第一项目部新任命的经理肖建勋。不用说，他也是来复命的。路晓北冲他笑了笑，在他身旁坐了下来。

"工作都交接完了？"黄总问他。

路晓北点了点头："赵经理很负责地把每一项工作都作了详细交代，把他办公室的钥匙也交给了我。"

黄总"嗯"了一声，秘书走进来，端了一杯茶给路晓北。黄总看了他们两人一眼，若有所指地说："你们的前一任都很负责，都是非常称职的经理人。但你们要明白，从现在起，他们都已经成为过去式了。我这样说，并不是否认他们的成绩，公司已将他们的努力记录在发展史上。我只想提醒你们，从今天起，你们的团队要靠你们了。你们要形成自己的特色，使团队以你们为核心，首先要做的，就是要遗忘你们的前任。你们都有自己独特的风格，要让这种风格成为团队的灵魂，就不能活在前任的阴影下。"黄总掏出他的烟斗，装上烟，用火柴点燃后，抽了一口后，便转动座椅打开了身后的保险箱，从中取出一条软中华香烟来，放到路晓北面前："这烟你拿去抽吧。"路晓北没有推脱，他道了一声感谢后，便拆开包装，从中拿出一盒，然后又拆开烟盒，取出一支，用打火机点燃了。他知道，肖建勋是不抽烟的，显然，黄总也知道这一点。

"忘了前任，"黄总重复道，"你们才能发挥自己的才能。你们都是经过多次考察的，总部相信你们，你们也要相信自己，尤其是在做决策的时候，更要跟着你们的直觉走。无数的事实证明，一个天才的直觉往往是正确选择的依据。"

但他们是天才吗？路晓北并不这么认为。从坐在身旁的肖建勋凝重的脸色上来看，他也不认为自己是天才。依据自己的直觉做事，每一个人都能够做到，只是，自己的直觉就是正确的吗？一直到将要面对毫无头绪的开始，路晓北感到自己从头到脚都冰凉冰凉的。

肖建勋离开后，黄总让路晓北暂且留下。

"西部分公司一时之间，没那么快能够运作，我们先前派过去的工作人员汇报说，办公地点还没有物色好，因此，赵长盛会继续留在这里几天，"黄总说，"考虑到行政服务大厦事件还没有善后，就让他处理好了，如需办公，你们先委屈一下，在同一个办公室吧。"

"善后？"路晓北有些疑惑了，"我没听赵经理提起过呀！"

"新闻发布你还记得吧？长盛给我说，当时他应承了几个人一些好处，还没有兑现。就趁这个机会，一并解决了吧。本来，这件事应该由你来接手处理的，但考虑到你新上任，许多工作还没有理顺，就只好交给他办了。"

"嗯。"

"到时候，他会把机票以及别的开销之类的票据拿过来，你记在你们项目部账上就行了。钱已经预支给他了，十五万元。你要做好后续跟进，这些人在关键时刻，还是顶得上用的。"

"是的，我会做的。"路晓北说完，走出了黄总的办公室。

第二十五章　漂亮的老板娘

　　下班时，路晓北再次拒绝了一些人的宴请，径自乘坐中巴车，回到了家里。他拒绝邀请的理由没人可以拒绝，下午，台风袭来，一阵紧过一紧，看样子随时都有暴雨降落。他告诉每一个邀请人说，这种天气下，他可不敢怠慢工作。

　　晚饭时，他亲自下厨，简单地烧了个青椒炒蛋，就着面吃了。然后，他坐在沙发里看书，一直到眼睛非常疲劳，才走进洗手间，洗了个澡。做完这些，他以为到了十二点，但一看表，方知十点刚过。他觉得此时就寝尚为时过早，于是，便重新穿上衣服再度外出。然而，外面的风小了，雨却淅淅沥沥地下了起来。下来时他没带雨伞，因而他决定去静怡咖啡馆坐坐。

　　咖啡馆里空荡荡的，只有三四个同他一样打发时间的客人，推开木门，他一眼便看到了年轻漂亮的女老板——徐静怡正独自坐在柜台后，低着头看一本书——并向她走了过去。

　　徐静怡很入神，她沉陷于那本书所构造的世界之内，当她想起自己还在店内，终于抬起头发现自己面前站着人，并认出那是路晓北后，便略带欣喜地说："啊！"

　　她赶紧把手中的书放下，想站起来和路晓北寒暄一番。

　　"没有打搅你吧？"

　　"没有……请坐。"

　　此时的徐静怡与前两天所见的迥然不同。不知是因为灯光，还是她感觉有些不好意思，只见她双颊红润，一种娇羞的样子，让人为之心神荡漾。

"要喝点什么，咖啡？"

"算了，这个时间可不敢喝那东西，除非是晚上不想睡觉了。喔，来杯冰红茶吧。"

徐静怡恬然一笑，说："我这里可是咖啡馆呢。你竟然来这里喝茶！"

"咖啡馆不卖茶？"

"别家卖。本店不提供。"

"那就算了。给我来杯白开水吧。"

"不过，"徐静怡又恢复了她调皮的样子，"本姑娘这会儿有空，也难得迎到你这位贵客，可以亲自煮茶给你。"

"那怎么敢当！"路晓北被她的话逗笑了。

"那没啥。"

说完，徐静怡从柜台下拿出一套精美的茶具，她熟练地接水、烧水、洗杯、放茶叶，不一会儿，一杯冒着热气的香茶递到了路晓北的面前。

路晓北美滋滋地呷了一口，然后，颇感舒心地两眼含笑说："这真是好茶哇。如果我没有猜错，一定是武夷山的大红袍。"

徐静怡眉开颜笑，朱唇又启："你还真识货。不瞒你说，这可是本姑娘珍藏的极品大红袍，一般人没这口福呢！"

路晓北呵呵地笑了，说："今晚我真是好运呢！不仅喝到了好茶，还有美女相伴。人生在世，夫复何求！"

徐静怡眼见他这副神态，感到他似乎有许多话要说。想起这几次见他，他都是单人一身，不由得好奇地问："怎么每次看到你，都是一个人，你女朋友呢？"

"如果说我没有女朋友，你相信吗？"

徐静怡摇了摇头。

"唉，实在是……我都不好意思说出口，我女朋友——她把我甩了。"路晓北十分忧郁地说，"这几天你总能见到我，实在是因为我没地方可去，无聊得很。"

"这怎么可能?"徐静怡瞪大双眼，表示出不相信，"你这么优秀，什么样的女人会把你甩了?"

路晓北住在这个高档小区里，而她，如果不是要在这里开店，是断然不会租住这里的。这里的房租贵得吓人。作为一个年轻而又有才华的男人，被女人甩了，这的确是不可思议的事情。徐静怡猜想，像这样的单身男人，身旁的美女一定是数不胜数。

"不可能的事情，往往发生的几率极高，"路晓北说，这个时候他已经不再忧郁了。对他来说，现在内心已经足够强大，他能够及时地调整自己，往好的一面去看待。"比如过马路扶老太太，这本是一件好事，却有人为此而倾家荡产。"

"你说的看起来无可辩驳，不过，还是没有说，你女朋友为何会离开你。"徐静怡这时又露出了她惯有的调皮表情，"一定是你在外面花天酒地了吧?"

"如果我是那样的男人，也就不会感到无聊了，"路晓北如实地把潘雅洁离开的事情说了一遍。"我告诉你这些，并不是因为你是美女，就故意在你面前装可怜，讨取你的同情。我想不妨干干脆脆地对你说，我觉得我们之间比较投缘，与你谈话时，不会感到有任何的拘束，或不自然，我总觉得我们像认识了许久。"

徐静怡没想到这位身材高大、五官英俊、仪表堂堂的青年才俊，居然会对自己有这种感觉，她的心一下子有如小鹿乱撞，不知道怎么回答了。一杯热茶下去，她才压制着内心的慌乱，说："那么，你打算就这样和你女朋友分手了?"

"那倒不会，"路晓北笃定地说，"我这个人就是这样，在某些事情上是绝不会认输的，比如事业，比如爱情。为了这些，我愿意拿我所有的东西去交换。"

"你这个人哪，"徐静怡说，"你怎么就不明白，你女朋友离开你，就是因为这二者之间已经有了冲突。其实，对女人来说，她时时刻刻都希望男朋友能始终把自己放在第一位，而不是要求他在事业上取得多大的成就。当然，我也知道，对于男人来说，事业永远是首位的。那么矛盾就来了……唉，跟你说这些事情，我是不是有些班门弄斧了？"

"不会，我当然不会这么想，"路晓北郑重其事地答道："我也知道，有些时候，爱情与事业会产生矛盾，并且我也深陷这矛盾之中。刚开始，我曾因此而失魂落魄，每日下班后，就满屋寻找，期冀她会突然出现。待我确定房间丝毫没有她的影子，我就拿起酒瓶，以酒精来麻醉自己。但我一直在想，有没有可能，存在着一种方法，能够完好地解决这个矛盾？古人说，鱼与熊掌不可得兼。但我也认识一些人，一心二用的本领极其高超，在事业上，他们也能够在不同的领域取得令人瞩目的成就。你现在心里一定会认为我是个痴心狂想之人，我也明白自己并非那种聪慧之人，但我想，只要我们付出了，上帝一定不会亏待我们的。我与雅洁之间现在处于爱情冷静期，这也并非不可能再重新走到一起。我对此抱有极大的期待。而且，我从心里爱着她，我不会允许自己轻易放手——这样经不起考验的男人，也不会有女人喜欢。我想，只要两人今后不断加深理解，互相支持就行了。而现在，我还没有表现出我应有的衷恳与请求，所以，我并不会因此而放手，让自己成为一个自怨自艾的男人。"

"可是，你有没有想过，"徐静怡说，"如果到头她仍不愿回到你身边呢？"

路晓北缩缩脖子，双手作了个无可奈何的动作，苦笑道："那只能是醒来后发现梦碎了，但现在，我却非常乐意陷于这种梦境之中。"

"嗯，如果事情真到了那种程度，我想这只能说明，你们还不是真正的属于彼此。我也相信，你之所以这样坚持，而不改变主意，是对你们这份感情充满信任。"

"是的，毕竟在一起，这么多年了。"

"不过，有时候梦碎了，也未必是坏事，"徐静怡说。她说这句话的时候，神情是认真的，但紧接着，她却紧闭了嘴巴。刚才烧的那壶水泡了几次茶之后已经用完，她把水壶放到饮水机下面，眼睛直盯着它，似乎有意在躲避路晓北的目光。

路晓北什么话也没说，他不知道该如何回答为好。徐静怡这句话有些突然，有些让人摸不着头脑。这时，徐静怡已经把水烧上了，她用一块抹布，开始擦留在柜台上的水渍。她边擦边补充道："梦碎了是好事，我这样认为，你一定在想，这个女人精神不正常，是吧？"

"万不可有此想法，"路晓北赶紧摇手说。但紧接着，他突然笑了，"好吧，我承认有那么一瞬间，我是有这种想法。不过，那是针对别人才有的感觉。你是一个理性的女人，你知道自己所追求为何物。对于一个女人来讲，再没有比你这种偏居一隅，做自己喜欢的事情，更令人幸福的了。我也必须要承认，对你的这句话，我持有怀疑，但我认为无论我怎么想，并不重要，关键是你怎么看待自己。即便是再要好的朋友，也有观点不一致的时候，我想你一定会用事实来说服我的，对吧？"

"是的，但有些事情说来话长啊。"

"这个不用担心，现在，我有的是时间。"路晓北郑重其事地说。

"我有没有告诉过你，以前我的专业是服装设计？"徐静怡说，她看到路晓北摇摇头，接着往下说，"我在大学的专业学的就是服装设计，毕业后来到了这里的一家服装公司，做了一名设计师。刚开始的前两年，我一心扑在工作上，工作与生活都很充实。"

"这我相信，"路晓北说，"每一个人来这里，都会如此的。不是有句话这样说吗，我工作，所以我快乐。"

"嗯。设计师的工作时间是自由的，公司并不要求我们每天坐班，只要按期完成所分配的任务即可。但我着实没有地方可去，我每天都会按时上下班，在办公桌上修改我的设计图。时间久了我发现，办公室内还有另一个人，与我一样。刚开始，我以为他也是刚到这座城市，无处可去的，不由得对他产生了一种惺惺相惜的感觉。"

"坠入爱河了？"

"是的，不过，这是半年之后的事情。起初，我们并没有往来，每次目光相遇时，只是互相微笑了事，谁也没有往那方面想。半年后，我设计的一套系列内衣，在公司举办的全国巡回内衣展中独占鳌头，我的构思和设计都得到了老总的青睐。但矛盾也随之而来了。那些平日里不怎么来办公室的设计员们，全都按时上下班了，并且，我发现他们常在一起，小声地议论着什么，而每次见到我，总是立即终止他们的讨论。凭女人的直觉，我知道，他们一定是在议论我，说我的成功并非是依靠能力，而是凭着面容与身段……"

"任何公司都有这种长舌妇，可以理解。"路晓北安慰她说。

"那么，你一定了解我当时的心情，是吧？那段时间，我感觉到天都是灰的。不用说，你知道这时有人给我关怀是多么重要的事情。一天下午快下班时，他走到我面前，约我晚上出去，说是我取得了如此成绩，需要一场庆祝。想想，在那种情况下，我怎么能拒绝这种善意的邀请！我答应了他。那天晚上，我们泡吧一直到深夜。"

"不用说，他一定是个非常温柔的男人。"

"可以这么说。也正是因为他这该死的温柔，才令我丧失心智，鬼迷神窍地喜欢上他。"

"这话怎么讲？"

这个时候，水烧开了，水壶发出尖啸的呼声。徐静怡把它拿下来，往紫砂壶里注入热水，不一会儿，茶叶再一次在水里浮出来，露出清晰的纹路。接着，她把茶漏放在紫砂壶上面，然后，把暗红色的茶水倒进杯子里，端到路晓北面前。

"我们交往一年后就登记结婚了，你一定会笑我心急，那无所谓，"徐静怡满不在乎地说，"我们现在的婚姻，大多都是身不由己的，很少会因为爱情而主动选择结婚的。但那段时间，我确实如同做了一个美梦，每天都生活在他的甜言蜜语里。可婚后，他本来的面目就露出来了，不仅好吃懒做，脾气暴躁，动不动还对我拳脚相加。这时，我才想起，我对他的底细竟毫不知情。我找人对他做了个调查，结果大出我的意料：他竟然已经有过几次婚姻，而每次维持的时间都不长。我感觉自己受到了欺骗，主动与他摊牌，并要求离婚，可他死活都不同意。"

"后来呢?"

"醒来后，发现梦碎了。又过了一年，我又设计出了一套产品，我认为这系列的产品一定会在市场上掀起热潮，可没想到，就在我向公司交我的设计图稿时，却发现我所有的设计稿都不见了，电脑也不翼而飞。没过几天，我设计的产品就生产出来了，我这才知道，他竟然偷去了我的设计，并因此获得了丰厚的奖励！我的天一下子变得黑暗了。你能想象，我受到了多大的打击呀！我想向公司揭发他，可他厚颜无耻地说，我嫁给他了，所有的一切就都是他的了。"

"这样的男人的确可恨。"

"除此之外，他更加变本加厉，要控制我的一切。我去参加同学聚会，他不准许；我父母来这里看我，他每天给他们脸色看，还骂骂咧咧的；家里所有的事情都要我做，我却不准过问他的任何事情。有人说，家庭就是一个竞争激烈的小社会，我更加认为，它是一个地狱！"

路晓北没有说话，他轻轻地端起茶杯，却没有心思把它饮下。他觉得有一种无形的东西在扼着他的脖子，让他喘不过气来。过了一会儿，他又将茶杯放下，沉重地叹息了一声。

"我从来都没有想到，你会有如此的遭遇。"

徐静怡反倒笑了，似乎这些事情都是发生在别人的身上，而她只不过是个叙述者，旁观者。她说："所以我说，梦碎了，未必是件坏事。对于我来说，婚姻破裂，反而是一种解脱。"

"可你不是说，他不同意离婚吗？"

"这多亏了我一个同学帮忙。我这位同学是学法律的，在一所律师事务所里工作。他把发生的所有事情整理成材料，并收集了不少证据，老天，我也不知道他那些证据是从哪里收集到的。之后，他提请了法庭裁决，我们就这样分道扬镳了。"

"然后，你就开了这家咖啡馆？"

"没那么快。我又在那家公司里待了几年——公司知道了发生在我身上的事情，就辞退了他，公司不允许有偷别人创意的事情存在。公司提出对我补偿，可这时，我的心已经死了，之所以还在那里继续待下去，是我手里的钱还不够用。等我存够了开这家咖啡馆的钱，就离开那里，过来开了这家咖啡馆。"

"做自己喜欢的事情，现在你会感觉到更加充实。"

徐静怡薄薄的嘴唇上现出了自嘲的笑意："我现在也只能让自己在忙碌中感受充实了。不过，这两年，读了不少书，经过了不少人事，对一些事情的看法有所改观，这倒是真的。我们每个人在做着不同色彩的梦，可有些梦，只有经历过疼痛之后，才发现那只能是梦。我这是对你自曝家丑，你可不能嘲笑我啊。"

"哪里话。"路晓北坦率地回答说。

第二十六章　生命的叹惜

就在这时，路晓北的手机突然间响起来，他刚刚摁下接听键，一个男人的声音咆哮而来："你这个家伙，现在哪里，我敲了你半天门，也没人应！"

电话那头的男人是王威，路晓北这才想起，下午与王威通电话时，两人曾约定了晚上见面，他连忙赔礼道："我在楼下的静怡咖啡馆里，你到这里来吧，我请你喝咖啡，"接着，他嘿嘿地笑了笑，"真不好意思，老同学，我竟然把这件事给忘记了。"

两人约定晚上见面，一来是路晓北想找个人聊聊。从上周得到自己将被任命为项目经理的消息，到现在他都如在梦里。对他来说，这一切来得太过突然。他偏执地认为，行政服务大厦事件一定会给他带来不利的影响，公司虽说正在用人之际，但自己仍不应该被晋升。这是一种可怕的执拗，与社会上所说的固执不同，一旦认定，便至死不变。他的这种性格在孩童时代就已形成，可是他自己尚未觉察。所以，他急需向老同学倾诉。二来，前两天托老同学办的事情，现在有了消息，他想当面听他说，也好打发这无聊的夜晚。

"你个狗日的！"王威在电话中骂了一声，挂断了电话。路晓北不好意思地抓了抓头，好像老同学就在他面前似的。不过，他知道，无论他做了什么样的事情，王威都会原谅他的。用王威自己的话说："这辈子你这个朋友交定了。"

但城市却总在不经意间将亲密的人隔开。路晓北与王威，就被这座城市隔得远远的。他们见面的次数，还没有他去赵长盛家吃饭的次数多。赵长盛的爱人有一双灵巧的手，同样的饭菜，她总能烧出不同的味道来。她是一个充满热情的女人，对待路晓北就像是亲人一般，每逢节假日，总是催促丈夫打电话给路晓北，邀他来家里吃饭。在没有同潘雅洁恋爱之前，路晓北有许多个周末，是在赵长盛家里吃的晚饭。

　　几分钟后，王威过来了，嘴里还骂骂咧咧的。路晓北呵呵一笑，对此并不介意。遥想读书时光，他们同一班级，又是室友，只要有一人不想进课堂了，另一位必定会帮他在课堂上应到，以应付老师的点名。当然，不去课堂的大多是王威，与女友花前月下，筹划女友的生日，给女友买礼物，如此这般，不一而足，都是他不去上课的理由。况且，他本人又是一位花心大少，经常变换女友，这些理由也理所当然地周而复始，轮番使用。但路晓北也有不去课堂的时候。他喜欢建筑学，总希望课堂上只上此一门学科。所以，每到他头疼的古代哲学时，总要溜进图书馆，在建筑学的世界里畅游。每到这个时候，王威就不得不硬着头皮，到课堂里帮他应到。要知道在他们读书时，交友已占据了读书目的的大部分比例，四年下来，虽有数百位同学，但真正能够成为朋友的，也就是寥寥不多的几位，他们自然更加珍惜这份宝贵的情谊了。然而，现实是无奈的。毕业后在聚会这件事上，他们常常是心有余而力不足。就是两个人约好了要聚聚，也常常会因突发事情而不得不终止。王威在市刑侦中队任副队长，这令所有的同学都感到不解，偶有机会聚在一起，问他缘何走上这条道路，他总是嘿嘿一笑："人的命，天注定。"大有听天由命的意味。只有路晓北知道，他绝不是这种人。

　　下午，王威打来电话，说查清楚了余思琴弟弟的事情。路晓北是个心里存不了疑惑的人，遇到问题，他总是要想办法弄清楚。前几天与余思琴相聚时，她的忧郁伤心，让他对她充满了好奇。他就托了老同学帮忙查探一下事情的来龙去脉。

路晓北起身，与他握手，向他介绍年轻貌美的老板娘。他们在靠窗的一张桌子旁坐下。王威伸手向他讨烟抽，路晓北把烟递给他，"不满"地说："你自己有公费的烟抽，怎么还老是要我的呢！"

"狗日的，你能放我鸽子，我就不能抽你一支烟了？再说了，你买的烟，抽起来更香，老子解气！"王威一脸痞相，一副"我乐意，你爱咋地咋地"的神情。

徐静怡新换了茶叶，泡好后倒在两个大杯子里，给他们端来，自然又得到了王威的称赞。之后，她便退回到柜台后面，沉浸于那本书的世界中。窗外，雨突然间大了，豆大的雨点打在窗玻璃上，发出"啪啪啪"的响声。从下午开始，风就一阵紧过一阵，空气阴沉得如亏损企业老板的脸，到了这时，总算把云朵聚拢在了一起，挤压着它们，形成了一束束水线，沿着窗玻璃，沿着钢筋水泥，顺流而下，不一会儿，在地上就汇成了一条小溪，哗哗地流淌着。

怀旧的老歌，让这个晚上又徒增了一丝忧伤。这次台风，眼看着就要跃过这座城市了，下午却突然转向，夹带着一场暴雨来临了。行政服务大厦事件的阴影还没有散去，遇到雨，路晓北心里便忐忑不安。听天气预报说，今年还将有三次台风席卷这座城市，那意味着他的灵魂还要三次经受暴雨的洗礼。这是多么讽刺的事情呀，一位建筑专业人员，不为他的产品能否卖出去而担心，反倒因能否经受得住风雨而坐立不安。以前，在充满志向选择这个行业时，哪里会想到会有这样的情况呢？

王威带来的，是一个让人难过的消息。王威，他最要好的同学，在这个城市里，唯一可以不抱有任何目的，可以敞开心扉倾诉的对象，正一脸疲惫地坐在他的面前。公务员、法官、警察，在许多人眼里，是多么轻闲的美差，但在现实面前，骚动的心绪和永不满足的欲望与日俱增，谁也脱离不了，脸上时常流露的，便是这种疲于应付的表情。王威也没有例外。对现实抗议是无效的。他们都深知这一点。他们都静静地坐着，面前的杯子里，咖啡的香味弥漫开来，整个房间内都是一种浓郁的醇香。谁都没有先开口说话，他们都在静静地享受着这一刻，似乎这种安静比任何财富更加难得。

王威点燃一支烟，开始向老同学汇报情况。他说话时，其言滔滔，犹如天花乱坠，彰显了他在现实职位上的如鱼得水。他说："男孩的名字叫余晓北，二十八岁，大学读的是电子工程技术，毕业后来到这座城市的一家高新技术企业任工程师，主要负责产品芯片的开发。"在他的叙述中，路晓北看到了一位优秀青年，站在了他的面前。"他是一个务实的人，不大喜欢说话，但专业上的能力，整个公司里鲜有人能及。在他们研发团队的苦心钻研下，一种能够迅速占领市场的全新的智能电子产品研发出来了，但就在产品试产时，却发生了一件谁都想不到的事情：另一家竞争企业率先推出了该款产品，不仅模式一样，就连核心参数都完全一样。不用说，这是有人盗取了研发成果，倒卖给了竞争对手。接触这项产品研发的人员本就不多，除了他之外，其余的技术人员都是公司的元老级人物，他就理所当然地成为了首个怀疑对象。公安对这件事情介入了调查，对他进行了两天两夜的盘问。他在公司里的地位一下子滑到了最低，无论走到哪里，都有人在他背后指指点点，最令他受不了的是，他被拒绝再接触任何产品。在没人信任他而他又无人倾诉的情况下，他最终选择了一条不归路，投海自杀了。在他的遗书里，只留下一句话：'惟有这片清净的海域，能够完全容纳我。'当然，最后也证实了确实不是他所为，公司也赔偿了他的家人一笔钱，但一个年轻的生命也就这样消失了。"

说到最后，王威也掩饰不住对这个年轻生命的叹惜，语气略显低沉。接下来的很长时间，他们都没有说话。任何一颗善良的心，都会为这个年轻人而惋惜。他们都明白这个年轻人选择大海作为归宿的原因，那是因为那里还保留着最后的一方纯净。他是希望自己能够干干净净地离开，他是在用自己的行动，在向这个污浊的世界抗议呀！

路晓北的心被揪得一阵一阵地颤抖。他万万没有想到，这个优秀的年轻人，会是如此的命运。他似乎明白了余思琴每次看他的时候，那眼神里流露出来的不安与恐惧，她是害怕自己也像她弟弟那样，走上不归路呀！他的心底有一种说不出的东西在涌动。就在前不久，当他遇到一系列沉重的打击时，如果不是恩师及时点拨，工作也出现了转机，他是否会像那位年轻人一样，选择一种极端的方式表示自己的清白？路晓北不知道。他不知道，能否渡过人生的这个难关。

著名诗人顾城在一首诗里这样写道：黑暗给了我黑色的眼睛，我却用它寻找光明。这是一种美好的愿望：既然世界"冷酷无情"如铁窗，那么我们就拿它给我们的"冷"去寻找冷静和理性。但这种理性的寻找又谈何容易呢？路晓北突然觉得，自己以前所厌恶的哲学问题，在这一刻，却是如此重要。不过，幸喜的是，在他经常逃课下，无意中造就了他面前的这位老同学对哲学的深刻的认识，他觉得，这个夜晚，放下所有，谈谈哲学，谈谈人生，也是较为迫切需要的。

"近段时间，我常常思考一个问题：我们存在的意义是什么？"路晓北率先谈到。这个问题让王威一愣，他没有料到这位哲学课老爱逃课的同学，竟会突然谈到这个话题。他不知道他的葫芦里在卖什么药，只能瞪着眼睛，盯着他看他继续说下去。"长期以来，我一直认为我们每一个人的存在，都有着本质的意义，或者是为了父母、朋友、爱人、孩子，或者是为了更多的人群。我们来到这个世界上，就是为了完成这个意义。在这个过程中，我们会努力地学习各种各样的技能，以满足不同时期的需求，然而，当我看到我们的付出并不一定会被接受，我们的努力到头来只是别人的笑柄，我们的好心却成为别人犯罪的动机时，我不得不承认，我们生活在一个充满谎言的时代，而我们则是被欺骗的一代。很多时候，我不知道是受了谁的骗，也不知道被骗走了什么。但是，每天铺天盖地接踵而来的新闻，各种引发热议的事件及话题，让我感觉到纯洁无瑕已远离我们而去，信仰已经消失。我不知道这是谁的过错，也不知道该如何解释我们所面对的事情。就拿你我来说吧，我们在读书时，所接受的教育是学好本领，奉献社会，再后来，就是拥有一技之长，在社会上拥有一席之地。那个时候，我们可以对自己说，努力学习吧，因为这样有利于将来事业的成功。现在，我们却突然发现，拥有一技之长，或者你是某个领域的顶尖人物，还远远不够，余晓北的事例恰好告诉了我们这个道理。于是，我不得不思索，在一切都不符合常理的年代，我们存在的意义，难道就是要配合别人，成为别人游戏中的角色？"

"老同学，你现在太消极了。"王威喊了起来。

"唉，我的朋友，"路晓北说，"你不知道，余晓北身上发生的事情，差点就成为了我的命运。"

"出了什么事情？"

路晓北简单地说了一遍发生在他身上的事情。"我的处境，恰恰同余晓北一样，被人卖了，还在帮人数钱。但有一点区别，就是最后的转机。只是，潘雅洁已经离开我了，而我呢，我是真的爱那姑娘的。你是见过她的，那是一个多么值得人去爱与呵护的人呀。虽然，她说的是我们分开一段时间，冷静一下，但在这个充满物欲的城市，有哪一份情能够经受得住这种考验？这与真正的分离相差无几了。"

"你太悲观了！这可不像我认识的路晓北呀！我认识的路晓北，是一个顶天立地的男子汉，一个泰山崩顶而岿然不动的男人。你怎么能够因一点挫折就退缩，就一味地自怨自艾了呢？你简直就是疯了！"

"不，我没有疯。你心里清楚，我不是那么容易就认输的。"

路晓北辩驳道，"这不是我想要表达的重点。我想说的是，我们存在的意义。当我们陷入某种困境中，能够支撑我们走出来的意义。"

王威一言不发，陷入了沉思。的确，在这样的年代，每一个人都极其容易陷入各种困惑之中。能否从困惑中走出来，完全要靠个人的造化，只是，造化往往像买彩票中大奖一样，可遇而不可求。或者像武侠小说中的主人公因祸得福，练就一身奇功，但又有几人能有这种奇遇呢？再说，现实不是小说，那种奇遇也是只是作家虚构出来娱乐大众的，当真不得。见他没有言语，路晓北补充道："就在刚才，我突然想到，像我及余晓北的这种遭遇，我敢说并不是个别现象，不可能因为我们的名字相同，就遇到了这种情况。我想，这是大多数像我们一样为梦想拼搏的人，在通往梦想之路的共同遭遇。或许遭遇不尽相同，困惑也迥乎不同，但如果有人愿意把自己'走过来'的经验分享，我敢肯定，随后，虽仍需经过一段时间的挣扎，但困惑中的人仍会采取各种各样的办法，让自己走出来，不至于陷入崩溃，或走向极端。"

路晓北的话在王威平静的心湖中掀起了涟漪。又何尝不是呢，他不同样遭到了别人的误解吗？就拿他做到副中队长这个职位来说，很多人都说他是依靠岳父的关系（他的岳父有一战友在市公安局任要职），但他自己清楚，他流过多少心血才爬至这个位子。自己当时不也一样，满心郁闷以至做事狂躁，几乎酿成大祸吗？那个时候，他也是多么希望有个人能够在身边开导一下他呀。只是，面对老同学的建议，他又该如何回应呢？难不成说"是的，有这样的人那就好了"这样没有任何意义的话吗？纵然他有以过来人的身份帮助别人的想法，但公务缠身，还需找寻需要帮助者，这都成为想法实现的阻力。

第二十七章　关于梦想的诠释

外面的雨还在下着，夜已经完全黑了。花园小径上的路灯，在交织的雨布中，显得更加昏暗了。没有雷声，但在狂风的裹挟下，花草树木都好像受到了惊吓似的，摇摇摆摆，惊慌失措。有一个人打着雨伞，吃力地往前走着。这也是个执着的人呢！路晓北心中想道，如若不是为了某种目的，谁也不会在这样的狂风暴雨中，还走在外面。

那人走进了咖啡馆，在门前，他抖落了雨伞上的水珠，把雨伞放到了一个架子上。他的身上湿漉漉的，他没有注意室内几双盯着他看的目光，大声地吆喝道："怡妹，快拿条毛巾给我，全身都湿透了。"

路晓北笑了。他认得来者：徐帆，那位作家朋友。前两天，他参与了他所主持的诗歌朗诵会，曾被他的发言深深地吸引，他们还彼此交换了名片。

徐静怡拿着毛巾从路晓北的身旁走过，口内发出嗔怪的声音："哎哟，这么多人，还喊人家怡妹，让不知道的人，还以为咱们是啥关系呢！"这话又逗得路晓北笑出声来。

待徐帆走进来时，路晓北邀请了他参加他们的讨论。他向徐帆介绍了自己的好朋友，然后看他们双方握手，递名片，然后坐下。徐静怡送上了咖啡，好奇地看着他们，路晓北也请她坐下了。路晓北简要地介绍了当下许多年轻人所面临的困境，以及在这种困境中，可能会上演的悲剧。徐帆立马表示如果可能，可以用俱乐部性质的形式，对需要帮助的年轻人，提供免费的帮助。他滔滔不绝地说，可以向社会公开征集帮助者及被帮助者，在合水镇大力推行志愿者之城建设的时候，没有什么能比这个更吸引人的注意了。他的话让路晓北看到了曙光，他还提出了"乐园"这个词，他说，在前期可以以他们几个为主导，他们每个人都拥有一定的资源，而这些资源又是许多年轻人所不具有的，以他们的经验与人生感悟，他们有能力为年轻人提供更多的帮助。

多带劲呀，通过他们的努力，让更多的人尽量避免他们所走过的弯路！路晓北止不住兴奋起来。尽管他一直自嘲，强调自己离成功还有较远的距离，但走到他这一步已经是极为不易了，因此，他的经验分享对于帮助年轻人来讲，也是很有必要。合水镇，是一个大浪淘沙的地方，是一个每天都有奇迹发生的地方，如果有人能够善加利用这宝贵的经验，创造新的奇迹也并非不无可能，而他们的目的也就实现了。

"这的确是一件好事呢，"徐静怡安静地听完他们的话，微笑着说，"如果这件事情开始做了，我愿意提供场地供大家免费使用，我想你们每个人都不大方便，在自己的岗位上让人进出，放在我这里，是最合适不过了。"

"你可是帮了我们大忙呢！"路晓北与徐帆同时称赞道。然后，他们目光相对，都呵呵地笑了。窗外，雨渐渐地小了，滴答滴答，像在奏响一曲动听的旋律。地上的水汇成一条条小溪，有秩序地向雨井盖处流去，发出淙淙的响声。那些花，那些草，那些树木，在昏暗的灯光照耀下，使大地呈现出一幅如梦幻一般的景象。

第二天早晨，天晴了，太阳像往常一样，向大地万物露出了笑脸。在故乡，父母已穿上了羊毛衫，而在合水镇，路晓北依然只穿了一件单薄的衬衣——这里的天气，丝毫没有要变冷的意思——打个领带，提上公文包，他神清气爽地离开了住处。

自潘雅洁离开至今二十多天了，这期间，事情可谓是一拨接一拨，令他应接不暇，让他感觉到自己的软弱，他对这一切感到迷茫、困惑，却百思不得其解，好像无形中有一只手在左右一切。显然，这只手也会适当地让他尝到一点甜头，以保持他将事情继续下去的信心。不过，这些都将成为过去，正如好友王威所言，他不是一个轻易认输的人，他将通过一种全新的方式，来发出自己的呐喊，表达他的抗争。的确如此，他这样想道，从今天开始，一切都将会变得不一样。

　　走过小径旁的浴池时，他大方地同徐静怡打了招呼。几次轻松的会面，使他对这位漂亮的女孩有了不一样的认识，尤其是昨天晚上的深谈，以及当她说出愿意以她的咖啡馆作为"乐园"的基地，并提供免费的茶水，他对她有了一种别样的感觉。在合水镇这个寸土寸金的地方，有人愿意这样支持，这需要多大的魄力啊。他向她喊道："哟，春光乍泄哦！"徐静怡装作要泼他身上水的样子，他立即落荒而逃，留下她一池的笑声。

　　徐帆发挥了他作为媒体人员的速度优势，很快就把方案起草出来，涉及到乐园的方方面面以及一些看似简单却非常实用的规则，在路晓北还没有起床时，他就打来电话，说草案已经发到他的电子邮箱了。在方案中，他把乐园命名为"寻梦乐园"，这比路晓北预想的还要好一些：通俗易懂，能够一眼就看明白，乐园将要发挥的作用以及服务的范围。在去公司的路上，路晓北用手机简要地浏览了方案的内容，发现徐帆的策划能力远超出于他的想象，方案非常完整，结构严谨，对每一处可能的细节都做了应对策略。路晓北更加喜欢这位同龄人了，觉得这位能力超群的同龄人在这时出现在他面前，似乎是老天的关照，帮助他渡过眼前的难关。

　　抵达公司，他为自己煮了一杯咖啡。其实，他已不需要这种苦涩的液体来提神，从早晨起来，他一直处于亢奋的状态。然而，今天，对他来说，是个大日子，他需要更加集中精神，去迎接它的到来。他把乐园的方案打印出来，认真细致地读着。桌上堆积着需要他最终审核的文件，他没有去理会，这么多年来，他第一次把自己的事情置于公司之上。

方案挑剔不出任何毛病，他很满意。接下来，就是人员的选择了，做这样一件事，凭他自己的能力还不行，他需要志同道合的人，来共同推进这项伟大的事业。昨天晚上，他的脑海里已经浮现了几个人名，他认为他们都是合适的人选。但如何说服他们，拿出时间与精力，去从事一件可能根本就无法成功的事情，这需要极好的口才。他骨子里不愿意多说话，潘雅洁以为他喜欢同小商贩谈价，却不知道他在通过那种方式，来练习谈判的技巧。身在职场，作为管理人员，谈判是一项必不可少的技能，同客户，同供应商，同下属，同上级领导，方方面面，无一不涉及此项技能。尽管他有时会认为，合适的人就应该做合适的事情，但现今的社会，并不会介意他的想法，一个人不仅要有专业技能，还要学会管理，学会谈判与变通，才能在现世中立得住脚跟。

他的第一个电话，是打给他的好朋友王威的。昨晚，就乐园的话题他与徐帆谈得是兴高采烈，王威却没有表态。路晓北认为，凭他们多年的交情，王威一定会毫不犹豫地答应他，参与进来的。但没想到的是，老朋友却拒绝了他，在电话中真实地给他说了抱歉。王威说："如果你们有什么需要，我可以帮忙，但我却不能参与进来。政府有明文规定，不允许公职人员在企业或者其他营利性组织中兼任职务。当然了，你们的出发点是公益的，是非营利性的，是好的，但人有一张嘴，我又怎么能管得了别人怎么说呢？为了不必要的误会，我只能说一声抱歉了。"路晓北想与他辩驳，想告诉他公职人员在营利组织中兼任职务，是一种很常见的情况，他甚至可以举出很多的例子，来证实这一点。但他的老朋友显然不愿意在这个话题上继续聊下去，他借口有案子要处理，就挂断了电话。

接着，他又拨通了另一个电话。这个人与他认识不久，但他们就像是多年的好友，甚至他有时会觉得，这个人将是他在这个城市唯一的异性好友。她就是运发公司的副总，余思琴女士。在电话中他简要地把他的想法说了，他没有提到对她的弟弟的调查，也没有说这个乐园因她弟弟而起，他只是说想成立这么一个帮助寻梦者的平台。余思琴干脆地说，你是不是在公司？我去你办公室，我们当面聊。这有些出乎他的意料。不过，这也说明了她很有可能参与进来。他自然愉快地答应了。

他打了最后一通电话，给合水镇行政服务大厦物业管理公司经理丁克白。他与丁克白是在集团公司组织的一次新马泰七日游认识的。那是个性格爽朗的人，他们一见如故，很快就变得无话不谈。在后来的工作中，他们接触不多，但在工作之余，也常常会相约而聚，找一个茶馆谈天论地。丁克白没有过多地询问详情，一口就答应了，用他自己的话说，这样的事情倒也不错呢。

差不多在十点三十分时，余思琴敲响了他办公室的门。路晓北不知道，余思琴为何非要坚持见面，他还是十分热情地迎向她。

"但愿我没有影响你的工作。"余思琴略带歉意地说。

"这说的是什么话！能见到你我高兴得很，"路晓北说，他拉起她的手，好像真正的朋友一般，让她坐到沙发上，然后说，"不妨说，这几天我的手机都快要被打爆了，许多人都要来办公室坐坐，说是为我祝贺。他们的好意我接受了，但亲自为这事跑一趟，还是免了吧。我知道，大家都是为了工作，都不容易。只是你，无论什么时候来，我都欢迎。"

余思琴看着路晓北烧水冲咖啡，微微地笑着。从他响亮的嗓音中，觉察到一种难以遮掩的亲切，这种亲切，自弟弟出事之后，她就再也没有感受过了。而此刻，她觉得自己的内心正被这种久违的亲切填充着、包围着。

"你作为一个堂堂的副总，怎么能够因一点小事而屈尊前来，这让我有点担待不起呢！"

"说什么呢！"余思琴嗔怪地瞪了他一眼，"什么副总，还不是个打杂的！不过，我们赵总外出旅游去了，同你们赵经理一起，估计一时半会儿回不来。他这一走，我总算轻松了。你说有事情商量，我能敢不来？"

"事情是这样的，"路晓北没有再客套，他把咖啡放到她的面前，带着一种信任的微笑，身子探向她，把昨晚的谈话的话题简单地介绍了一遍，"我也很清楚，在当今社会，做这样的事情，会出力不讨好，并且极有可能会招来骂名。但我一直在想，如果我们能够通过我们些许的努力，让更多的青年朋友正确地认识他们的梦想与自身的价值，避免他们醒来后，发现梦碎了，从而陷入无休止的黑暗深渊中，不也是改变这世道的一种方式么？"

余思琴一时之间不知道该说些什么了。来这里，是赵运发嘱托她，探听他们以后的合作动向。接到路晓北的电话时，她想他不过是头脑发热，一时异想天开罢了。但现在，她明白了，他对"乐园"这件事是经过深思熟虑的。"你的出发点很好，可是……"她没有再说下去，她不知道该怎么说才好。她小心地端起咖啡，轻轻地嗅了嗅那浓郁的香气，然后，紧紧地把杯壁贴在了嘴边。

路晓北以为她不同意自己的想法，就干脆把事情的始末说了出来。他说："与你在一起，我总能感觉得到你满腹的心事，我让朋友作了个调查，我不是有意侵犯你的隐私，我只是希望你开心一些，但是当我弄明白事情的来龙去脉，我被深深地触动了。我们生活的这个鸟时代，本身做梦就是一件很奢侈的事情了，有些人尽自己最大的努力，还在执着地为梦想拼搏着，这个过程本身就极不容易了，但还要面对因梦碎而带来的种种伤痛，那就是社会的问题了。我与朋友就此事进行了深入的讨论，觉得搭建一个平台，帮助在这个寻找却找不到的过程中，遭受困惑的人，是很有必要的。我知道，我们的力量很卑微，但有些事情，还是需要有人主动承担。"

余思琴的眼睛充满了一种晶莹。她没有想到，他所提到的

"乐园"竟是因弟弟而起。她想紧紧地抱着他，亲吻他，像小时候搂着弟弟那样，只是，面前的这个男人却不是弟弟，她只好忍着了。"需要我做些什么，"她终于把咖啡杯移离嘴边，"你尽管开口，在这件事上，我完全听从你们的安排。"

这时候，电话响起，是作家徐帆打来的。路晓北在电话中告诉他，又有两个朋友加入了进来，这样就有五个人，已完全可以启动乐园的各项工作了。然后，他想了想，说："如果你中午恰好有空的话，我们就在静怡咖啡馆聚一下吧，我们五个人碰个头，可以边吃午饭，边讨论乐园启动的事情。嗯，好的，那就中午见。"

放下电话，路晓北冲余思琴笑了笑："看来，等一下你要充当司机了，我介绍你认识几个好朋友。"

第二十八章 寻梦乐园

这五个人，五个精英分子，五个青年人中的佼佼者，为了一个伟大的目标聚在了一起。静怡咖啡馆里，徐静怡挂出了"停止营业"的牌子，他们动手，把两张木桌临时拼凑成了一张长桌，上面摆放着她做的精美可口的点心。路晓北像主人那样，坐在长桌的一头，外面阳光灿烂，像在昭示一个美好的开始。他们都静静地坐着，面前的杯子里，咖啡的香味弥漫开来，整个房间内都是一种浓郁的醇香。谁都没有先开口说话，他们都在静静地享受着这一刻的美好，这一刻为梦想而精心准备时的美好。

每个人的面前都摆放着订制精美的方案书。路晓北瞥了一眼坐在长桌两旁的面孔，每一只眼睛都聚集在它上面。他猛然间把烟卷摁灭，拿起自己的那份，举在半空中，努力控制着他喜悦的情绪："大家都发表一下意见。这份方案考虑得很全面，也很实用，我本人是完全赞同的。大家看一下，还有什么地方需要补充，我们尽量把所有的问题，都考虑到前面来。"

作家徐帆扶了扶眼镜，率先响应："大家都是各个行业的精英，我们虽是第一次认识，但彼此也都比较熟悉，就不用客套了，把各自的想法都说一下吧。这件事的推动，还要靠各位的共同努力。"

"就让我来说说我们的会议吧！"坐在徐帆旁边的丁克白接口说道，"我们各自都有事业，要固定时间召开例会，显然不大可行，那样也极易陷入老调重弹、墨守成规的局面。会议应因时召开，有事情需要决议，再召集大家。当然了，这种召集也不是随便的，普通的正常开展工作，以及工作中能够解决的事情，就不需要开会讨论了。现在我们亟需要做的事情，是在前期要把相关的流程弄顺畅。"

"这一点，我相信大家都没有异议。"徐帆说道，"正常工作的开展，可能就需要麻烦静怡了，每天负责登记，把前来求助人的需求记录清楚，再根据相应的需要，转给我们中的某一个人。有些事情还是需要先说清楚，做这项工作，完全是出于助人的目的，是没有任何报酬的，我们也不向求助者收取任何费用。如果大家没有异议，我们再讨论别的事项。"

大家都举手赞同。徐帆继续说下去："我知道在具体操作的过程中，一定会遇到时间冲突的问题。我们每一个人，在工作当中，大部分时间都是能够自由支配的，然而，如果真的遇到重要的事情无法分身，要及时知会到另一个人，前去协助解决问题。我们的帮助尽管是免费的，也存在着时效性的问题，我相信任何一个求助者，都不愿意把时间用在无休止地等待上面。我们要尽力在最短的时间内，把求助者的需求给予解决。"

不得不说，徐帆是一个特别细致的人，他把各方面可能会遇到的问题全都预先想到了，这为方案的讨论节省了许多宝贵的时间。接下来，大伙根据自身的情况，进行了分工。徐帆主要负责媒体宣传、活动策划以及帮助出谋划策。路晓北、余思琴及丁克白，根据职业特点，给予求助者以资源上的帮助，而徐静怡，则负责正常工作的开展以及相互之间的联络。除此之外，他们还把另一个隐形资源也计算在内了，王威，这个刑侦中队的副队长，他能提供的帮助更是不可限量呢。

会议即将结束，路晓北望了望大家，习惯性地作总结发言："这段时间，因我自身的经历，我常常想起两位先哲来。一位是弗洛伊德，一位是鲁迅。弗洛伊德说释梦'这样的顿悟一生只可能幸运地获得一次'。鲁迅说'几个人既然起来，你不能说决没有毁坏这铁屋的希望'。这正是我们眼前要做的事情。我们这项工作可能不被大多数人认可，甚至在以后还会有人说三道四，但我们能否坚持下去呢？其实，说到底，我们也不过是在维持我们自私的可怜的梦想。我们每个人都曾有过梦想，我们一直以为，随着我们地位、收入的提高，梦想的距离就会越来越近。但现实却截然相反，我们甚至再也找不到当初的梦想了。这是为什么呢？我们处在一个没有梦想的时代，我们大多数人都在为了物质，为了金钱而奔波忙碌，从来不会放慢脚步，让灵魂跟上来。我们的灵魂与脚步之间的距离太远了。"路晓北的拳头在长桌上敲击了几下，"幸运的是，我们已经具有了这样的意识，明白了过速的发展并不是件好事情，我们也很明白，给予别人的帮助是非常有限的，我们所能做的，也只是尽力帮助求助者，让他的灵魂能够跟上脚步。这是一项很有意思，很有意义的事情，我们要借助各自的资源把事情做好，我们深信，也将会有越来越多的人自愿加入到我们行列中来，到时候，报纸、网络、电视、电台会铺天盖地地报道我们所发起的这场战斗，与现实的战斗。"

这是一番那么令人激动的宣言，几个人一时间里竟然无话可说。然后，路晓北接着说："在这个做梦都奢侈的鸟时代，有些人却在执着地为梦而拼搏努力着。这是多么悲壮的事情，明知不可为而为之，这并非是愚，而是我们的态度，我们敢于向现实呐喊，敢于向不公挑战。我们的努力会帮助更多人，像我们一样，开始对人生思索，寻找存在的意义。我甚至有这样的感觉，当我们明白了人生的意义，所有摆在面前的困惑将不再是困惑，所有阻挡我们前进的障碍也将不复存在。因为这个世界就是由'我'构成的，理解了自己，也就真正意义上地理解了世界。"

"真带劲！"徐帆忍不住鼓起掌来，"这不仅是我们的宣言，还是我们乐园的宗旨与目标。我们要朝着这个方向努力。如果大家没有异议了，我建议从今天开始，从现在开始，我们的'寻梦乐园'正式启动。"

这一次，房间内的掌声久久没有停息。

第二天，外面的世界湿漉漉的。台风到最后还是轻描淡写地从这个城市掠过，没有造成任何的危害。早晨雨就已经停了，上班的年轻人、喜欢户外活动的老外，都像在巢里躲了很久的动物，全都离开巢穴，来到了外面。城市又恢复了台风来临前的拥挤与热闹。

天风建筑集团里，新的发展机遇给每一个带来了美好的愿景，每个人都在努力地工作着，除了路晓北。他坐在办公桌后，微笑着打开今天的《城市早报》。还在他在中巴车上时，徐帆就打来电话，告诉了他乐园的消息已经铺天盖地地发表出来了。此时，面前的报纸上这样写道：

"寻梦乐园"是做什么的？当然不是供休闲娱乐的。其发起人之一路晓北说，寻梦乐园是一个开放的心情交流平台，乐园既代表着他们脚踏实地追梦的态度，也代表他们对当下多数青工精神生活的思虑。他们就是要以乐园的方式，为广大青工朋友解决难题，有思路的出思路，有门路的出门路，团结协作，发挥集体的智慧，将精神文明建设进一步推进。

昨日，千基豪苑花园小区的静怡咖啡屋，比以往热闹了许多。筹备了许久的寻梦乐园，正式在这里成立。乐园首批进驻的成员共有路晓北、余思琴、丁克白、徐静怡、徐帆等六人组成，他们分别是高级经理人、个体老板、报社主编、作家等。他们对乐园的定位是，一个可以让更多的青年寻梦者解决困惑的交流平台。

路晓北说，在这个做梦都很奢侈的鸟时代，有些人却在执着地为梦而拼搏努力着。其实，进城务工，我们每一个人都怀揣梦想而来，但在面对困难、挫折或别的因素时，我们往往会产生许多疑惑，甚至会因此而怀疑我们所坚持的梦想。弗洛伊德说释梦'这样的顿悟一生只可能幸运地获得一次'。现实是这样的幸运儿却没有几位。不过，幸运的是，乐园的几位发起者，他们均以自己的精彩人生，诠释了他们的梦境。现在，他们将以自己的亲身经历，为广大朋友解疑答难，一起寻找正确的方向……

风从窗口吹过来，吹在他的皮肤上，胳膊上的汗毛轻轻摇动，好像抑止不住兴奋，要挣脱肉皮的束缚一般。他微微地笑了笑，一动不动，只是不时地把香烟送到唇间，吸上一口，呼出的烟雾在他面前扩散，烟灰掉落在桌面上，报纸上，很快，整个桌面布满了斑斑白点。

当第三支香烟抽尽，烟灰缸内散发出的气味，让他几乎窒息，他才把烟灰缸推到一边，把报纸合起来，放到办公桌的一角。这张办公桌比他以前做工程师的大多了。要拿放在边角上的文件，他需要走到另一头，才能够得到。他站起来，抖了抖衣服，把身上的烟灰全都抖落下去。他大大咧咧地拿过几个文件夹，里面是他这两天要处理的文件。他快速地浏览着它们，在上面签上他的名字。这项工作用去了他近一个小时的时间。其实，有些工作，高级工程师已经很认真地审核了，他完全不需再逐字逐句看了。以前，他做高级工程师时，每一份需要他签署的文件，他都会很认真地阅读，除了有一次他有急事要离开，而赵长盛又在旁边告诉他，不会出现任何问题，他就匆匆地签上了名字。现在，回头看来，当时自己做得太累了，真的有必要使自己那么累吗？

不过，他很清楚，这个问题于他，完全是没有必要的。他还将继续累下去。他天生是一个爱较真的人，他的负责的态度决定了他不会随意应付了事。再说了，行政服务大厦事件的阴影还没有完全散去，一个人怎么会那么容易就好了伤疤忘了痛呢？

说到不应忘记，他觉得该打个电话给潘雅洁了。不管两个人的结果最终如何，他都应该让她知道他的情况，一举一动，都应该如实告诉她。但要如何说呢？难不成要这样对她说："雅洁，我亲爱的雅洁，"他朝窗外望了一眼，摇摇头苦笑了一下，这个称呼她现在一定不会理会呢。他又点燃了一支烟，烟灰落在他胸

225

前的衣服上，洁白的衬衣上是密密麻麻的灰色小斑点。他站起来，把身上的烟灰弹掉，拿起烟灰缸，走到窗前，天空阴暗，风正卷着更多的云向他涌来。他想了想，决定这样直截了当地告诉她：

雅洁，我多么希望你一直在我身边，多么希望我们之间从来都不曾存在误解。长久以来，我一直太注意前方的梦想，而错过了太多身边的风景。从助理工程师到工程师，再到如今的项目经理，我一直认为这是我在向梦想靠近，但回到故乡，哥哥的一句话把我惊醒了。"我为家做了什么贡献？"其实，不仅仅是家，就是你，每日在我身边的爱人，我也忽略了太久。这段日子，我常常思索一个问题：我们存在的意义。我发现生活其实也可以选择。有许多人都有这样的一个梦想，在门前或是阳台上，放置两把长椅，在太阳升起或是落下时，可以与心爱的人一起，欣赏太阳从大海里升起或是坠落的美景，你知道，那景色美丽极了。或者两人在阳光下，赤裸着身子，慵懒地午睡，海风轻抚时，身上的每一个毛孔都伸展开，它们都尽情地向世界宣告，它们是幸福的，它们幸福极了。许多人为了这个梦想，不惜用自己一生的努力，但你知道么，这种生活我们原本就已拥有！在我们的家乡，我们的房前就流淌着江水，浩浩荡荡，经年不止。每到夏日傍晚，总有许多人赤裸身体跳入水中，在水里游泳，嬉戏，捉鱼。我们一直在追逐我们已经拥有的东西，而我们却浑然不曾察觉！这是多么可悲的事情。

从这件事情，我联想到你我之间的感情。从我第一次见到你，我就在心中告诉自己，就是她了！这个女人将陪我度过一生。我不知道，你有没有过这种感觉。但这种感觉在当时于我，是那么的强烈，那么的真实。当我们走到一起时，你知道我是何等的幸福！只是，当我真正地拥有你时，我却犯了一个大错，像许多人那样，开始去追逐已经拥有的事物，还堂而皇之地谓之为梦想！并且，在这个过程中，忽略了我最美丽的风景！这是多么不可饶恕的呀！

哥哥一拳打醒了我！现在，我决定了，我要为真实而活，我不会再忽略身边的人。如果你能够回来，我会告诉你，我可以放弃现在所拥有的一切，只要你愿意。我们可以返回乡下，修建一座花园，在里面种上你喜欢的花草。我们会开垦一处荒地，在上面种植蔬菜，我们每天都能吃到绿色的放心的蔬菜，而不用再担心它含有某种农药。我们还可以养一些鸡鸭鹅，这样既有蛋吃，又有肉吃了。如果你想吃鱼，那就更简单了，我随时都可以跳进江里，抓几条上来，或者拿一支钓竿，钓一些上来。我还没有告诉过你吧，我可是一个钓鱼高手呢！最重要的是，我能为我们设计一座美轮美奂的小屋，能够容纳我们的幸福生活。如果有人愿意，我还可以兼职帮别人设计房子，赚些钱贴补家用。

当然，这首先需要你点头同意。如果你执意留在城市里，我们也可以选择一种简单的生活。我们可以把现在的房子卖掉，在不是那么高档的小区，换一套小点儿的房子。那样还会多余一部分钱，我们可以用它开一个花店，这样，每天醒来，都能够嗅到花的芳香。我们再也不必为了活着，而做许许多多事情，许许多多我们压根儿就不喜欢的事情。而我，也可以用更多的时间，来告诉更多的年轻人，其实，我们可以活得很简单。

他停顿了一会儿，把烟摁灭在烟灰缸内，然后把烟灰缸放在窗台上，他的双手得到了解脱。他的手在空中抓了抓，像是在放松，接着，他从裤子口袋掏出手机，尽管海风在吹着，他的脑门上仍聚集了许多浓密的汗珠，太阳没有出来，天阴得更加厉害了。这一次，他没有犹豫，他在手机屏幕上这样写道：

雅洁，我真心地希望你回到我的身边，我有信心，把属于我们的乐园，建得更加美好。

他摁了发送键，把这条信息发出去。他知道，今天的报纸，雅洁也一定看到了，他不希望在构筑大多数人的乐园时，却对自己的爱情乐园无能为力。他要再做一次尝试，再做一次努力，其余的一切都无关紧要了。

第二十九章　第一个求助者

上午，路晓北主持了一个会议，项目部全体人员都参与了。这是他上任以来，第一次主持这种规模的会议。以前，他也曾主持过工作例会，但如今身份不一样了，职责不同，说话的方式也不一样了。在会议上，他首先对项目成员的努力表示了肯定与感谢，也有针对性地提出了几个年轻人需要改进的地方，他是本着这些年轻人的成长而说的，意见十分中肯，得到了他们的认同。他对下一步的工作也做了呼吁，他希望他们一起，创造出更辉煌的成绩，他赋予了高级工程师更多的权限，他告诉他的伙伴们，有些时候，他需要加强同外界的沟通，这可能会使他常不在办公室，不过，这不会影响项目的进展，因为，每一个负责的人，都无需别人来监督他的工作。他对他的伙伴表示了充分的信任，从而赢得了阵阵热烈的掌声。

散会后，他与接替他位置的高级工程师谢云作了更进一步的交流，他仔细问询了合水镇核心商业圈项目的进展情况。他曾几次亲临施工现场，了解到了每一处可能的细节，他就这些细节一一告知了工程师，要他特别留意，因为这些地方，最容易被忽略，也最容易因偷工减料而酿成事故。这些年的亲眼目睹，谢云已经对这位新成长起来的领导，有了更深的认识。他仔细地把他说的，用一个本子记录下来，表示他会严加注意。

接着，路晓北征求了谢云的意见，把下午茶采购的事情，移交给一位刚入职的助理工程师。下午茶是他为大家争取到的福利，他不能因为他的原因，而取消这个福利。同时，他也很清楚，把这件事情，移交给谁，都有可能会造成这个人特别受到重视的假象。他把这位忠诚老实的年轻人叫到面前，当着谢云的面，语重心长地告诉他，要做好这件事，需要照顾到全部伙伴，不能顾此失彼。谢云看着这位年轻的顶头上司，把各项工作都处理得井井有条，更是不由得暗地里向他竖起了大拇指。

把这些工作安排完之后，路晓北的时间就是属于自己的了。他想起了前两天向黄总汇报工作时，他告诉自己的话："忘了前任，做你们自己。"黄总说这话时，神情是诚恳的，这两天他一直忙于乐园的事情，直到现在，仔细品味这句话，发现其中似乎另藏深意。

不得不说，项目部现在不同了，气氛轻松多了。直到赵长盛离开后，路晓北才意识到自己曾经多么紧张。他以前总感到他在盯着他，即便他们不在同一个办公室，他的目光却锐利得似乎能够穿透墙壁，盯着他的一言一行。在一起时，他觉得他的笑容下面隐藏着巨大的不可告人的秘密，而那些秘密只是想想，就会令自己不寒而栗。还有，他似乎在想尽一切办法掌控自己，让他在每一件事上都要对他言听计从，在每一个决策上都要征求他的意见。自行政服务大厦事件之后，路晓北像彻底变了个人似的，对赵长盛的态度由感恩变为了怀疑。只要有他在，每一次审核，他都会非常认真，把审核文件的每一个标点符号也要弄清楚。

有时他还想到赵长盛对每一个人的掌控。在第三项目部里，表面上看起来，每一个人都本本分分地从事自己的工作，但极度的压抑会不可避免地造成有人失控。谁愿意活在别人的掌控之中，愿意自己的一点小秘密被别人窥探得一清二楚？事实是，赵长盛对项目部的每一个，都了解得清清楚楚。有时他会想，这需要花费多少精力啊。他承认自己做不到这一点。一直以来，他都是靠自己的专业技能，为人诚恳的态度赢得同事们的信任，现在，他不会因为职务变了，就仿效赵长盛那一套。事实证明，这种"无为而治"的管理方式，往往会收到更大的效果。

在开会之前，他走进会议室时，听到同事们在谈论一件事。"如果何志是在路晓北时代，就不会发生那样的事情了。"谢云说。

"遗憾的是他没有遇到一位好领导。"黑明说。

"你们不知道，路经理当时也差一点就成为何志了，"李莉说，"那天，我进入赵的办公室，无意中听到他在讲电话，他说路工已经失控了。"

"有这种事？"黑明说。

"我骗你们做什么。"李莉说。

"什么时候的事？"谢云说。

"十天以前，当时路工还没有开始休假。"

路晓北想了一下，那时他正下定决心要彻查行政服务大厦的事件，而所有的矛头都指向了赵长盛，他开始对他产生质疑。

李莉说："当时，赵压低着嗓门，我听不清他都讲了什么。但我知道，一定不是好事。我都快急死了，生怕路工会遭遇什么不测。"

"还好，现在一切都过去了，路工成为了我们的经理。"黑明说。

"赵也终于离开这里了。"谢云总结说。

路晓北推开门走进来，所有的人都不说话了。会议室一下子变得寂静无声。

会上虽没人再提起这件事，可路晓北一直陷入了一种阴谋论之中。何志这个名字，是他开始签审文件时听说过的，赵长盛轻描淡写地告诉他，要个人签名，不要图省事用印章，那样说不定哪天就会出事。当时他还十分感激他善意的提醒呢，现在看起来，一切都那么可怕。

不过，这并没有影响他的好心情，毕竟，赵长盛已经成为历史。现在，他坐在办公桌后，双脚翘在办公桌上，等着潘雅洁回复他的短信，但是没有等到。他也并没有为此感到难为情。他的内心被一种喜悦充斥着，因为，从今天起，他将要开始一种全新的生活，并且，他将会在这个过程中，逐渐强大。很多时候，我们还不能够安逸地度完自己的人生，还会对某种现象发牢骚，那是因为我们还不够强大，我们的内心，或者是我们的物质基础。《了不起的盖茨比》那本书他已经读完了，现在他在读的是米兰·昆德拉的《不能承受的生命之轻》，也正是受这本书的影响，他开始像一位哲学家那样，思考起人生存在的意义了。他读到特蕾沙离开托马斯，一个人返回了被敌军侵占的祖国，但托马斯发现离不开这个女人时，自己随即辞去了工作，尾随而回到了那个令他并不开心的家。他开始思索，自己也应该像托马斯那样，为了爱人可以放弃一种全新的生活。他应该跑到潘雅洁面前，当面告诉她，他爱她，请求她回到自己的身边。这个时候，如果潘雅洁真的告诉他，我们回乡下吧，他会毫不犹豫地向公司递交辞呈的。

他正在这样想着，他的手机响了。刚开始他还以为是潘雅洁打来的，他从办公桌后的沙发上一下子抓着了放在办公桌上的手机。但手机上显示的是徐静怡的名字。徐静怡没有任何寒暄，单刀直入地告诉他：媒体对乐园的宣传很有功效，现在就有一位青年朋友过来了，点名要他帮助解决问题，希望他能早点过去。路晓北答应了一声好，还没有来得及问来者的情况，徐静怡就已经挂断了电话。

路晓北打了个电话给张楚，让他准备好车在楼下等着。然后，他走进洗手间，洗了把脸，走出天风集团，在楼下上了车，很快便来到了静怡咖啡屋。

"是什么情况？"走进静怡咖啡屋，路晓北直奔向柜台，徐静怡正坐在柜台后低头记录着什么。他站在柜台前，一眼就能望见整个店：一个年轻的女人，坐在靠窗的位子阅读一本厚厚的书，不时地空出左手，端放在面前的咖啡；一个长相黝黑的青年男子，坐在门旁的位子上，他面前的桌子上空空的，既没有咖啡，也没有一杯白开水；还有一个男人，就是张楚，他走进来后，也选了个靠窗的位子坐下了。除此之外，再没有别人。

徐静怡抬起头，用手指了指那位靠门的男子，对路晓北说："是他，他说他姓莫，叫正仁，有问题要请你帮助解决。具体什么事，他不肯说，说一定要当面对你说才行。"

路晓北向那位男子看去，只见他浑身漆黑，好像一位从非洲来的土著，在国内，黑成他那模样，着实罕见得很。但他的体格匀称，身量出众。一件廉价的土黄色长袖T恤，松松垮垮地套在他的身上，昭示着他生活的不如意。他的脸，因汗水而柔润发亮，充斥着他前来这里的不安与紧张。外面的太阳因木门的阻隔，被挡在屋外，无法将温暖倾泻到他的身上。路晓北在柜前盯着他看，这是一个三十岁左右的男子，他浮肿的眼泡正思索着往柜台看来，看到有人在望他，他赶忙把头扭向窗外，扭向那光鲜亮丽却把他排除在外的世界。

路晓北不认识这个男子。他自恃记忆力不错，如果曾经见过，就不会轻易地忘记。但这个名字，却似乎在哪儿听到过。他搜索了自己的整个记忆库，都没有关于这个男子的任何记忆。他为何却要指名向自己寻求帮助呢？今天的报纸，对几位发起人都做了详细的介绍。报纸上用了大幅的版面，来刊登他们的照片，每一张照片下，都对应有他们的介绍。

路晓北向他走去。"你好，我是路晓北，请问有什么可以帮助你的？"

姓莫的男子仿佛受了惊吓一般，几乎要跳起来。看到路晓北站在自己面前，他惶恐不安地站了起来，伸出手，艰难地响应了一下路晓北的握手。坐下时，他的眼睛又不安地向外瞟了一眼，仿佛随时都会冲出去，逃掉一般。路晓北笑了。他尽最大的努力，笑得最轻，笑得最自然。他在男子的对面坐下，徐静怡很快就送来了一杯咖啡。路晓北拿起放在杯旁的勺子，轻轻地搅动起

232

来，他用一种轻柔的声音问道："你要不要来一杯这个？不用担心，我请客。"说着，他就自作主张地冲徐静怡打了个手势，徐静怡很快又送来了一杯热咖啡。

待对方轻轻地喝了一口咖啡，看起来情绪不再那么紧张了，路晓北问道："请问怎么称呼你？"

"我姓莫，莫正仁。"姓莫的男子小声回答道，他说的是方言，边说边用手指在桌子上划着笔画。

一个不会说普通话的青年，路晓北心想，他一定没怎么受过学校教育，这样的人请我帮什么忙呢？帮他找份工作？但他还是用沉稳的声音说道："刚才听徐小姐说，你要找我。请问，有什么可以帮助你的？"

莫正仁低下了头，没有言语。他的手用力地抓着咖啡杯杯柄，手上的青筋暴露。有那么一会儿时间，路晓北很担心他会把杯子抓坏，那样说不定徐静怡会心疼呢。

路晓北以为他是在担心会收取费用，忙补充道："放心，我们不会收取你任何的费用，也不会将你的信息透露出去。有什么事情，只要我们能够帮得上的，一定会帮，你尽管放心好了。"

似乎是最后一句话给了对方说下去的勇气与信心，他轻轻地喝了两口咖啡，然后抬起头，直视着路晓北说："从我的外表上，或许您能够猜得到，我是常年在户外工作的。我从十四岁出来，一直在建筑工地干小工。我没上过什么学，但我肯吃苦，肯学习，终于，在前不久，我被破格提升为助理工程师。我还以为从此之后，我的命运会发生改变，但没想到，一场更大的灾难却在等着我……"

莫正仁的情绪激动起来，路晓北赶忙安抚他说："你慢慢讲，后来发生了什么事？说出来，我们会尽最大努力帮你的。"

"也只有您能帮助我了。"

"哦？"

"本来，我一直都不敢肯定是否该来找您，也不知道您是否

233

愿意见我，但也真的只有您能帮助我了。今天，我看了报纸，关于您还有乐园的报道，我才下定决心，前来找您。"

"是什么事情？你请说。"

莫正仁没有说下去，他又低下了头喝咖啡。在他喝咖啡时，路晓北仔仔细细端详着他：他的年龄不足三十岁，可岁月在他脸上留下了深刻的印迹。他那胆怯而闪烁的眼睛，却隐藏着一种农村人才有的坚毅。他皮肤的黑，像是由内而外生成的，路晓北想，这一定是在日光下晒过好些年。他的手很粗糙，里外都长满了茧子，像是干了一辈子农活的农民。

放下咖啡杯，莫正仁从口袋里摸出烟盒，从中抽出两支烟，一支递给路晓北。是那种两块钱一包的烟，路晓北没有嫌弃，伸手接了过来，并说了声"谢谢"。

莫正仁的目光越过路晓北的肩头，向他身后看去，接着，他为难地说："我想……我们……还是出去走走……要是您不嫌麻烦……"

"没问题。"路晓北站了起来，原本想要让张楚开车载他们到外面，却又改了主意，冲张楚喊了一句"你在这里等我"，然后拍拍莫正仁的肩膀，走了出去。在门口，他用打火机把烟点着，他为莫正仁也点燃时，莫正仁的双手在发抖。

他们朝花园间的小径走去。前行两百米远，就有一个亭子，或许是到了快吃午饭的时间，亭子里没有人。他们走进亭子里，在石凳上坐下。

莫正仁终于开口了。他说："行政服务大厦的事件，我相信您一定清楚。"

"你是……"路晓北似乎猜到眼前的这位年轻人是谁了，"我想我知道你是谁了。"

"是的，是我。我是运发建筑公司的助理工程师。一个小学没有毕业，被破格提拔的助理工程师。一个从来都没有听说过，更不可能做过，却要承担起所有罪过的助理工程师！"

没来由的，路晓北突然感到一阵心虚，似乎这所有的一切都因他而起。在这位男子面前的所有优雅，也一下子全都化为了虚无。他努力稳定了一下情绪，但声音里却明显地掺杂着一种颤抖："你要我怎么帮你？"

　　"我请求您帮我查一下这件事。"男子突然间站起来，一下子跪倒在路晓北的脚下，"我求求您帮帮我。我没有什么文化，但我不是昧着良心，干些偷鸡摸狗勾当的人。我可以挣不到钱，我可以把我这两年存的钱，全都不要了，但我要我的清白……"

　　路晓北用尽全身的力气把他扶起来。他的心似被毒虫啃噬。让好人蒙羞，难道这就是自己存在的意义？他拍了拍年轻的莫正仁的肩膀，说道："请你放心，我一定会调查清楚，还你一个公道的。"

第三十章　调查

路晓北要去的地方，是一家小得不能再小的工厂，如果不是莫正仁刻意交代，从这家工厂过去，他也不会留意到。工厂在一个绿树环绕的院子里。围墙有一米八高，墙顶上布满了碎玻璃片。路晓北注意到，那上面的玻璃片有不少已经脱落下来了，看样子，不像是被台风吹落的。在围墙外，他就听到了院子内传来叮叮当当的金属声。莫正仁告诉他，这是一家五金制品厂。

在门卫室，一个看起来三十五岁的中年男人坐在那里，百无聊赖地看着电视里的肥皂剧。路晓北轻轻地咳嗽一声，那人才把头转过来，注意着来客。

"打扰一下，"路晓北说，"我找何志。"

"他就在你面前。"门卫回他一句。看到他吃惊的表情，他呵呵地笑了。

路晓北没有料到面前这个身体肥胖的胖子就是何志，这和他记忆中的不一样。他记忆中的何志应该很瘦，个头不高，鼻尖上挂着厚厚的玻璃瓶底儿。可面前的男人完全不是这样的。他体重有八十公斤，身高有一米七五。他的视力不错，能够看到院子外榕树上的秋蝉。他看路晓北时，眼光里充满了笑意，好像与谁都能谈得来。

"我没有想到，你竟然一直在合水镇，"他靠门站着，打量着这间狭小而又肮脏的房间，"莫正仁建议我来找你。"

"他是个老实得一脚踢不出一个屁的家伙，"何志说，"我喜欢他，能吃苦，又不计报酬。这种人不多见了。"

"我猜最近发生在他身上的事情你都听说了。"路晓北说，对这样的两个截然不同的男人能够成为朋友，他有点吃惊。

"我全都知道。"他从桌上拿出一支烟，点燃了，可没吸几口，就把它摁灭在烟灰缸内。路晓北看到，那里面塞满了没有抽完的烟。"从他被提升为助理工程师时，我就已经告诉过他，这不是一个好兆头。"

"嗯。"路晓北说，"那么你知道我为何而来了？"

"我能猜想到。这些年，你的成绩很大。"

路晓北点点头。

"那小子我也有段时间没见他了，"何志说，"我从电视上看到他出事了，就打电话给他，约他出来，可他一次都没有接过我的电话。"

路晓北不由得充满了疑惑。"那么，你知道最近发生的事情了？"

何志用警棍把桌上的一堆过期的杂志拨开，从最下面找出一张报纸，他把报纸摊开在桌子上，路晓北看到，是关于乐园报道那天的报纸。"我一直以为，你会有与我一样的下场，"他说，"但显然，你比我聪明多了，也许，是赵长盛突然良心发现了。"

"我不明白你的意思。"

"赵长盛没有给你说过我的事情？"何志说，"他非常擅长隐藏。没把我的事情告诉你，我能够想象得到。"

路晓北突然有一种不好的感觉，这种感觉让他难受。他发现，对于赵长盛，他越来越不认识了。或许，他从来都没有真的认识过。只是，他能相信眼前这个男人的话吗？

"我想有一种解释，可以说得过去，"何志说，"他对你好的时间太长了，不忍心再去伤害你了。"

"你还是没有告诉我他对我隐藏了什么。"路晓北说。

"如果我告诉你，我从来都没有偷偷地使用过他的印章，你相信吗？"何志摇了摇头，"你不会相信的。你从来都不会想到，对自己这么好的人，怎么可能会干出诬陷下属的事情，是不是？"

路晓北没有说话。他发现眼前的这个人是个"愤青"，是个阴谋论者。他又一次想到了上午开会时，几个同事的讨论，他感觉那种不寒而栗的感觉再一次笼罩了他。"你是说那次偷用印章的事件吗？"

"他一定是这样说的，"何志说，"赵长盛毁了我的一生，只因为他需要一个替罪羊。他看出我没有心计，就故意装作亲近我，待我对他不设防时，让我代替他在那份有安全隐患的图纸上盖下印章，最后又把所有的责任推到我身上。"

路晓北摇了摇头。以赵长盛这些年在他面前的表现，他是绝不会处心积虑到伤害一个下属的。可是，想到他对自己的所作所为，似乎这二者之间存在有某种相似性。

"他说有人偷用了他的印章，签署了那份变更文件。他们调出了证据，监控录像录下了我一个人进出他的办公室，而那个时间，他不在公司。他巧妙地安排了自己不在场的证明。我百口难辩，没有人会相信我的话。公司对这种行为的人更是深恶痛绝，当即就辞退了我，并且坏了我的名声。你知道公司里禁止任何人员与我接触吗？"

"不知道。"

"或许是他们认为那么多年了，我一定在这个城市混不下去了。他们把我辞退以后，没有任何一家建筑公司敢聘用我。每一个行业都有一个圈子，他在这个圈子里把我的名声搞得很臭。"他似乎突然意识到来客还在站着，就站起来，从角落里拉出一张落满灰尘的凳子，用桌子的旧杂志垫在上面，邀请路晓北坐下。"我只好到别的行业去应聘工作，"他说，"可我除了建筑知识，其他的一无所知，我能找到什么工作呢？实话告诉你，我睡过坟地，吃过祭品。最后，一切都看淡了，也看开了，我就谋了份保安的差事。虽说收入很低，但最起码的，没有那么多勾心斗角的事情发生。"

"可是，我不明白，莫正仁让我来找你做什么。你的事情似乎与他无关……"

"你是不明白还是不愿意承认？行政服务大厦的事情，要么是你，要么是他，你们两人中必有一个当替罪羊。"

"嗯。"路晓北不置可否。

"可能是赵长盛最终意识到，他这个经理干不长了，为了他长期的利益，他才想尽一切办法保你的。"

"他现在被调离了，去了西部开拓业务。"路晓北说。

"我想也是这样的，"何志说，"他在这里部署了那么多年，他可不希望随着他的离去，他的利益就那样断了。我想他一定给你谈过，一些合作商要继续合作下去的事情。"

路晓北点了点头。

"那好，我问你一个问题，"何志说话的声音很快，仿佛害怕他会打断他，或者他会突然提出离开。"你想过要帮莫正仁吗？"

"当然。"

"你愿意为了帮他而将自己置身于危险之中？"

这个时候，路晓北真想转换个话题，或者随便开个玩笑，以此来打破这种紧张的气氛。但何志并不是在开玩笑，他那双锐利的眼睛正仔细地盯着他。

"你愿意吗？"他问。

"也许。"路晓北回答。

他哼了一声，冷冷地说："回答错误。"

"听着，我来这儿不是来听你教训的，"路晓北说，"我只是想和你谈谈莫正仁的事情，或许还有办法……"他的声音变小了。他没有任何办法。赵长盛做事情是滴水不露，他找不出丝毫破绽。"不错，"他妥协了，"我来这儿是寻求你的帮助的。"

"好吧，"何志说，"如果你真的想把真相揭发出来，你要做好两方面的准备：一方面你要找到证据，证明这件事不是莫正仁所为，而是有人在暗中操作。你要知道，任何再完美的造假产品，到了使用者手里，也会漏出破绽。另一方面，你要保护好自己，以免受到迫害。"

"迫害？"

"是的。他们是一帮丧心病狂的家伙，如果他们的利益受到了侵害，他们会不惜采用一切手段去维护的。"何志说，"同时，你也要与经侦科保持联系，一有证据就要让他们知道，这样，没有人敢随便怎么着你了。"

"什么，还要涉及警方？"

"你不会天真地认为，凭你自己就可以把真相揭发出来吧？"

"我不天真，"路晓北愤怒地抗议，"我不会随便就去找警方的，我自己的事情，我自己想办法解决。"

"你要是这样认为，我也无能为力了。"何志做了个无所谓的动作。

尽管是不欢而散，何志还是提醒了他，要保护好自己。回到集团大厦，路晓北就回到了监控室，要求值班保安调出两年前九月二十三日那天的监控录像。就是那天，赵长盛说了那句话，才让他在那份存在安全隐患的变更图纸上签上了名字。监控录像只有经理级以上人员才有权调出，以前，他不敢拿此事求助赵长盛，害怕引起他的多心。现在，他终于敢名正言顺地行使自己的职权了。

可是，保安员找遍了所有的录像带，惟独缺了那一天的。保安员神色慌张地说："真对不起，路经理，对不起。"路晓北知道，他们是害怕他会将这件事上报给领导层，追查他们的失职之责。不用说，他也知道发生了什么事情。他对他们说了一声"没关系"之后，就离开了。

行政服务大厦位于合水镇老中心区，从老镇政府门前，沿着老街，前行五百米就到了。其实老街不长，一共也就千儿八百米，行政服务大厦就在老街的最里端。老街也不宽，仅能容下两辆小型汽车并排驶过。老街的两旁，全是两层建筑，始建于民国初期，由数百栋清末民初的骑楼式建筑隔街相向组成。建筑的第一层，还保留着"合水镇供销社"、"洪记米行"、"大华小吃铺"、"张氏茶馆"等老字号招牌。二楼多数住人，也有两家旅店，突出的阳台上，挂有女人的乳罩和短裤衩，花花绿绿的，像是一面面旗帜。

老镇政府位于老街正中央。路晓北很熟悉这里，早在行政服务大厦，也就是前合水镇商会办公楼推倒之前，他就曾参与这条老街的规划设计。那时，老镇政府就是他们的临时据点，他记得很清楚，每次工作累了时，或是无休无止的会议中场休息时间，只要一靠近窗口，就能闻到一股浓郁的香味扑鼻而来。那是从隔壁老字号的榨油店传来的。与他一起抽调过来的另一个单位的设计师，是本地人，他告他，那家老字号榨油店的花生油非常地道。在他的介绍下，路晓北开始并喜欢上了这里的花生油，每次油吃完时，他总要打车前来购买。

有很多次，他走在这条老街上，老街的一头连接着一条宽敞的公路，这条公路直通合水镇新中心区，一个标准的国际化都市中的城镇。城镇的中心在转移，老街只留下一副破败的景象，而与老街相连的那条车流不息的公路，更是把合水镇划分成两个不同的世界。他常常想，时代的巨大车轮是怎样碾过这曾经繁荣数千年的老街！

按照新一轮的城市规划，这条老街即将被高楼大厦所替代，等再过一些年，留在人们记忆中的老街，也将会是一个毫无特色充满喧嚣的商业区，而那保留着民国风格，还有柱子、拱顶和木质窗户的骑楼式建筑，也将彻底地远离人们的记忆。

"我们都在大刀阔斧地搞发展，搞建设，千城一面，却忽略了我们最有特色的东西，而这些东西，才能够在我们的记忆里，留下最深刻最温暖的回忆。"有一次，路晓北对着丁克白这样说，"作为一名建筑设计师，我喜欢这里，正是它独具的特色令我神往。合水镇还保留着别的城镇所不具有的东西，还保留着它的独特，一名设计师不正是要设计出这样令人难忘的建筑吗？但现在，人们却要抛弃它，把一切统统丢掉，就像扔掉桌上的吃剩的饭菜，而从来不去管这些剩饭菜里，还有多少是美味佳肴，富含多少营养物质。你能想象，这是多么可悲多么不明智的行为吗？我们自己在伤害着自己，我们选择了最容易忘记最无特色的一切，包括建筑，我们的生活方式，所有的一切。"

"历史在前进，这是时代的选择，"丁克白说，"每一个时代都有自己的需要，有自己的选择。在我们这个时代，需要的就是这千城一面，就是这快速的发展与建设。如果没有这种发展与建设，你我仍旧留在农村，在种植自家的那几亩耕地呢，也就不可能像如今这样，坐在这咖啡厅里，边喝咖啡，边聊天了，甚至我们连咖啡为何物，也不知道呢。"

"我猜想，你下面的话一定是，更别提我这建筑师有立足之地了，对吧？"

"哈哈哈。"丁克白大笑起来。

路晓北现在去找的就是他，他们约好了，在张氏茶馆见面。

张氏茶馆还在营业，有几位老人在里面喝茶，他们彼此之间用方言交谈。路晓北虽然在这里待了那么多年，但不知为何，对这里的语言却有一种排斥。许多在这里只待了一年甚至半年的年轻人都学会了用这里的方言交谈，但他到了现在，也只能听得懂最简单的诸如问好之类的话语。

路晓北进去要了一壶茶，边喝边等着丁克白前来。

老街被全部推倒重建已成定局，尽管这看起来有些不明智。行政服务大厦是老街城市更新的第一个对象。本来，这样的小项目天风集团是不愿意参与的，他们主导的，都是一些大楼盘，但考虑到与镇政府的长期合作，还是承接了这个项目。然而，就是这么一个小项目，却出了问题，并且，这个问题还涉及到了一个无辜的人，一个生活的弱者。

既然承包商敢在一处偷工减料，那么，在别的地方也照样胆大妄为。路晓北要找的是，工程变更之外，承包商投机取巧的证据。

路晓北很清楚，一般建筑工程出现问题，无外乎安全性能、使用功能、外观质量这三类，每一类引起的原因都不一样。现在，行政服务大厦出现了安全性能、使用功能这两类问题，这会涉及到方方面面，而绝非一纸工程变更图可以造成的。一般来讲，工程质量事故发生的原因是多方面的、复杂的，但总体可以归为违背基本建设程序、工程地质勘察失误或地基处理失误、设计问题、施工过程中的问题、自然条件影响、建筑物使用不当等六个方面，前三个方面他自己都参与其中，除了那张工程变更图纸之外，他可以确保别的都不存在问题，后两方面影响也不大，现在，他要弄清楚的就是，在施工过程中存在的问题。

昨天下午，与何志谈完话之后，他去调监控录像，发现那天的监控录像被人偷走了，他立即就意识到了，这是有人在毁灭证据。他重新调阅了行政服务大厦所有的资料，在最后一个文件夹里，他发现了几份他没有签名的变更申请。如果这些变更，没有经过确认就实施了呢？在竣工验收的过程中，要是潜规则了验收工作人员，使验收只是走走过场呢？如果使用了假冒伪劣建材呢？这些问题都会直接影响工程的质量，而他要查清楚，也只有丁克白能够帮得上忙了。因为，在最关键的验收环节，他去了日本学习，丁克白作为管理处的负责人，则见证了这个过程的每一个细节。

一壶茶喝完了，路晓北看了看时间，下午四点十分，他从集团公司出来已经半个小时了。出来时，他没有让张楚开车送他，这件事情在没有真正的结果之前，不宜有太多人知道。在办公室打过电话给丁克白约在这里见面，他在楼下打了辆出租车便过来了。

差五分钟四点三十分时，丁克白过来了。

"我喝的是菊花茶，你也来试试这个？"路晓北问。

"可以。"

路晓北洗了个杯子，给他倒了一杯。"有些问题需要你的帮助，"他说，"我知道行政服务大厦的事情表面上看起来是过去了，但你我都清楚，真正的原因并非只是我们公司声明的那样，当然，运发建筑公司的声明也非事实。自那件事情发生之后，我就没有中止过调查，结果对我很不利，我签署了一张根本就不应该签的变更图。你也知道我并非是怕事的人，我只想搞清楚，除了我签的那份图纸之外，大厦还有没有隐藏着别的问题。"

"我也很担心会出现别的问题呢。"丁克白说。

"那就好，我们基本上能够达到一致了。我想要的是你们的维修记录，说实话，我不大放心工程验收。虽然验收文件上签署的是合格，从出现的问题来看，这个项目根本就不应该通过验收。"

"这个没问题。"

"还有，如果有可能，我也想知道，在验收过程的每一个细节，我知道，你见证了验收，希望你能够仔细地回忆一下，再告诉我。"

"行。我一定会尽力的。"

他们把茶喝完，握手告别，约定了第二天晚上见面。

第三十一章　遭遇绑架

　　丁克白走远了，在路的尽头转向另一个方向。再向前五十米，就是行政服务大厦。而路晓北则要沿着相反的方向，走到街口，去招出租车，在这条已过气的商业街，根本不会有出租车进来的。

　　他迎着西斜的阳光前行，眼睛无法直视前面，他只能低着头走，像在地上寻找宝贝一样。突然，一个大个子男人站在他的前面，把阳光给挡住了，他说："你是天风集团的路晓北吧？"

　　路晓北抬头看了看他。他大概有一米八五身高，一百八十斤重，既不瘦也不胖，肉很结实，很强壮的男人。他伸出一只手，抓住了路晓北的领子，重重地拖了一下。"有些事，我想给你谈谈，你过来一下。"他说。

　　路晓北被他拉到一个街边的店铺前。他顺势用肩一撞，店铺的门开了。他用脚把门勾上，说道："在这里，比较合适。"

　　路晓北拉了拉衣领，从口袋里掏出了手机，他问："你要干什么？"

　　"我要你别多管闲事。"

　　"为什么？"

　　"因为我，"他说，"我的话你就要听。"

　　"到现在我还没弄明白，为什么要听你的话。"路晓北说。

　　"难道你非要不见棺材不落泪？"

"那么你是棺材吗?"路晓北问。

大个男人脸变色了。他说:"耍嘴皮对你没好处的。"

路晓北从口袋里摸出一支香烟,点着它。他把打火机凑近香烟时,手在颤抖。他并非是因为胆怯,而是想到自己才刚刚开始调查,就有人出来干涉,并且在光天化日之下,他对这明目张胆的行为感到生气。但大个男人以为他只是害怕,撇了撇嘴笑了。

路晓北把打火机装进口袋里,深深地吸了一口烟,说:"我还不知道,你不要我管什么事呢?"

"你小子在故意装糊涂!依我讲,赶紧离开这里,以后不要再过来了。"

"假如我不走呢?"

"那你就是敬酒不吃吃罚酒。"

"你不怕我会记住你?"

"那没用的,你吓不了我。"

"我们两个如果干起仗来,"路晓北说,"你以为谁会占到便宜?"

那人并没有把路晓北的身高优势放在眼里。他冷冷地说:"你尽管试试。"

这个时候路晓北犯了一个错误,他举起手机,要拍下那个男人的样子,却看到他像一只猫那样灵活,用巨大的身躯扑向他。路晓北用尽全身的力气,挥出一拳打向他的胃部。

但他没碰到他。

什么东西打中了他的头,像要把他的脖子打断……

醒来时,他发现自己躺在黑暗里,身体蜷缩着,无法伸展,无论他往哪个方向挪动,都会碰上坚硬的东西。他用了好长时间才明白自己是在车尾厢里。车子还在向前奔跑。他的头痛得厉害,脖子像断了一样。他用手捶打车厢,大声呼喊救命,可过了一会儿,他就不这样做了。因为,在这条公路上,他听不到别的车辆行驶的声音,他所做的努力只是徒劳。

他听到有人说话，他努力地竖起耳朵，发现他们谈论的是他。一个男人说："怎么处置姓路的那小子？"这是一种他没有听到过的声音，"要不要结果了他？"

"不，"另一个男人回答道。路晓北听出，这是袭击自己的男人的声音。他说，"我们教训他一下就算了，我们不是罪犯，不干那种杀人放火的事情。"

听到自己暂时没有生命危险，路晓北的心放了下来。可立即他又在想，他们要将他带到哪里？他继续听他们谈下去。

"可如果这小子继续纠缠下去呢？"

"放心吧，别看他长得人高马大，却是个胆小如鼠之辈。经过这一次教训，他一定会老实的。"

又过了一会儿，车子开始颠簸，路晓北的头不时地撞到车厢上，揪心般地疼痛。车辆往前行了大约十几分钟，路晓北感到全身就要散架了，车终于停了下来。不一会儿，一股清新的空气迎面扑来，车尾厢被人打开了，路晓北这才发现，四周漆黑一片，夜已经深了。

袭击他的那个男人把他从车尾厢里拖出来。路晓北趁机挥拳打过去，那个却灵活地闪开了，"我劝你还是省省力气，"他说，"等一会儿，有你花力气的时间。"

路晓北大口呼吸了几口冷空气，感到全身疼痛难忍。大个子男人带着他往前走，经过车身时，路晓北看到驾驶座上还坐着一个人，但他看不清他的面貌，天太黑了。他们顺着车灯往前走，路晓北准备回头看看车牌号时，却感到有什么东西又一次袭击在他的后颈上，他一下子又失去了知觉。

醒来时他躺在地上，不知身在何处，四周有虫子的叫声。他用了很长时间才把意志集中在一起，伸手进口袋摸手机。他打开手机内置的手电筒，见到自己是在一间木屋里，躺在铺满干草的地上。他坐起来靠在墙上，用手电筒照照了手表，现在是夜晚十一点十一分。

与丁克白是差五分钟六点分开的，接着遇到了那个袭击他的男人，这中间有五个小时之久。如果这五个小时他一直在路上，那么现在他是在哪里？抑或是他昏迷了很久？但不管怎么说，肯定是远远地离开了合水镇。路晓北打开了手机的实时定位系统，以此来确定自己的位置，可该死的，竟然搜索不到任何网络！

木屋显然已年久失修，很不干净，一种浓厚的霉味。窗都用木板钉死了。墙角里有野虫在叫，像吃了春药似的，一个叫得比一个响。地上的干草混进他蓬乱的头发里，他站起来时，它们不停地落到地上。

木屋的门没有锁。看来那人的确只是想给他一个教训，并不想真的伤害他。路晓北走出木门，用手机微弱的光照亮前面的路。手机还是没有一点儿网络，无法定位他现在的位置。

他发现小屋前有一条长满荒草的小道。他沿着小道往前走，想象着那一定是走出去的路。他一直往前走，用了三十分钟，才走到山下，看到柏油路面的公路。信号与网络开始在手机上显示。他发现自己所处的位置，电子地图上竟然没有标记，他只好记下了坐标位置。手机快没电了，他赶紧拨通了一个号码，寻求帮助。

"这么晚打电话有什么事吗？"是他的老同学王威。

"你开车过来接我。"路晓北说。

"你现在哪里？"

"我也不知道，应该是荒山之中。我把坐标发给你，快，我的手机快没电了。"

"发生什么事了？你怎么跑那里去了？"王威着急地问。

"我被人劫持了，"他说，"电话里讲不清楚，你尽快赶过来。"

手机"嘀"的一声，自动关机了，一点儿电也没有了。

路晓北在路边随便找了个地方坐下了。这是一条荒芜的公路，很长很长时间，都没有一辆车经过，更没有任何人路过。路晓北置身于黑暗之中，被一种巨大的孤独包围着，路边的虫子的叫声越发响亮，而他也愈加感觉到了处于一种巨大的幽闭、透明的场所。在这个场所里没有任何秘密，每一个的所作所为，都会毫无保留地收入另一个人的眼底。世界就是一个巨大的监视器。在它的监视之下，许多人会崩溃，于是怒火中烧、丧失理智，以自杀的方式，对它提出抗议。

两个半小时后，王威驾着车赶来了。在车灯的照耀下，他走下车，抽出一支烟递给路晓北，在为他点燃时，他说："老天，晓北，你打架了！"

路晓北长长地吸了一口烟。"不能算是打架。"

"那算什么？"

"只能算被打。"

"谁被打？"

"你个狗日的，看我的样子，是谁被打？"

"你一米九的身高，哪个不知死活的东西，敢招惹你！"王威说，"难不成还有比你高的人？我怎么不知道。"

"狗日的，别说风凉话了。"路晓北把烟丢在地上，用脚踩灭了，"走吧，赶紧拉我回去，老子明天还上班呢！"

"看你这话说的，好像我不用上班似的，"王威抗议说，"不过，咱话说在前头，我这次就不收你服务费了，但你要给我的车加满汽油。"

"你想得美。"

上了车，王威说："你不打算告诉我发生了什么事吗？"

"说什么？"路晓北说，"我告诉你，我被一个警察袭击了你会相信吗？"

"你怎么会认为是警察？他对你表明身份了？"

"他没有那么傻，会告诉我，我是警察，我要揍你一顿。"

"可你又怎么会认为他是警察？"

"用你刚才的话来说，我一米九的身高，没有人敢随便来招惹我的，除了警察。除此之外，他说话像，举动更像。"

王威紧皱着眉头，说："如果真是警察，我倒可以帮你查一下。"

"那倒不用了。估计你也查不出什么来。"

"那么，他的目的是什么？"

"让我在某件事上住手。"

"你会住手吗？"

"没有发生这件事，或许会。"路晓北说。

"你已经受到威胁了，"王威责备他，"你好不容易才取得了今天的成绩，你不能对这一切都不管不顾，而只为了一件可有可无的事情！"老同学的告诫让他想起有天晚上，他和潘雅洁一起去赵长盛家里吃晚饭。晚饭是丰盛的海鲜大餐，可他不喜欢这些，就只能吃着一点儿可怜的青菜。

"面前有这么多可口的美食，你竟然只吃青菜！"赵长盛说。

"没什么，"他回答说，"青菜也含有丰富的营养素。"

"怎么了，晓北？"赵太太关切地问，"是我做的饭菜不合你胃口？"

"不，不是的，"路晓北说，"你做的每一道菜都很好吃。吃你做的菜，就会有一种感觉：此物只应天上有。只是，我不喜欢海鲜。"

"吃了会过敏，还是仅仅是不喜欢？"赵太太问。

"过敏倒不会，只是不喜欢。"路晓北说。

"你呀，为了一个不喜欢，或者是那种可有可无的原则，就放弃了一顿美味的大餐！"赵长盛说，"你真的需要改变自己，否则，你错失的美好的东西会越来越多。"

王威现在说起话来就是赵长盛那个样子，挂念他将会错失什么，好像他错失的东西，会让他们感到一生遗憾。但路晓北清楚，他可以敷衍赵长盛以及赵太太，随便夹起几筷子海鲜放进嘴里，也可以敷衍老同学说放手，可他不会那么做。这些年，他一直坚守的东西不会变，也不能变，因为在现实世界中，他已经改变太多，妥协太多，这一点坚守是最后的一点可怜的固守了，是让他感觉生命绿洲还没有完全枯萎的源泉。这一点放弃了，整个世界他也就放弃了。

可老同学王威并不这么想。"听着，发生了这样的事情，你需要慎重地考虑一下，有些事情是否真的值得自己去做。我也不是那种随意妥协的人，但如果自己的行为真的会伤害别人的利益，我会慎重做出决定的。"王威说。

"如果别人的利益会触及更多人的利益呢，而这又已经牵扯你？"路晓北说。

王威有些惶恐地看着他的朋友，然后说："你到底陷入了什么样的事件中？如果真的如你所说，你需要警方的帮助，你不能拿自己的生命冒险！"

求警方帮助？路晓北心中冷笑了一声。如果今晚这件事没有发生，他会对警察充满畏惧，充满信心，有危险也一定会求助他们的帮助。可是，现在他不敢把希望寄托在这些人身上。

"如果你有证据，"王威说，"我可以帮你把案子转到经侦科，那里我也有熟人。"

"经侦科？"

"是的，经济犯罪侦查科。"

"天哪，王威！"路晓北大叫。

"怎么了？"王威说。

"你竟然会想到我会被卷入经济犯罪案件中。"路晓北说，似乎他厌恶老同学这样看待自己。

王威说："可你不告诉我发生了什么，我完全不清楚你面对的是什么样的危险。"

"你不用为我担心，我不会再有危险。吃一堑长一智，我不会在同样的地方摔倒两次。"

"你会怎么办？"王威说，"从今晚发生的事情来看，你面对的是穷极凶恶的歹徒。"

"我会好好地思考你说的话，或许，我会找警察帮忙。"路晓北叹了一口气。

"这就对了。"王威欣慰地说，"我知道有个别坏警察，但大多还是好的，不然，岂不早就乱套了。我相信，你也很清楚，任何一个地方，都会有那么一两个坏人，但并不能说明，那个地方就全是坏人。"

"你说得对，或许，我从头就不该自己单独行动。"

事实上，他并不是那种容易被说服的人，他只是不愿让老同学担心。有些事情，别人是根本没有办法帮得上忙的。就如他现在所面对的调查。这件事，并不只是莫正仁的事情，用何志的话说，从头至尾，都是他自己的事。

王威知道一切，但他不理解他目前的处境。他与何志一样，除了拥有建筑知识以外，其他的一无所知。他虽位及项目部的最高负责人，但由于他不懂赵长盛那一套，不懂利用工作之便经营人脉，至今积蓄不多。如果三个月不按时向银行交纳月供，他们将拍卖他的房产——他对此毫无能力。他在建筑界虽小有名气，获过几次奖项，但这种名声被破坏也是非常简单的事情，因为他没有牢固的人际关系。他只拥有他头脑里的知识，离开这个行业，毫无用处的专业知识。他与老同学不同。警察不干了，还有很多行当可供他选择。他这样想，并不是出于嫉妒，这是出于对目前处境的认识。王威可以竭尽所能地警告他，尽到老同学老朋友的义务，但他已经突破阻碍，踏入了自己的发现之室，他了解自己知道什么。他清楚其中许多事情一旦被揭发，一些人将万劫不复。从他被袭击这件事上，他有了明确的认识。他不是在捍卫别的什么，他只是在捍卫自己，用力所能及的行为，避免自己的梦境破碎。他明白被噩梦惊醒的滋味，曾经有好几天，他身陷其中，深有体会。

当然，他也可能就此住手，以这些日子发生的事情不管不问，任其发展。但如果事情不可遏制地往坏的方向发展，他将迎接的是万劫不复。因此，无论从哪方面，他都只能靠自己去揭发真相，他要说服的不只是王威，更是他自己。

第三十二章　凶杀案

天亮时，他还是打了电话给吴警官，告诉了他自己被袭击的事情，以及他所进行的调查。他说他怀疑行政服务大厦存在着严重的不规范操作行为，找到证据后，会第一时间与他联系。路晓北打这个电话时，王威还在他身边，他这样做，是为了让他心安。昨晚回来时，已是凌晨四点，他们两个在客厅里坐了几个小时，用闲聊打发接下来的几个小时。

吴警官是经侦科的，身上有一种慑人的威严。可是，他对于被人从睡梦中吵醒谈论案件这件事，并不怎么高兴。"什么？行政服务大厦的事情？"他说，言语间流露出一种对他这位没事找事的人的不满，"那个案件不是已经结束了吗？运发建筑公司也做了责任说明。"

"对，正是那个案件。我怀疑事情并非他们所声明的那样。"路晓北说。

"你只是怀疑还是已经拥有了什么证据？"吴警官说，"如果你有了实证，我倒可以建议局里再次启动调查。你要知道，重新启动已经了结的案子，需要有充足的新证据。"

"目前，我还没有任何证据。"他说。

"啊，那很遗憾，我帮不上什么忙。"吴警官叹了口气。

路晓北专心地听着，他很关心那声叹气所代表的意思。

"你被人袭击的确是一件令人难过的事情，"吴警官说，"但那并不能说明什么。"

"你的意思是,我被人杀害了,你们才会重启调查?"

"那将会被刑侦科接手。"吴警官纠正他说。

"那么,你作为一位专业的警察,你感觉我的案子里有什么不对劲的吗?"他问。

"是的,"他简洁地说,"如果真有人袭击你,我是说如果,从你目前能与我通话来看,你并没有受到什么特别严重的伤害,我想对方也明白,你们之间存在着紧密的利益联系,暂时还不能把你的这条利益链断了。之所以只对你警告,是要让你认清目前的形势。"

"什么形势?"

"老天,我怎么知道。这是你的事儿!"吴警官说,他的声音低沉宽厚,却说得非常着急,听上去有一种想早早结束这通电话的感觉。"你是个聪明人,我想你一定能够想明白。"

"如果我拿到证据,你们会重启调查吗?"路晓北问。

"我要先了解证据能够证明什么。"吴警官说,"老天,我不能随便拿我的职业开玩笑,我有一家老小要靠我养活。"

路晓北看看王威,两个人相视笑了,那笑容里有种无奈的意味。

"那么,你手里现在有证据吗?"吴警官问。

"没有。"

"很抱歉我帮不上忙,"吴警官坚定地说,"也很感谢你对我的信任。"说完,他挂断了电话,听筒里传来一阵忙音。

"这是典型的推诿,不作为,"王威气愤地说,"我要向他的上司投诉他。"

"投诉他什么?"路晓北说,"没有证据就不启动调查?这不是你们警方一直以来的处事方式吗?你要投诉,那就是在投诉你们的行为方式存在问题,你想谁会受理你的投诉?"

路晓北说的是事实。王威陷入了沉默。

"如果你真的有危险，"王威准备离开了，这样告诉老同学，"我建议你暂时放下正在做的事情。他们既然已经盯上你了，我想不会那么随意罢手。如果你再继续下去，我害怕他们会毁了你。"

哎，就算他们毁了我又怎么样？路晓北挑衅地自问。就是毁了我，我也要让所有人对他们产生质疑。可即便如此，他还是觉得成立寻梦乐园这件事，是一件比捍卫真理更糟糕的事情。

这是他自乐园成立以来，第一次有这种感觉。

整整一天，他将自己置于两难的境地中，无法走出来。他一支烟接一支烟地吸，整个办公室里烟雾缭绕，烟味熏人。李莉进来送文件时，熏得直流眼泪。她帮他把办公室的抽风扇打开，可依旧抽不走这越来越多的烟雾。她热情地看了这位年轻又有才华的顶头上司一眼，心中充满了怜爱。她真想对他说："有什么事情你就说出来，让我与你一起想办法，"可是她知道，以她这不起眼的身份，说这种话是极不合宜的。在项目部里，她是极其卑微的，除了两个与她一样的文员，没有人会把她放在眼里，更不会拿正眼瞧她。这里全部都是高学历的专业人才，而她，只是一个不入流的专科院校的毕业生，与他们相差太远。她从来不会拿自己与他们比较，那样，会给她带来更多的痛苦。可是，看到自己暗恋的人如此难过，她还是忍不住说道："你要多注意身体。"

"什么？"路晓北被这突来的问候惊醒了，他没注意到李莉什么时间走了进来，以为她有什么工作上的事情向他汇报。

刚才那句话说出口，连她自己也吓了一跳，她没想到她会说出来。看到他双眼盯着自己，她的心扑通直跳。"我是说，你要注意身体，"她想了个自己以为不错的借口，"你是我们项目部的龙头，你要是累垮了，我们可怎么办呢？"

他这时才意识到自己的失态，连忙说："没事的，我很好。对了，你有什么事吗？"

李莉把需要他签署的文件递到他的面前。需要他签的文件不多，工程项目类的审核谢云签订就可以了。这是一份新的项目方案，照例需要他最终审核。他打开文件，粗略地浏览了一遍，并仔细地看了关键的几个部分，认为没有问题了，就在上面签下了他的名字。

在他签名时，李莉说："路经理?"

路晓北头也没抬，"什么事?"他说。

"有句话，我不知道当讲不当讲。"

他抬起头，直视着她，说："请尽管说，我们这里不存在什么当讲不当讲。"

"如果你对某些事有疑问，不妨问一下司机张楚，或许他能帮上忙，"李莉说，"毕竟，他在我们项目部有几年了，有些事儿，我们不知道的，他或许知道。"

是啊，怎么把他忘了! 司机是领导最贴心的人，是管家，是勤务员，会知道许多别人不知道的事情!

路晓北似乎一下子看到了曙光，他对李莉说："谢谢你，你真的帮了我大忙。"

李莉伸手接过他已签完的文件，说："你开心就是我最大的心愿!"这句话一出口，她的脸就蓦地红了起来。幸好，房间内烟雾弥漫，路晓北没有看到。但他还是"哦"了一声，对李莉这句话感到很意外。这个时候，李莉已如一只兔子一般，跳出去了。

看看时间，又快下班了。他打了个电话给中巴司机，告诉他，下班后不用等他了，他还有别的事情要处理。作为领导，应酬是避免不了的。中巴司机爽朗地说了一个"好"，然后又问："明天早上，要不要去接你?"

"到时候我再给你电话。"路晓北说。

"好的。"

说完，路晓北又打了个电话给莫正仁，约他晚上一起吃饭。考虑到他是一名建筑工人，去酒店可能会感到别扭，他定的地方在合水广场的大排档。因为，要了解建材是否合格，莫正仁作为一名建筑工人，没有人比他更合适了。再说了，这两天发生的事情，还是有必要向他说明一下，以免他有委托错人的感觉。

挂断电话，他走进洗手间，洗了把脸。额头上还有几道明显的伤疤，全身也疼得厉害。那是昨晚被车颠的。他的后颈上还贴着一块膏药，不得不说，袭击他的那个男人的那两下子，还着实厉害，他的脖子今天一整天都无法扭动，稍微转动一下，就揪心地疼痛。

他用红药水涂抹了一下伤口，接着走下楼。在一楼，他遇到了张楚——他似乎明白司机的职责，随时都处于等待状态——张楚问他需不需要开车送他，他冲他笑了笑，说："不用了，我就去附近。"此时已是下班的时间，他明白，即便是领导，也不能随便占用下属的时间。他给他说了声"谢谢"，就走出了大厦。

他向广场走去。合水镇的街区不大，用不到两个小时可以走一遍。从他公司大厦，到广场，步行十五分钟即可走到。他们的约定是在七点，他有足够的时间走到那里。下班的人群脚步匆匆地从他身旁走过，往各自既定的方向走去。他并不着急，在人行道上边走，边打量街道边的商铺。每一个商铺前都摆放着音响，正在播放着震天响的音乐或者是商品促销信息。他曾多次在这种震天响的环境里走过，身旁还依偎着美丽的潘雅洁。想起她，一种孤寂突然袭来，将他整个淹没，周围的声音也仿佛全都停止了。他绞尽脑汁搜罗零星的词句，以准备今晚的说辞，却一无所获。他沿着人行道往前走，没有办法集中心思，也没有办法定下神来。

他没有注意到，人群中有个人影在跟着他。那个身影高大，全身都是肌肉。每次他驻足时，那个身影立即躲进旁边的店铺里，或者装作在路边打电话。他不会想到这些，此时他急切想要知道的，就是丁克白能够给他带来什么样的惊喜。

走到广场时，夜幕已经降临，偌大的广场早就热闹了起来，好像这里不是广场，而是一座贫民区的市集，卖廉价服装的，手机贴膜的，歌曲下载的，卖盗版碟的，卖黄色书籍的，应有尽有，不一而足。几个烧烤档摆在广场最边缘，桌子就在马路边，烧烤摊冒着浓烈的油烟味儿，从旁边马路走过的人，就要用手捂着鼻子，快速地跑过去。

在一个几乎满座的烧烤摊前，路晓北走过去，找了个空桌子坐下了。不一会儿，丁克白和莫正仁先后来到，他们先是用手捂住口鼻，待坐下后才将手移开，长长地出了一口气。

"在这里吃晚饭，接地气，"路晓北说，"老百姓最喜欢的还是在这样的环境里吃饭，可以大声骂娘，大口吐痰，把喝完酒的空瓶子随处乱丢。但我们的城市管理者却不喜欢这样。他们说这影响了市容市貌，真搞不明白他们到底是怎么想的。好像他们自出生就非常高贵，骨子里看不起这些人似的。"

丁克白望着明亮的灯光，拥挤的食客，非常赞同地点了点头。莫正仁说："在城市里生活，只有在这个时间，在这样的环境里，我们才会感到自由。可城市似乎并不欢迎我们这些人，连这样最后让我们感到自由的地方，也要清理整顿。"

丁克白没有见过莫正仁，惶惑地看看莫正仁又看看路晓北，问："这位兄弟是……你还没有介绍呢！"

路晓北向他介绍："行政服务大厦有这位兄弟一份功劳呢！他姓莫，以前是运发建筑公司的助理工程师。"

路晓北做主，点了一条烤活鱼，半打鸡翅，半打羊肉串，半打牛筋，一碟鱿鱼丝，两只茄瓜，要了一打啤酒，开始喝酒谈事。他们三个喝了一杯之后，在灯光的照耀下，路晓北涂着红药水的额头呈现在他们面前。丁克白把酒加上，递给他们每人一支烟，问："这是怎么回事？昨天还好好的。"

"我的怀疑没错，这件事另有内情。"路晓北说，他把与丁克白分手之后发生的事情，说了一遍。

莫正仁端起酒杯举到路晓北面前："路经理，是我害了你！这件事就到此算了，我不想再追查下去了。我……我……我对不起你!"说完,仰头一饮而尽,然后不住地用手擦眼睛。

路晓北也把酒饮了,他说:"兄弟,我首先要感谢你对我的信任。不过,这件事现在不仅关系到你一个人,也成为了我的事,更重要的是还关系着很多人的生命财产安全,不管结果如何,我是不会停止查下去的。否则,即便我以后做到再高的位置,我也不会安心的。"

路晓北向他介绍了莫正仁,反正都是同一条战线的人了,不需要遮遮掩掩的。路晓北向他们两人举起了酒杯:"这件事最终结果如何,还需要你们二位尽可能多地告诉我细节,否则,我一个人瞎摸乱撞,也不会有结果的。"

他们三人把酒饮了。丁克白像安慰莫正仁似的对他说:"兄弟,你放心,就如路经理所说,这不仅是你一个人的事情,这是许多人的事情,我们都不会坐视不管的。无论如何,我们一定会查个水落石出!"

接着,他把一个软皮笔记本递给了路晓北,说:"这些都是我个人记录的,公司里的那些维修记录,根本就看不出有任何问题。我怀疑,我的身边被安插了内线,有几件我记得很清楚的事故报修,在文件里却查不到任何记录。不过,我也长了心眼儿,许多事情都自己记录下来了。"

"真有你的!"路晓北呵呵地笑了,举起杯,同他干了。

"这个本子里不仅记录了一些报修故障,当时工程验收的详细情况也记录在内了。这么多年,我只是养成了记日记的习惯,谁能想到,这日记竟然还有这种作用呢!"

路晓北无奈地笑笑,如果不是出现这样的问题,又何须把自己的小秘密泄露给别人呢?他知道,丁克白这么痛快地把日记本交给他,完全是出于对他的信任,因为,这样的日记一旦泄露出去,任何一家公司也不敢再聘用他了。路晓北有些感动,他知道这种感动绝非是一两杯酒能够表达的,但他还是想同他连干三杯。

待他们喝完了酒,莫正仁说道:"我字认得不多,也不会写日记，不过，我有一种拍照片的习惯，有许多事情我喜欢用手机把它拍下来。在行政服务大厦的施工过程中，我看见过许多有问题的建材，当时也把它们拍了下来，我不知道是否有用。我把他们都整理在一个硬盘里了。"

"这太有用了！"路晓北说，"有了你们这两样东西，什么样的内幕都能揭出来了！"

他们三人同时举起了杯子，这是为了即将到来的胜利而干杯，这是他们第一次为了人生，为了他们坚守的梦想而放声呐喊，与现实进行的挑战，他们仿佛看到了胜利就在他们眼前。

杯子放下，莫正仁掏出了一个移动硬盘，就在路晓北伸手去接的时候，忽然觉得人影一闪，仔细一看，莫正仁已倒在了血泊之中，脸上痛苦地痉挛着。路晓北不知道是怎么回事，却见丁克白已离开座位，朝着一个人影猛扑过去。

路晓北回过头，地上的一摊暗红的血液正渐渐地漫延开来。路晓北看到，在这鲜红的血液之间，绽放了一朵美丽的笑容。

第三十三章　葬礼上的争吵

保洁员阿姨照例来清扫房间，她像往常一样先礼貌地敲了敲门，把耳朵贴在门上，仔细地倾听了一下。里面没有任何声响。她又使劲地敲了敲，然后掏出钥匙打开房门。

一股强大的风力迎面扑来，刮着门猛地关上，差点把她夹在门缝里。她吓了一跳。前两天来清扫房间时，她记得清清楚楚的，把落地窗给关上了。难道主人临去上班时，又不小心忘记关窗了？她记得她曾经告诉过女主人，如果走时不把窗关上，穿堂风很厉害，很容易把门刮坏的。当时，她还十分心疼地说，这么好的门，如果被刮坏，就非常可惜了。女主人莞尔一笑，告诉她，他们会注意的。

这一个月里，她没有再看到过女主人。她知道现在人的感情都十分脆弱，经不起任何考验。可她还是发自内心地希望女主人能够回来。那么漂亮的女人，只有这样的房子才相配呢。她从来没有见过男主人，因为他常常早出晚归。但这段时间，她每次来打扫房间，都能收走许多空酒瓶。她就知道，男主人一定很不开心，于是就尽量地把房间打扫得干干净净的，以便于随时迎接女主人的归来。

可当她习惯性地先环视房间时，她立即倒抽了一口冷气。房间里很亮，所有的窗帘都被拉起，窗户大开，落地窗也是如此。一个长相俊俏的男人蜷缩着躺在地上，双肩抱在一起，巨大的身躯竟如婴孩般惹人怜爱。她立即认为那是男主人——房间里到处摆放的照片，证实着他就是这个房屋的主人。他的头发蓬乱，领带松垮地挎在脖子上，眼窝深陷，身旁的地板上滚动着几个空了的啤酒瓶。她感觉自己走进了一个醉鬼的房间。

"路先生！"保洁员叫道。

"啊，刘姨，是你呀。"路晓北揉着眼睛坐了起来，他把眼镜从地板上捡起，戴在鼻梁上，"你这么早就来了？"

"还早什么呀，你不看看，现在几点了，"保洁员弯腰把他从地上扶起来，让他坐进沙发里，说，"现在都已经是下午了。"

的确。墙壁上挂钟的时间已经指向三点了。路晓北没有说话，双眼无助地望向了窗外。

"路先生，你没事吧？"保洁员说，她弯腰把地板上的空酒瓶放进一个黑色的垃圾袋里，接着说，"外面的天气很好，你真应该出去走走。"

他像个流浪汉一样把自己埋在沙发里，舍不得离开片刻，样子既憔悴又执着，胡子围绕在嘴巴周围，黑黑的一片，好像是在睡梦中被人用毛笔画上去的。他那自然卷曲的头发有的贴在头皮上，有的又歪歪地尖尖翘起。手机丢在面前的茶几上，上面不停地闪烁着绿色的光芒，提示他有未接来电。他的衣服还是昨天的，或者是更早时间的，穿在身上已经有些发黏，但是他像完全没有知觉似的，对这些不理不睬，似乎刻意让自己弄成这个样子。

"你还年轻，能有什么过不去的坎呢，"保洁员说，"出去走走，或许就能改变一下心情。"

她把装了空啤酒瓶的黑色垃圾袋提到门外，暂放在走廊里，然后，拿起吸尘器，开始清扫房间内的灰尘。路晓北住的这套房子原本就是高层，又靠海，根本就没什么灰尘，她很快就把房间清扫干净了。她把他随处乱扔的鞋子、袜子放回该放的位置，轻轻地叹息一声，离开了。

自莫正仁被杀，这是第三天了，他在房间里没有出门，也整整三天了。那天晚上，在问询室里，主持问询工作的，是他的老同学王威，他对他说："我说了，有什么需要，我会尽量帮忙的，但可没说在这种情况下呀！"老同学笑了笑，他也笑了，笑得有些沉重，回答也值得玩味："谁能想得到呢？"

不管怎样，老同学还是尽最大努力帮他排除了嫌疑，并在当晚开车把他送了回去。在回来的路上，王威问他："这第一位求助者就让你两度陷入危险，你还有信心把乐园坚持下去吗？"

当时，他是这么回答的："等过了这一关吧。如果能过去了，我相信，还会坚持的。"

"你呀，在城市生活这么多年，难道还不明白，有些人为了利益会不择手段？"

他当然明白。可是就因为明白，就什么事都不做了吗？他想告诉他，我不是在帮别人，而是在帮我自己。只有在这个过程中，我才能真正认识自己，使自己"强大"起来。但他什么都没说，他知道，即便说了，老同学也未必能够理解，更加改变不了任何事实。

只是，想到自己的任性与执着，使一个年轻的生命为此终结，他的心里就充满了愧疚。他认为这一切都因他而起，他宁愿那个"替罪羊"就是自己……他的脸完全没有表情，如石刻雕像一般。王威在离开他时，把他房间里所有的门窗都关上了，害怕那些丧心病狂的人会前来找他的麻烦。但他对此却并不在意，他把窗户全都打开，自己就坐在正对着阳台的地板上，完全把自己暴露在危险之中——如果那些人真来，任何地方都不会安全……

王威偶尔会过来看他，告诉他案件的最新消息——没有任何有用的线索。监控探头不知道什么时间坏了，什么画面都没有拍摄下来。王威说，他询问过有关部门，可能是月初的那次台风造成的，有关部门正在紧急抢修。坏了？这真是一件讽刺的事情。路晓北想。市民把安全寄托在它们身上，当安全受到威胁时，却被告知它们坏了……

他虽爱酒，却并不酗酒。在各种应酬场合，他向来是开怀豪饮，但从未当众醉倒过——每次都是回到房间看到床，才会倒下——因而，大家一致公认他酒量过人。而且，他对一喝醉就借机闹事的人，向来有一种轻蔑之意。正如他总认为有些原则不可侵犯一样，他在饮酒上的原则也是不会随意去让自己喝醉。但是，这一个月以来，他却放纵了几次，让自己醺醺大醉，每一次醒来，头都显得格外沉重。莫正仁的被害，他归结为自己，这也是他在这三天里连续不节制喝酒的原因之一。

连续三天他没有去上班了，也没有打电话给黄总请假，更没有交代高级工程师谢云工作上的事情。这个世界说大也大，说小也小。任何消息都能够在一秒钟之内，抵达每一个人面前。莫正仁被杀的事情，相信也早已被传得沸沸扬扬，那些新闻记者们难得碰上一起杀凶案，没有谁会错失成名的机会，一个个眼睛瞪得像灯泡一样。他没有接听任何电话，就是因为他明白，每一个人都想从他这里打听到第一手信息，毕竟他是与莫正仁最后接触的人。

门再一次被敲响，他刻意不去理会，可是门外的人却不依不饶。接着，他的电话响起来了，他也没有理会。如果是王威，他一定会在门外大叫。这个时候，除了他，他谁也不想见。

他从沙发里爬起来走到阳台上，想迎接深秋里凉爽的海风，但同时，他又想回到沙发上，再度让自己陷入那种浑浑噩噩的状态。可这时，他听到了门外的叫喊声，"路经理，"门外的人开始叫起来，"我是司机张楚，我知道您在家里。"

他使劲地摇了摇头，听仔细了，是张楚的声音。他并没有立即去开门，脑海里却一反常态地浮现出张楚沉默寡言的样子。那是个刻意让自己显得微不足道的人。他突然发现，就是这种人，如果能够为己所用，一定能够于不知不觉中达成某种不可告人的目的。但他立即就反驳了自己，他不能那样，让别人成为自己的棋子。张楚的声音又一次在门外响起时，他才走过去，打开门让他进来。

"我有事要同您说，"张楚说得很慢，声音很大，像在对一个老人说话。

路晓北点点头，又坐在了沙发里。他那因为没有吃一点东西的身体有些虚弱，眼神涣散，像是一个久病在身的患者。

他说："什么事？"却并没有表现出特别想知道的神情。

"莫正仁的葬礼在下午五点钟举行，您或许会想过去看看。"

"哦。"

"是镇政府为他举办的。他的妻子也从老家赶来了。"张楚说，"如果您不想去，就当我没有给您说过这事儿。"

"不，我要去，"他坚定地回答说，"他最后一程我一定要送送。"说完，他挣扎着从沙发里站起来，走进卧室，"沙发上有烟，你等等我，我先洗个澡。"

再次出来，他换了一件干净而得体的衣服，人也显得稍微精神了一点，可是，憔悴仍然写满他的脸庞。

路晓北在挣扎。此时，他穿着一套黑色的休闲套装，站在人群的最后面。他的右边，站着张楚，警惕地打量着周围的人。幸好，那些记者们把镜头都对准了葬礼本身，而忽视了他的到来，他才没有卷入舆论的漩涡。

五点钟，葬礼准时开始。莫正仁被葬在了合水镇公墓。在那里，路晓北看到了莫正仁的妻子，一个瘦黑弱小的女人，她哭得昏厥过去六次。她那三岁的儿子在她身旁，也哇哇地哭个不停，但他自己也不知道，他是为何而哭。

合水镇负责宣传的副部长李斌以及派出所所长出席了葬礼，他们以镇领导的身份以及自身的优雅，不厌其烦地安慰着弱者。每次，那女人昏厥，几乎要倒在他们身上时，他们总是能够优雅地躲开，指挥着医务人员进行抢救。

派出所所长做了简短而有力的发言。他说，合水镇一直比较太平，近段日子，却不知为何接连发生命案。将凶手缉拿归案，现在是合水镇头等大事。派出所将举全镇之警力，夜以继日地进行侦破，将争取在最短的时间内，还受害者一个公道。可是，当记者询问，合水大酒店停车场凶杀案已经半月有余，现在又有命案发生，警方有没有什么线索，凶手是不是连环杀人时，他却以一句"警察办案，不便透露"，拒绝了所有的提问。

余思琴也过来了。她代表运发建筑公司作了致辞，她说，尽管莫正仁已与运发建筑公司解除了合同，从法律上来讲，他们之间已没有任何关系。但是本着人道主义，考虑到莫正仁在运发建筑公司工作了近二十年，公司愿意拿出十万元，作为莫正仁儿子的抚养经费。致辞完毕以后，她也走到人群后面，偷偷地抹了几次眼泪。

他看着她，所有心中的疑惑似乎都烟消云散了。绝望如同鱼刺卡在喉咙里，让他痛苦得几乎要干呕起来。

别哭，他告诉自己。他并不知道是为了什么，但在那一刻，他没有哭。

他在努力和自己抗争。"我这是在干什么呀？"他这样问自己，"他的死不就是我一手造成的么？"他暗暗地埋怨自己。"如果我没有异想天开地成立什么乐园，如果我没有答应他的求助，如果我没有约他一起出来喝酒……"然而，现实没有假设。那个求助者已经离去，就在他的眼前，慢慢绽放成一支鲜红的花朵。他默默无声，随着灵柩被埋时，他感觉他的灵魂也被埋葬了。

"我没有想到你也会来。"余思琴走过来说。她在说话之前，曾仔细地思考着。她打量了他很久，他的脸上写满了受到伤害后的沮丧。她相当慎重地考虑着自己的言辞可能对他产生的意义，她犹豫了片刻，还是说道："我正准备找你呢。"

"你不是也来了？"路晓北揶揄道。

"我来是例行公事。你知道，赵总外出还没有回来，就打电话给我，让我代表公司送上这十万块钱。"

他想冲她大喊，去你的十万块钱，但当他说起话来时，声音却很平稳。"赵总的消息还真灵通，在外地，竟然对这里发生的事情，也知道得一清二楚。"

余思琴似乎没有听懂他话里的意思，说："我听说莫正仁被杀那晚，你们在一起，到底发生了什么事情？你们是怎么扯到一起的？"

他仔细地打量着她，她的神情不像是知道事情内情的，就把事情的来龙去脉说给了她听。

"什么？你电话给经侦科了？"余思琴问，似乎他做了一件非常愚蠢的事情。

"怎么了？有什么不对？"路晓北问，"我和一个朋友谈过，他是一个警察，建议我对警察应该充满信任。"

"你电话给谁了？"余思琴惊呼，"晓北，你完全不清楚你将卷入什么。"

"还能是什么！我已经体会过了。"路晓北说。

"为什么在刚开始时，你不来找我？"

"你知道，莫正仁原本就是你们公司的。"

"我真希望你什么都没有给警察说。"余思琴说。

"如果我什么都不说，我打电话给他们还有什么意义呢？"

"你呀，太天真了，太容易相信你看到的事情了。"余思琴责备路晓北说。

"可吴警官是个非常威严，正直的人。"

"是看起来那样……"

"是不是你知道什么我不知道的事情？你应该告诉我。"路晓北说。

"我想你应该看过双簧，明白那是怎么回事吧？"余思琴说，"在职场或是商场上，许多人也会使用这一套，尤其是为了利益的时候……"

"可我还是不明白……"

"我想你根本就明白，有些人为了利益，是什么事情都能干得出来。你不明白的是，自己陷入了什么样的危险之中。"说着，余思琴沉思了一会儿，接着说，"我知道了，你之所以安然无恙地站在这里，是因为你还没有掌握什么能够威胁到他们的证据。否则，他们一旦盯上你，早就见到血腥了。"

"他们？他们是谁？你应该告诉我。"

"不，我不能将你陷入危险中。"

"听上去你很关心我，"路晓北说，"可是，你却将我推入了万劫不复之地，任凭我就这样沉沦下去？"

"不，不会的，"余思琴说，"我不会那样做的。"

"那你就把事情的真相告诉我！"

路晓北怒气冲天，余思琴也红起了脸颊。她还真了解这一系列的黑幕，虽然她这辈子从来没有参与其中，也不会那么做。她想起了弟弟的遭遇，看到眼前这个人如同弟弟一样，陷入了一个任凭自己长满了嘴，却无法说清楚的困境中，她的心里就极为难过，不安。可是，她又怎能忍心将他推入绝境呢？她明白那些人的势力无孔不入，稍不留神，就将再次陷入终身遗憾之中。

"我只能告诉你，"余思琴痛苦地摇了摇头，"在这个社会上，你不能相信任何人，你能相信的只有自己，否则你只能成为别人的替罪羊，像莫正仁一样。"

"我现在就已经成为替罪羊了，"路晓北说，"我也见识到了那些人对他做了什么。"

"我的话就只能说到这里了，希望你三思而后行。"说完，没有再给他辩驳的机会，余思琴扭头走了。

路晓北看着她启动自己的轿车，离开了墓地，无可奈何地叹了一口气。他又何尝不知，她是在关心自己呢。只是，想到对现在所发生的一切，自己却无能为力，他所能感觉到的，就是他的梦境，越来越清晰，那梦中的泥沼，也逐步地将他淹没了。

第三十四章　司机张楚的秘密

从墓地回来的路上，路晓北一直没有开口，张楚不停地从后视镜中打量着他，明显地陷入了不安之中。在路晓北看来，做人要有自己的底限，这种底限是再多的钱财都不能出卖的。底限之外，还要坚守原则问题，不该拿的东西绝不能伸手。他曾经算过一笔账，自己的价值与收受贿赂的比较，算到最后，他认为通过正当渠道所获取的财富远比别人送的要多。而收受别人的好处风险太大，自己根本就犯不着铤而走险。但是逢年过节时，一些合作单位送来的礼物他一般也不拒绝。这些礼物大多是些时令的水果、食品，花不了几个钱，而如果因为没收，影响了感情，以后合作就不好做了。当然，他会想办法给送礼的人还回去一些别的礼物，这样就变成了朋友间的迎来送来，也犯不了什么大错。

自从赵长盛离开，自己成为了路晓北的司机——任何单位的司机，大多都变相成为单位领导的御用司机——以来，张楚越来越感到，作为一个成功的男人，路晓北的身上才具备着他需要学习的一切东西。张楚是个聪明的小伙子，因为家里穷，高中毕业没考大学就参了军，原本以为在部队里能够考个军校，圆自己的大学梦，但因为某种心知肚明的原因，两年后就复员回来。幸亏他在部队学到了一身过硬的汽车驾驶的本领，才有机会进入天凤建筑公司当一名司机。在跟随赵长盛时，他常常因他颇有心机的算计而提心吊胆，害怕一不小心，就成为牺牲品。但现在跟了路晓北，他耳濡目染，对他的为人处世，人格魅力等各方面，都钦佩得五体投地，决心要好好地跟着这位领导，学习他的一举一动。

张楚虽然做了几年的司机，但是他不甘心做一辈子的司机。如同任何一个来这座城市的人一样，他的内心也充满了雄心大志，梦想着有一天能够出人头地，荣归故里，成为所有乡民瞩目的焦点，无论走到哪里，都有一群人拥护着。

可是，这几天看着自己所钦慕的对象，陷入了无限的消沉之中，他比谁都难受。今天，并没有任何人通知他，要去告诉自己的上司莫正仁葬礼的事情，他只是在报纸上看到了这则新闻，认为他可能会因此而走出来，这才自作主张前去找他。现在，看到领导比来时更加不开心，张楚陷入了一种巨大的不安之中。

在墓地上，他看到路晓北与余思琴一起说话，争吵，他虽离得比较远，听不到他们说的是什么，但从他们的神情上，他可以判断出来，他们吵得比较激烈。在这种情况下，他觉得他一定要做点什么，来缓和一下气氛，不然的话，路晓北一定会摆脱不了这种消沉的局面的。

"路经理，刚才同余姐吵架了？"张楚说，"其实，余姐这个人挺好的，对每一个都好，一团和气。"

"哦？你听到我们吵架了？"

"没有，"张楚连忙说，"我看你们好像在吵架，好像还吵得挺凶的。"

"没什么，只是有一点小争执。"

"但愿今天下午的事情，没有让你不开心。"

"没有，你想得太多了。"路晓北努力挤出一个笑容，安慰他说。

"您这两天没有去单位，同事们都比较担心您。"张楚说，"您也不要想不开。人的命运都是早已注定的，有些人生来富贵，有些人却只能通过拼搏才能换得一口饭吃，后一种人注定了不会有任何出路的。"

"这样说来，我就是那种不识时务的人了。"路晓北面带苦笑
地作了回答，"你也先不用着急反驳，我知道你想说什么。只是
你不了解，我一出生，就生活在你说的那后一种人群之中。而
且，我家家境贫寒，如果不是好心人的救助，我连读大学的学费
都凑不够，更别提能够大学毕业找一份好工作了。如今，我好不
容易有了今天，却被一场雨打回了原处。这场雨来得还真及时，
它让我彻底明白了，我这些年所谓的努力，都是在别人的算计之
中……而我在这种注定要失败的局面下，还妄想找到出路，自然
是头破血流了……"

"……"

"其实，我并不是那种不知好歹永不满足的人，我向来的梦
想就比较简单，通过我的所学，建造出一栋理想的房子。可就这
样简单的理想，有人却不让我实现它。"

路晓北似在自言自语。一直以来，他的身旁都是一些高学历
高素质人员，他所结交的朋友也是如此，可没想到，现在能够聆
听他心声的，却是一个默默无闻的司机。这段时间，每次醉酒之
后醒来时，他必定想到自己被人算计的事情。这种事都是那些高
学历的人干出来的。正如王威所说，这些人，为了利益什么事情
都能干得出来。

对领导所说的这些话，张楚不能一笑置之。他说："您并不
是不能实现您的理想，只是您太善良了，不愿像有些人那样，为
了自己的私利去伤害别人。其实，在当下的这个社会，这种人是
最吃亏的。不过，"他稍微犹豫了一下，接着说，"我虽从来不信
鬼神说，可我想上帝是存在的，他也是公平的。人做了什么，他
全都看在眼里。我知道这种想法是愚蠢的，可它却总能让我往好
的一面去看。"

路晓北无语地笑笑，"如果真有上帝，那该多好啊，"他感觉
自己迷迷糊糊的，像要再一次进入无休止的睡眠之中，"那样，

就不需要所谓的律法了，更不用街头上的那些警察了。"

路晓北的神情让张楚感觉有一根刺深深地扎着他的心。于是，他一反常态地决定要告诉他一些事情——司机最大的忌讳就是谈论某些鲜为人知的事情——他眼光柔和地望着路晓北，说道："有些事情，我知道不该去议论，但我想，或许对你会有点帮助。"

"那你就不要说，你知道，我不是那种背后议论别人的人。"路晓北慵懒地说。

面对领导的这副表情，张楚有些尴尬，一时之间不知如何接话，但他又不愿他被无止境地伤害下去，"是，是，路经理，"他结结巴巴地回答着，汽车经过红绿灯路口时，有一个行人猛然间从右边冲过来，差一点撞到车上。张楚及时把方向盘转到了左边，那人连连低头道歉，然后跑过了公路对面。"见鬼！"他低声地咕哝了一声，"有些人真不把自己的生命当回事！"汽车穿过路口之后，驶进了一条车流较少的公路。"其实，我也不是那种背后说人是非的人，请您不要误会，"他还是决定，把事情说出来，无论路晓北同意与否。"我还是要提醒您，赵长盛赵经理他……他有问题。"

路晓北抬头看他。"他有什么问题？"

"我想您也应该想到了，"他设法把他知道的事情直率地说出来：赵长盛利用工作之便，一直在暗中收受合作商的好处，一旦工程出现问题时，会毫不犹豫地把替罪羊推出来。

"什么？"

"从您身上发生的事情，我想您早就知道了。"他低声说。

路晓北看着他的脸，他是个非常年轻且充满朝气的人，有一小会儿，路晓北觉得从他的眼睛里，找到了自己的影子。但当他把事情说出来时，路晓北却感觉到了恐惧，从这一方面，他深深地感觉到，自己和面前这个平日里低调的人，还差有很远的距离。他把头转向车外，装作什么也没有发生。

"你要知道，有些话是不能乱说的。"他慢慢地说。

"我知道自己在做什么，"张楚坚定地回答，他的脸又转向了前方，汽车缓慢地向前行驶着，"我给您一样东西，您看过后就明白了。"

"既然那样，是什么东西？"路晓北说，"不过，你也不要抱有太大希望，我现在什么事都不想理，你的东西我也不一定会看。"

"无论你看与否，给了你，我心里就会好受些。"说完，他伸手从驾驶盘旁边的暗格里，拿出一盘录像带，举到了路晓北面前，"但我想，它对你应该会有帮助。"

路晓北突然坐直了身子，目不转睛地凝视着面前的这盘录像带，这就是他前几天去公司监控室要找的那盘带子。他最不愿承认的事情现在已经成为事实了。他感到对赵长盛所抱有的最后一丝幻想，也被这盘带子击得粉碎。过了一会儿，他才缓缓地说："为什么你要把它交给我？"

张楚十分清楚这盘录像带的价值。当初，他被委托利用他与保安员熟络之便，去监控室偷这盘带子并要把它毁掉时，他还百思不得其解。他没有毁了它，反而保留了下来。莫正仁的被害，让他认清了以前的所作所为是在助纣为虐。尤其是当他看到，自己所尊崇的人因为被陷害而无法走出困境，他就被痛苦所吞噬着，甚至在睡梦中也会因此而惊醒。在部队里所培养出来的军人品质让他终于做出选择，他不能再错下去。现在，他听到路晓北没有问"它为什么会在你这里，"就知道他给自己留足了面子，他更加感激。"您是好人，我不希望好人得不到好报。"他回答说。

路晓北并没有接过录像带，而是用命令的口气说："赶紧把它收起来，我可不愿看到你也受到伤害。"

张楚并没有把手缩回去，他痛苦地扭动了几下身子，然后，踩下了刹车，回过头来面对着路晓北，用一种平缓而稳重的声音说："我是个比较愚笨的人，不知道你所面对的是什么样的局面。说实话，这盘带子是我从监控室偷的，我也曾打开看过，而且不止看过一遍。我不知道它有什么作用，但我想，既然有人要我去偷，就说明可能会被用来对你不利。至于你所说的危险，"他正了正神接着说下去，"我并不害怕。有人想要冲我来，我乐意奉陪。我虽然身份卑微，但我做事也向来是说一不二。我一旦决定的事情，也绝不会改变的，哪怕为此头破血流。希望你不要拒绝我的一片心意。"

"既然如此，我感你的大恩。"路晓北郑重其事地说。

"其实，怀有私心地说，我也希望在您的领导下，我们项目部能够发展得更好，只有那样，我们的工资才会更高。您是非常有才能的人，您身上的才能我是学习不来的，我只希望跟着您，能够多拿一些心安理得的工资。"

这时，路晓北也一改先前的消沉，用充满坚毅的目光望着他——当然，这种坚毅透过他厚厚的眼镜片看不大仔细——声音中也充满了感动，他一本正经地说道："不管怎么样，我谢谢你。我也向你保证，如果我过了这一关，我会尽自己最大的努力，把我们项目部发展到最好。"他把录像带接过来，装进了口袋里。

"我相信大家都希望看到这样的结局。"张楚答道。

在张楚对未来充满激情的带动下，路晓北驱走了头脑中自甘败北的想法。车窗外，天已经暗了下来，已经是吃晚饭的时间了。他第一次感觉到了饿，他问张楚，有没有熟悉的面馆。张楚立即爽朗地回答："有一家河南菜馆，环境不错，菜式也多。我与朋友去那里吃过几次，您要不要去试试？"

"合水镇有河南菜馆？你真应该早点告诉我。"

说着，张楚立即调转了方向，朝另一条公路驶去。路晓北从口袋里掏出烟，点燃了一支，然后，他将那包烟扔给了张楚。接着，他把车窗撩下来。公路两旁已经挤满了下班的人群，不少店铺外的音响，发出震耳欲聋的声音。路晓北仔细聆听了一会儿，才会心地笑了：越是接近这种平凡的生活，才越能恢复自己内心的平静。

回到千基豪苑时，已经是夜晚九点钟了。张楚推荐的这家菜馆不错，味道比较正宗，路晓北吃了一大碗烩面，还吃了两个可口烧饼，在一盘香喷喷的烧鸡的诱引下，他又喝了两瓶啤酒。张楚把他送回来时，他还不停地打着饱嗝。在小区门口他下了车，告诉张楚，明天就是假期了，一切事情都到假期后再说吧。这几天，他会好好地把事情理顺。他再次向张楚道了谢，然后就让他回去了。

保安员用遥控器给他开了大门，他昂首阔步地走进来，感觉全身都充满了力气。

"路经理。"保安员叫住了他，"有一个女人放了一个包裹在这里，让我交给您。"

"是个什么样的女人？"

"看样子比您年长一点，不过，她没说她姓什么，只是一再叮嘱我，把这个交给您。还说非常重要，一定要亲自给您。"

"我明白了，谢谢你。"路晓北接过包裹之后，把手伸进口袋，准备掏出烟来给保安员，却发觉已经没有烟了。他笑了笑，"改天好好谢你。"

"这是我们应该做的，您太客气了。"保安员说。

包裹有一本书的大小，包装得却很严实，无法从外面看出是什么。路晓北拿着它往小区里走去。想到所有的一切都将坦然面对，他的精神好了不少。他还特地绕到了静怡咖啡馆，与美女老板开了一句小小的玩笑："好几天没见到你，还真有点想念呢！"

徐静怡从电视上看到了新闻，知道了这几天所发生的事情。她的眼神里充满了关切："你还好吧，北哥？"

"好，好得很呢，怡妹，"路晓北呵呵地笑了起来，"以后告诉徐帆这小子，怡妹这个称呼他要改改了，现在归我了。"

"那是你们之间的事情，我才懒得管呢！"徐静怡为他煮了一杯咖啡，接着说，"这几天没有你的消息，我们大伙都为你急死了。你是怎么回事，连电话也不接？"

"我现在不是完好无缺地出现了吗？"路晓北说，"我来就是告诉你，我一切都好，无须担心。"

"你这是怎么啦？北哥，看起来不太像您哪。"

"人总是会改变的嘛！好了，不与你聊太多了，我要走了，还有一大堆事情等着我忙呢！"

说完，他走出了咖啡馆，路灯把他的影子长长地拉在了身后。天上，一轮圆月已经升起，冲他露出可爱的笑脸，他回报似的笑了笑，然后，走进了电梯。

第三十五章　梦的实现

一打开包裹，路晓北立即就明白这是谁给他的了。里面是一台平板电脑，一打开，路晓北就看到桌面上放着一份运发建筑公司交易的详细记录。

"正如张楚所说，她也是个好人，"路晓北想，"可她为什么将这份资料交给自己？这样做她会亲手葬送自己的前程，难道仅仅是因为她关心我？"

路晓北想不明白，但他还是发自肺腑地感谢她。

外面，残暑尚炎热逼人，但这座花园小区临海而建，阵阵海风不停地吹来，所以，室内凉爽怡人。路晓北坐在客厅里，面对着一台平板电脑，神色越发凝重起来。在红色字体标注的记录里，他看到了一些他不愿看到的事实……

过了许久之后，他把张楚给他的录像带，丁克白的维修记录以及莫正仁所拍录的施工图片，逐一摆放在面前，他盯着它们，内心充满了激动，像刚从监狱里逃出来的犯人。他知道，如果把这些材料都公布出来，行政服务大厦内存的猫腻必将暴露无遗，运发建筑公司，就连他所在的天风建筑集团，也将会引来一场地震，可是，他的生活能够回归正常吗？他犹豫不决，不知道该不该继续看下去。

他在心底深处，不断地否认这一切。之后，他几乎坚信面前这所有的证据，都是自己凭空想象出来的。但他仍无法摆脱莫正仁的面容，他那充满诚恳与信任的目光在他的内心纠缠着，犹如工地上的泥浆搅拌机，将他的心搅得碎成一块一块的。他否认它们，但这些东西对他来说，又意味深长，这是最令人恐惧的。其实，他已经不在乎会受到威胁了，从莫正仁在他面前倒下那一刻，他就把自己的生命安全抛之于身外了。他所恐惧的，是这所有发生的一切，他的努力，他的信任，到头来不过是一个可笑的砝码。他想起了赵长盛，他暗中都参与了哪些见不得人的交易，莫正仁的被杀与他是否有关？他不知道。他不愿就此事去猜疑，众所周知，赵长盛向来把他当亲弟弟一样对待。

可是，他为什么又要这样做呢？难道仅仅是因为利益？一个人为了利益，真的可以把一切都当成筹码？

自然，他无法得到答案，除非他把这所有的证据完全弄明白。

十一点过十五分，王威打来了电话，他没有接。这个时候，他不想接任何电话，也不想说话。从回到房间里，有七个人打来了电话，他都没有接。有几个是合作商打来的，无外乎是要请他吃饭的，他现在不想有任何应酬。他感到全身发软，不得不靠在沙发的椅背上稳住自己。当他终于抬起头时，他的声音很坚定："我要让一切回归正常。"

做出了决定，他的内心很快便恢复了平静。他从冰箱里拿出三支啤酒，把它们打开，并列摆放在茶几边的地板上。然后，他又打开一包烟，点燃了一支。把笔记本电脑接上电源，也一并放在茶几上。接着，他席地而坐，把莫正仁给他的移动硬盘插在了电脑上面。他一张一张地翻看着莫正仁拍摄的照片，像在从事一项精细而复杂的雕艺工作，每一张照片上的最细微处都没有错过。有一张照片，混合泥浆里有一只苍蝇在奋力向外挣脱，他以为泥浆里掺杂了什么不合格材料，专注地打量了许久，非要弄出端倪来。待他发现，那只不过是一只误入钢筋森林的苍蝇时，自己也笑了。就这样看了很久，他的眼睛越发干涩了。每到这个时候，他就双手揉按几下，或者向阳台后远眺一会儿，立即又投入工作之中。有时风会从外面吹来，吹乱他的头发，也有时，轮船的汽笛声会在房间里回荡，他就抛下正在做的事情，抽一支烟，静静地感受这逼人心扉的声响。胡子已经几天没刮了，他能听到它们疯长的声音。夜渐渐地深了，气温开始降下来，可他感觉不到丝毫凉意。他全身的毛孔都被眼前的照片惊出了汗。身旁的啤酒的气味早已被挥发得一干二净，他似乎没有注意到这些，又好像是他决定要像某种教士那样，开始戒酒了？

他边等边非常专业地审视这些图片。许多劣质建材在他眼前乱窜。他看到毛竹被当作钢筋使用，他的大脑几乎要爆炸了。可他还是弄不明白，他不明白，这样的建筑又是怎样通过验收的。他彻夜未眠，一个劲儿地考虑这个问题。他仔细地翻看了丁克白日记中的每一句话，试图从那些字与标点之间，找到答案。差不多凌晨五点钟时，他的脑子不中用了。丁克白的记录再也进入不了他的大脑，那些字句开始四处乱窜，与那些图片一起，填满了他的客厅。最后，他睡着了。

温柔的晨风从窗口掠过，他的手臂从沙发上滑落了下来，清早的寒意使他禁不住颤抖起来。在蒙眬的睡意中，路晓北伸手去抓被子，想盖住身体，他什么都没有抓到。晨曦从阳台上穿过来，直叩他紧闭的眼帘，将他唤醒。阳台对面，传来了海浪的哗哗声，偶有海鸟飞过，发出一两声尖锐的呼叫。他舒展了一下身体，伸手往身旁摸索潘雅洁的身体，什么都没找到。他睁开双眼，发现自己是孤单一人。

窗外，天已经亮了。天是干净、清澈的蓝色，而世界似乎因此而变得宁静。这是比较清醒的一天。他已经睡了几个小时，没有做梦，只是睡觉。月初的那个噩梦似乎成为了过去式，他又恢复了平淡无奇的日子。这样的日子还真幸福呢，不会被噩梦惊醒，他第一次这样感觉。

所以，睡吧。

他蜷缩在沙发上没有起身。风从阳台上吹进来，像女人的手温柔地抚摸他的全身。因为放松，因为把所有的一切都置之度外，他接受了自然给他的所有馈赠，他可以看到、听到、闻到别人感受不到的东西，他觉得大海在召唤他，睡眠受到了干扰。跨过那道混沌的分界线，他清醒过来，意识到自己听到了什么——海鸟的声音，它们又来到阳台上觅食了。他起身，从冰箱里拿出面包，把它们掰碎，走到阳台上，把手伸向海鸟。它们并不畏惧他，落到他的手里吃食。过了一会儿，他把面包屑丢到地上，这样所有的海鸟都能吃到。他面向大海，突然间想起了那个与他同名的余思琴的弟弟所说的话：惟有这片清净的海域，能够完全容纳我。突然间明白了，他当时的心境。

重新走回房间时，他坐在了电脑面前。笔记本电脑因连续数小时的工作，已有些发热，手放在键盘上，能感受到强烈的滚烫。丁克白的软皮笔记本掉落在地上，风掀动内页，发出沙沙的响声。他点燃一支烟，异常地冷静与清醒。寒冷潮湿的空气让他全身发抖，他从衣柜里取了一件外套披上。过了许久，他开始写一封信：

尊敬的记者朋友们：

我以一个建筑集团公司项目经理人的良心，正式向你们坦露行政服务大厦事件的真实原因。

首先，是我的工作失职，我在不该签署的工程变更图上，签下了名字。那份变更存在着极其严重的安全隐患……

路晓北一口气写完了信，把月初所认识的那些记者们的电子邮箱地址输入收信人栏中，他抽出一支烟，用打火机点燃，他看到，他的手颤抖得更加厉害了。

在信中，他只字未提赵长盛的名字。通过余思琴的账目记录可以看出，他只是爱财，并没有丧气病狂到杀人的地步。想起赵太太的温柔贤惠，待自己如同亲人，赵悦悦一直把他当成大哥哥，在他面前从不设防……他犹豫了很久。最后，他还是决定像宽恕哥哥路向东那样宽恕了赵长盛。他把张楚给他的那盘能证明自己无辜的录像带点燃了，把工程变更图的责任全部揽在了自己身上，接着，他把莫正仁拍摄的照片全部添加到附件中。仅仅这些，就已经足以经济犯罪立案调查了。

可这些还不够，因为它并不能指证杀害莫正仁的凶手。他把余思琴给他的运发建筑公司的账目明细也附了邮件中，并截取了部分内容添加在了邮件正文。他用红色字体把它们标注了出来，并在下面指出，某些警察，不仅收受贿赂，还以身犯险、绑架、杀人。与此同时，他还意外地发现，合水大酒店停车场凶杀案中的受害者麦姓商人，也与运发公司存有密不可分的联系。

他把这封邮件抄送给了他的好友，负责刑侦的老同学王威，他相信，在处理这个案子上，王威会全力以赴。

毋庸置疑，赵运发因为是一手谋划这一系列事件的人，运发建筑公司将因为事件的败露陷入低谷，甚至面临倒闭。余思琴也一定会受到牵连。但除此之外，还会牵涉多少人，是否会牵连到天凤建筑集团，路晓北并不知道。幸运的话，集团公司会为他找一个最好的律师，全力为他开脱罪名。他不知道会不会这样。他的手抖得厉害。

外面，太阳没有出来，天阴沉得厉害，看来，今天是个坏天气。他想起了一个月前，他的梦境，梦里的天气与现在一样。一支烟抽完，他站了起来，手落在鼠标上，他说了一句"这个鸟时代"，点击了发送按钮……

今天，是九月的最后一天，也是传统的中秋佳节，所有的公司、工厂、政府机关都放假了。明天，是国庆节，将迎来一个不长不短的假期。路晓北想，假期后，合水镇可能将迎来一场不大不小的地震……

他现在坐在楼下花园小区的木亭里。刚才，他走在小径上，路过游泳池时，没有看到徐静怡。就在一个星期以前，他在这个亭子里与莫正仁见面。可是，现在他们却阴阳两隔了。想到过几天他的案情终将大白于天下，路晓北微微地笑了一下。此刻，坐在莫正仁坐过的那个石凳上，有一个三十多岁的女人正在给孩子喂奶，那白花花的乳房晃得他直发晕。他赶紧把眼睛移到了别处，蓦然间，他的心咯噔了一下。他发现有个女人拖着行李箱正走进电梯，以为她就是潘雅洁。那个女人有着同潘雅洁一样的身材，走起路来同潘雅洁也一个姿势，微微地扭动着好看的腰肢。他的心怦怦直跳。可是，他坐在那里没动，心里却萌生出一种失落来。自己将是一个走进监狱的人，还会有人来爱他吗？或许，与她就这样分手，是最好的结局。到了这时，他发现，在他的内心深处，不论发生过什么事情，他还是对着那个离开他的女人怀有不可名状的、强烈的思念之情。也许，这就是爱，一旦付出了，便无怨无悔，并不渴求回报。

只是，想到在自己即将失去一切之时，如同在梦境中一样，还是孤身一人，他的内心就被痛苦吞噬着。他想起了安嫣，想起了那个在他眼前永远天真，爱笑，无论他躲在哪里，都能找到他的小女孩，眼前不时地闪现着她那双无限柔情的眼睛。这时，他嘴角下意识地露出了一丝笑意，可立即这种笑意又消失了，因为伊人已成为了一抔黄土。接着，他又想起了潘雅洁，想起她睡在床上非要到最后一秒才起床的画面，他内心立即被一种幸福充溢。花园里，籍杜鹃放射出夺目的异彩，那片片花瓣都如同他此时的内心一样，热烈而奔放。

就在这时，他的手机响起，他看了一眼，是潘雅洁打来的。他摁下接听键，她的声音立即如百灵一般，在他耳边响起："你死哪里去了？把房间搞得臭气熏天，还不赶紧给我回来！"

"是，立即赶到！"

挂断电话，他立即狂奔向电梯。亭子里那位正在给孩子喂奶的女人被他吓了一跳，小声地嘀咕了一句："神经病！"

他对此丝毫没有介意。他顿觉生命的光华笼罩在他的周围。只是，他不知道，当他从故乡回来，潘雅洁接到他母亲打给她的电话时，他的形象已经在她心中，更加高大，更加强壮了。只是，这段时间，她一直在负责一个新的项目方案，直到今天，才有时间回来找他。

图书在版编目（CIP）数据

释梦者 / 阿北 著. —— 北京：作家出版社，2015.5
ISBN 978-7-5063-7975-5

Ⅰ．①释… Ⅱ．①阿… Ⅲ．①长篇小说－中国－当代 Ⅳ．①I247.5

中国版本图书馆CIP数据核字（2015）第087848号

释 梦 者

作　　者：阿　北
责任编辑：秦　悦
装帧设计：丁奔亮
出版发行：作家出版社
社　　址：北京农展馆南里10号　　邮　　编：100125
电话传真：86-10-65930756（出版发行部）
　　　　　86-10-65004079（总编室）
　　　　　86-10-65015116（邮购部）
E-mail:zuojia@zuojia.net.cn
http://www.haozuojia.com（作家在线）
印　　刷：三河市华业印务有限公司
成品尺寸：142×210
字　　数：236千
印　　张：9.125
版　　次：2015年5月第1版
印　　次：2015年5月第1次印刷
ISBN 978-7-5063-7975-5
定　　价：36.00元